明　명

明時節雨紛紛
上行人欲斷魂
問酒家何處有
童遙指杏花村

청명절에 비 어지럽게 버리니
가는 나그네는 시름겨워지네
섭이 어디 있는가 물으니
동이 멀리 살구꽃 핀 마을을 가리키네

KB232189

무적다가

無敵多家

無敵多家 4

신독 新무협 판타지 소설

초판 1쇄 찍은 날 § 2005년 1월 22일
초판 1쇄 펴낸 날 § 2005년 1월 31일

지은이 § 신독
펴낸이 § 서경석

편집장 § 문혜영
편집책임 § 유경화
편집 § 장상수 · 김민정 · 최하나
마케팅 § 정필 · 강양원 · 이선구 · 홍현경

펴낸곳 § 도서출판 청어람
등록번호 § 제1081-1-89호
등록일자 § 1999. 5. 31
어람번호 § 제2-0513호

주소 § 경기도 부천시 원미구 심곡1동 350-1 남성B/D 3F (우) 420-011
전화 § 032-656-4452 팩스 § 032-656-4453
http://www.chungeoram.com
E-mail § eoram99@chollian.net

ⓒ 신독, 2004

ISBN 89-5831-394-3 04810
ISBN 89-5831-315-3 (SET)

※ 파본은 본사나 구입하신 서점에서 교환하여 드립니다.
※ 저자와 협의하여 인지를 붙이지 않습니다.

무적다가

無敵多家

4 부자상봉

신독 新무협 판타지 소설

Fantastic Oriental Heroes

도서출판 청어람

| 목차 |

제27장 적협암행(赤俠暗行) / 7

제28장 홍연미리진(虹宴迷籬陣) / 39

제29장 파진붕괴(破陣崩壞) / 89

제30장 광명운해(光明雲海) / 127

제31장 독무진입(毒霧進入) / 159

제32장 부자상봉(父子相逢) / 193

제33장 부자갈등(父子葛藤) / 241

제34장 무적다가(無敵心功) / 271

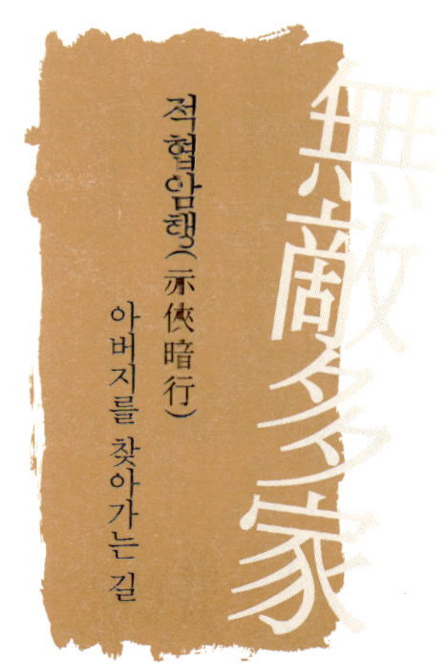# 고도(古都)

개봉(開封)의 반루가(潘樓街).

개봉에서 가장 번화한 거리인 반루가의 한 골목에 거지 떼 한 패거리가 모여 둥글게 머리를 맞댄 채 쑥덕거리고 있었다.

지나던 사람들은 느긋하게 걸어가다가도 골목을 스칠 때쯤엔 왈칵 놀란 표정으로 종종걸음을 치거나 바삐 뛰어 지나갔다. 거지들이 두렵거나 그들이 개방의 고수들이란 것을 알아채서가 아니었다. 그 자리에서 코를 뭉개 뒈지고 싶을 만큼 살인적인 냄새가 풍겨왔기 때문이다.

골목 안에 있는 거지 떼도 비슷한 처지인 듯 단 한 명의 늙은 거지를 제외하고는 모두 얼굴이 누렇게 떠 있었다.

단 한 명. 현 개방의 용두방주인 황개(黃丐) 양철환(梁鐵煥)만이 멀쩡한 얼굴이었다.

양철환이 툴툴거리며 말을 꺼냈다.

"사부님, 꼭 이런 데서 회합을 가져야 합니까? 은밀한 곳도 많습니다."

"얼마나 좋으냐? 번화가에 있으니 예쁜 색시들도 많이 보이고. 지나던 길손마저 우리를 존중해 저리 자리를 피해주지 않느냐?"

'그게 존중하는 겁니까? 더러워서 피하는 거지.'

그러나 양철환은 생각만 할 뿐 말을 꺼낼 수는 없었다.

엉덩이를 떼고 당장 일어서고 싶었으나 그의 앞에 있는 사람은 모든 개방도들에게 살아 있는 전설이며, 자신의 사부이기도 했다. 절대 외면을 하거나 불경할 수 있는 존재가 아니었다.

"그나저나 네 공부(工夫)가 못 본 새에 꽤나 깊어졌구나. 내 앞에서 그리 침착할 수 있다니. 과연 내 제자로다."

"모두 사부님의 높으신 가르침 덕분이옵니다."

양철환이 깊이 고개를 숙였다.

"혓바닥도 거지답게 아주 매끄러워졌도다. 허……. 이 모두 조사(祖師) 어르신들의 보살핌 덕이야."

'비단을 얇게 잘라 사중(四重)으로 코를 막았지요. 아무 냄새도 안 난답니다, 사부. 우흐흐흐.'

양철환은 사부인 개왕(丐王)이 알아채지 못할 만큼 살짝 미소를 지었다가 곧 고개를 들었다. 아주 아주 진지한 표정이었다.

"사부께서 직접 오실 만한 자리는 아니온데, 어째서 저까지 이곳에 불러내신 것이온지……?"

개왕이 갑자기 고개를 들며 너털웃음을 터뜨렸다. 사방으로 침이 튀었으나 감히 누구도 얼굴에 튀는 침을 닦지 못했다. 부르르 안면 근육을 떨 뿐. 얼굴이 썩어버리는 것 같았으나 견디어야 했다. 후환이 두렵지 않다고 거지답게 용맹을 떨칠 그런 대상이 아닌 것이다. 개왕의 목욕 시중을 들었던 섬서분타주 노이각은 한동안 후각이 마비되어 그 좋은 개고기 냄새도 못 맡았다지 않는가.

개왕은 목욕한 지 한 달도 안 되어 그 가공할 냄새를 완전 복구한 엄청난 거지인 것이다.

"우히히히……. 아냐, 아냐. 소문을 내는 주범을 겨우 찾아내지 않았느냐. 무맹이 노리고 있다 하니 여차하면 다신 못 볼 게야. 우리가 먼저 손에 넣어야지. 그리고 내 꼭 직접 물어보고 싶은 게 있어서 그래."

"그냥 저희가 잡아가면 될 텐데요. 본타에서 편안히 기다리심이……."

양철환은 더 말을 잇지 못했다.

언제 웃었냐는 듯 개왕이 눈을 부릅뜬 채 노려보고 있었다.

"날 뒷방 늙은이 취급하는 거냐? 폐물은 처박혀 있어라 이거냐?"

"아, 아니…… 사부님, 저도 방주로서의 체통이……."

개왕에게 귀를 잡힌 양철환이 은근히 볼멘소리를 했으나 그게 실수였다.

'억!'

개왕의 긴 혀가 그의 귀를 할짝할짝 핥고 있었다.

양철환이 부르르 어깨를 떨었다.

'시, 실수했다! 내 어찌 이런 실수를!'

"쩝쩝, 짭조름해야 할 거지의 귀때기에서 어째 이리 단맛만 난다는 것이냐?"

다정하게 속삭인 개왕은 난감한 눈으로 바라보는 개방도들에게 눈을 부라렸다.

"눈깔 돌려! 방주의 체통을 세워야지!"

개방도들이 일제히 고개를 돌렸다. 몇 명은 벌떡 일어나 골목 밖에서 안을 볼 수 없도록 시야를 차단했다.

개왕이 양철환의 귀를 핥으며 계속 일장 훈시를 늘어놓았다.

"쩝쩝……. 이봐, 방주. 방주가 됐다고 이제 사부는 개차반 취급이라 이건가?"

"제, 제가 어찌……!"

"강호에 급속도로 소문이 퍼지고 있어. 누군가 의도적으로 내는 소문이야. 현성교의 재침이 임박했다……. 소수마후가 무려 열두 명이나 출현했다……. 소수마후들은 현성교에서 납치해 살인 도구가 된 불쌍한 중원의 딸들이다……. 적협(赤俠)이란 대협객이 나타나 소수마후들을 현성교의 손아귀에서 빼내 사라졌다……. 뭐, 이런 소문들이 번지잖아. 그렇지?"

양철환의 이마에서 땀이 흘렀다. 등골이 오싹하게 떨려왔다.

사부의 이 귀 빨기 고문을 아득히 잊고 있었건만. 개왕이 무어라 몇 마디 더 했으나 들리지도 않았다.

'아……. 사부 앞에서 체통 운운하다니……! 내가 너무 긴장을 풀었…… 흐윽!'

개왕의 혀가 양철환의 귓구멍 속을 누볐다.

고막을 찌르는 아찔한 소리에 양철환은 혼백이 날아갈 것만 같았다.

"사, 사부……!"

"대답을 해야지, 방!주!"

'제, 젠장! 못 들었단 말입니다!'

"혹시 못 들은 건 아니겠지?"

'헉!'

기겁을 한 양철환은 인생 최대의 모험을 시도했다.

"그렇습니다!"

무슨 말을 놓쳤는지는 모르겠으나 일단 무조건 긍정을 하고 봤다.

"뭐? 앞으로도 계속 개기겠다고! 허……! 방주의 간이 그새 많이 성장했구만. 쩝쩝쩝……. 후르르륵."

"으갸갸갸……. 사, 사부님! 그, 그게 아니라……!"

황개 양철환은 비 오듯 땀을 흘리기 시작했다. 한순간의 방심도 허락하지 않아야 한다는, 지난 세월의 교훈을 잊은 대가가 너무도 컸다.

그때였다.

고개를 결코 뒤로 돌리지 않은 채 개방도 한 명이 짧게 상황을 알렸다.

"그들이 왔다고 합니다. 이동하셔야겠습니다!"

개왕의 혀가 그제야 양철환의 귀에서 떨어졌다. 안도의 한숨을 쉰 양철환은 재빨리 벌떡 일어섰다.

"사부님, 가봐야겠습니다."

앉아 있는 채로 양철환을 올려다보던 개왕이 씨익 이를 드러내며 웃었다.

"밑에서 보니 잘 보이는군. 어째 갑자기 멀쩡하다 했더니 코를 막고 있었구만. 이제 사부의 냄새도 맡기 싫다 이건가?"

양철환의 얼굴이 딱딱하게 굳었다. 이쯤 되면 용무고 뭐고 상관 안 할 사람이 바로 개왕이었다.

'자, 잘못하면 깃털 고문을 받게 된다!'

양철환은 개방주답게 재빨리 기지를 발휘했다. 양철환은 방주가 된 뒤 한 번도 하지 않았던 무릎 꿇기를 시도했다.

털썩!

"사부님! 제자가 몸이 부실해졌는지 계속 콧물이 흘러나오지 뭡니까! 사부님 앞에서 못난 꼴을 보일 수 없어 구멍만 틀어막았습니다. 사부님의 고매한 냄새는 여전히 저를 황홀하게 하고 있습니다!"

"그으… 래?"

"그렇습니다, 사부님! 한 점의 거짓도 없습니다! 믿어주십시오!"

"그럼, 빼."

"예?"

"거지가 콧물 좀 흘린다고 그게 왜 흉이 되나? 무릇 거지란 불쌍하게 보여야 해. 어서 빼게나."

"아, 알겠습니다."

양철환은 무릎을 꿇은 채로 황급히 콧구멍을 막은 비단 쪼가리를 줄줄이 빼기 시작했다.

"허……. 비단이라니……. 참으로 거지답지 않은 코마개로다……."

개왕은 자신의 냄새나는 오의(汚衣) 자락을 부욱 찢어 양철환에게 건넸다.

"그렇게 많이 막은 걸 보면 정말 심각했던 모양이구먼. 하지만 비단이란 거지에게 어울리는 게 아냐. 이건 잘 빨아서 다시 팔도록 하겠네. 이리 주게. 그렇지. 그리고 그동안 이걸 쓰게나."

양철환이 묘한 얼굴로 개왕의 옷자락을 받아 들었다. 정말이지 살인적인 냄새였다. 저절로 콧등이 찌푸려지는 걸 억지로 참아냈다.

“생각해 보니 사람들 앞에 나서야 하는데 콧물을 흘리면 그도 곤란하겠군. 그걸로 어서 막게.”

“예?”

“그놈들 짓거리를 보려면 가까이서 봐야 하잖나. 나야 지붕에 올라가 봐도 되지만 상황을 주도해야 할 자네는 근처에서 봐야지. 어찌 대개방의 방주가 콧물을 흘리며 중인들 앞에 모습을 드러내겠나. 동냥을 할 때와는 상황이 다르니 방주 말이 옳으이. 어서 코를 막게.”

양철환이 떨리는 손으로 개왕의 찢긴 옷자락을 콧구멍에 가져갔다. 검지로 꾹꾹 쑤셔 박았다.

‘컥! 수, 숨을 쉬지 않아도 소용없어!!’

“이제 가보게. 난 지붕으로 올라가지.”

양철환이 몸을 일으키다 비틀 발을 헛디뎠다.

개왕이 얼른 부축해 주며 양철환의 코에서 삐져 나온 옷자락을 꾹꾹 눌러 정성껏 박아주었다.

“오늘 하루는 빼지 말게나. 그래야 콧물이 멈추지. 내 이따 확인하겠네, 방주.”

그 말을 끝으로 개왕의 신형이 흐릿하게 사라졌다.

황개 양철환이 비틀거리는 몸을 간신히 바로 세웠다.

아직도 등을 돌리고 서 있는 개방도들의 어깨가 조금씩 흔들리고 있었다.

‘이 자식들이!’

양철환은 당당한 걸음으로 그들 사이를 헤쳐 앞으로 나아갔다.

“가자!”

인파를 헤치며 나아가는 황개의 손이 눈에 보이지도 않는 속도로 재빨리 움직였다.

코에 박은 개왕의 옷자락을 빼 품속에 갈무리하는 눈부신 출수(出手)! 과연 개방주라는 위명이 부끄럽지 않은 절쾌한 일수였다.

소문을 내고 있는 이들이 나타났다는 취선루(醉仙樓)로 향하며 그의 얼굴은 이제까지와는 달리 무겁게 굳어 있었다.

'어째서 그런 소문을 내는 것일까? 이는 강호무림을 쓸데없는 혼란에 빠뜨리는 것일진대……. 무맹에서는 그들을 잡아 족치려 하고……. 자칫하면 우리가 무맹과 충돌할 수도 있음인데…….'

개왕이 전한 현성교의 출현 소식은 무맹 내에서도 상층부만 알고 있는 특급의 기밀이었다.

정황이 확인될 때까지는 기밀을 유지하고자 했으나 보름 전부터 급속히 현성교의 이름이 강호에 떠돌고 있었다. 삼십 년 전의 혈사를 기억하는 이들은 치를 떨었고, 젊은이들은 색다른 기대에 들떠 있었다. 피의 무게를 모르는 그들에겐 강대한 적의 출현이 새로운 기회로만 느껴졌던 것이다.

양철환은 어깨를 펴며 고개를 좌우로 젖혔다.

뿌득 하는 관절 소리가 나며 여러 복잡한 상념이 날아갔다.

'일단 상황을 정확히 파악해야 해. 사부는 무맹과 충돌하더라도 먼저 그들의 신병을 확보하시라 했지만…….'

양철환의 눈이 번쩍 빛났다.

'삿된 의도를 갖고 소문을 내고 다닌다면 나 황개가 용서하지 않을 것이야.'

"슬슬 시작하죠."

양린이 슬그머니 속삭였다.

엄창직은 그 부리부리한 위압적인 눈을 껌벅이며 양린에게 속삭였다.

"린아, 분위기가 좀 이상하지 않냐?"

"왜요?"

"무림인이 이상하게 많이 보여."

"여긴 개봉이잖아요. 사통팔달하는 곳인데 무림인들이 많은 게 당연하죠. 무림인이 많을수록 좋은 것이잖아요."

칠무종도 대화에 끼어들었다.

"아냐, 린아. 느낌이 좋지 않아. 우리를 주시하는 자들이 꽤 있어."

"우리 네 사람이 모여 있으면 누구나 한 번은 돌아보잖아요. 그게 뭐 어때서요?"

양린은 엄창직과 칠무종의 어깨를 두드렸다.

양린의 눈은 재빨리 취선루의 내부를 훑고 있었다.

삼 층으로 이루어진 취선루의 일층.

식사와 함께 음주도 가능한 그곳은 네 사람이 앉아 있는 탁자 말고도 사람들로 가득 차 있었다.

왁자지껄 떠들썩한 분위기에 누구나 흥미있는 이야깃거리를 바라는 그런 표정들이었다.

'확실히 이상하긴 해. 왠지 주목받고 있어. 어디에서 보고 있는지는 모르겠지만 분명히 누군가 우릴 주시하고 있어. 어르신이 말씀하신 대로 무맹이 우릴 쫓기 시작했나?

양린은 슬쩍 윗입술을 핥았다.

'그만 둬야 할까? 아냐. 개봉에 와서 그냥 갈 순 없어. 이곳에서 제

대로 소문만 내면 하남에는 순식간에 소문이 퍼질 거야.'

양린은 재빨리 다시금 위치를 확인했다.

정문에서는 멀리 떨어진, 그리고 뒷문에는 가장 가까이 위치해 있는 탁자에 그들은 앉아 있었다.

언제라도 몸을 뺄 수 있는 최고의 위치.

그러나 느낌이 좀 이상한 것은 사실이었다.

산적과 쌍도끼에게 호언한 것과는 달리 양린이 망설이고 있을 때, 느닷없이 고전륜이 머리를 뒤로 젖히며 큰 소리로 웃음을 터뜨렸다.

"움화화화화홧! 아우들! 그 소식 들었는가!"

'이런! 젠장! 혼자 시작하면 어떻게 해! 으이구, 저 화상!'

양린 등은 고전륜의 돌출 행동에 당황했으나 이미 취선루의 모든 손님이 은연중 그들의 다음 이야기를 기다리고 있었다. 고전륜의 이상한 웃음소리는 충분히 그런 위력을 갖추고 있었다.

"물론이죠!"

양린이 어쩔 수 없이 각본에 따라 입을 맞추었다. 양린의 손이 탁자 밑에서 바쁘게 움직였다. 칠무종과 엄창직이 그의 뜻을 알아듣고는 슬 그머니 몸을 일으켰다.

고전륜과 양린이 한창 준비한 각본에 따라 유현이 지시한 소문을 흘리고 있을 때, 취선루에 들어서는 거지 다섯 명이 있었다.

황개 양철환과 그를 호위하는 용호사개(龍虎四丐)였다.

점소이가 눈을 부릅뜨며 그들을 제지하려다 용호사개의 형형한 안광을 대하자 눈을 깔고 꼬리를 말았다. 개방의 거지가 그런 눈빛을 할 때는 무림의 일이라는 뜻이었다. 개겨서 좋은 일 없다. 점소이는 재빨리 주루의 안쪽으로 달려갔다. 이런 일은 주인에게 미리 알려야 나중에 깨지지 않는 법이다.

양철환은 침착한 태도로 좌로 삼 보를 옮겼다. 양철환이 서 있는 자리에서 고전륜이 앉아 있는 탁자까지 아무것도 시야를 가리지 않는 위치였다. 복잡한 좌석의 미로 속에서 눈에 보이지 않는 한줄기 일직선의 경로가 양철환의 눈앞에 펼쳐졌다.

'좋아. 여기서 보도록 할까?'

회계대에 자연스럽게 한 팔을 걸쳤지만 양철환의 중심은 두 다리에 단단히 고정되어 있었다. 언제라도 출수할 수 있는 준비를 마친 상태였다.

고전륜의 특이한 웃음소리가 다시 취선루 전체에 울려 퍼졌다.

양철환의 미간이 깊숙이 접혔다.

'정말 괴상하게 웃는 놈이네? 내공은 별로 대단하지 않지만 무공을 익히긴 했군.'

고전륜과 양린의 대화는 의도적으로 소문을 내려는 것이 너무도 빤히 보였다. 양철환이 들은 보고와 거의 토씨 하나 틀리지 않았다. 양철환은 실소를 머금었다.

'저런 식이라니……. 이쪽으론 전혀 경험이 없는 자들이군. 뭐, 내용이 워낙 충격적이니 소문이야 잘 나겠지만 말야. 아무래도 누군가의 사주를 받은 게 틀림없어. 무맹을 은근히 비난하는 내용이야. 저자들이 저런 내용을 생각했을 것 같지는 않고……. 검치가 저들을 데려갔다고 했으니 그인가?'

무맹의 추적대가 태반이 죽은 상태로 귀환한 것을 이미 잘 알고 있는 양철환이었다. 태인 도장이 강력하게 현성교의 재침에 대비할 것을 주장했으나 별 실효를 거두지 못하고 있음도 잘 알고 있었다.

전륜파라는 네 명의 신상도 이미 파악이 끝난 터였다. 그는 강호에서 정보 제일이라는 대개방의 방주인 것이다.

'뭐, 악의가 있는 자들 같지는 않군. 조용히 끌고 나가 본타로 데려가야겠어. 무맹에서도 몇 명 보냈군.'

양철환은 삼층 난간의 탁자에서 고전륜과 양린을 은밀히 바라보는 몇몇의 시선을 잡아낼 수 있었다.

'자연스럽게 데려가야 할 텐데……. 풋! 저 두 놈은 뭘 하는 거야? 우리 곧 튀겠소라고 알려주는 건가?'

뒷문에 기대 나름대로 흉악한 면상을 잔뜩 찌푸리고 있는 엄창직과 칠무종을 보며 양철환은 실소를 머금었다. 양철환이 용호사귀에게 무어라 전음을 보냈다.

그리고 그는 자연스럽게 걸음을 옮기기 시작했다. 삼층으로 오르는 계단이었다.

고전륜의 우렁우렁한 목소리가 크게 울리고 있었다.

"그래! 화가 나면 얼굴 반쪽이 시뻘겋게 변한다구! 겁나 시뻘게! 그래서 적협(赤俠)이지! 음화화화화화홧!"

양철환이 탁자로 다가서자 자리에 앉아 있던 삼 인이 급히 몸을 일으켰다.

모두 무맹의 집법사령들이었다. 그들은 개방의 방주인 양철환에게 공손히 예를 표했다.

"방……."

"아, 됐소! 앉으시구려. 내 할 말이 있어 직접 올라왔소이다."

양철환이 자리에 앉자 집법사령들도 자신들의 자리에 앉았다.

여전히 고전륜과 양린에게 시선을 주긴 했지만 갑자기 등장한 양철환 때문에 상당한 동요를 보이고 있었다.

"내 단도직입하여 말하겠소. 저들의 신병은 일단 개방이 맡겠소."

"그건……."

"개봉은 우리의 총타가 있는 곳이오. 개봉에서 일어난 일은 무맹보다 우리에게 먼저 조사할 권한이 있소이다. 틀리오?"

"……."

"맹주에겐 내 따로 전하겠소이다. 그럼."

통보만 하고 바로 자리에서 일어서려는 양철환에게 집법사령 하나가 급히 말을 건넸다.

"하지만……."

양철환의 얼굴이 차갑게 내려앉았다. 사람 좋아 보이던 그의 얼굴에 엄청난 위압감이 떠올랐다. 일개 집법사령들이 견딜 수 있는 위세가 아니었다.

"맹주에게 내 직접 전하겠다 말했소만."

뭐라고 더 말을 하려던 집법사령들의 이마에 일제히 땀방울이 맺히기 시작했다. 숨도 쉬기 어려웠던지 그들의 얼굴은 급격히 붉게 달아올랐다. 상대는 개방의 방주. 그들이 뭐라 할 수 있는 인물이 애당초 아니었다.

"그대들에게 책임이 돌아가지는 않을 것이오. 거지의 행동은 거지가 책임을 질 것이오."

양철환의 한마디에 집법사령들의 얼굴에 일제히 안도의 빛이 떠올랐다.

양철환은 휙 몸을 돌려 그 자리를 떠났다.

'썩었군. 삼십 년의 평화로 무맹은 썩어버렸다. 무인이 보신(保身)을 먼저 생각하다니!'

양철환은 고개를 틀어 걸쭉한 가래침을 퉤 하고 뱉어냈다.

개봉 외곽의 한 관제묘.

거지들이 가득한 관제묘 안에는 전류파 네 명이 잔뜩 긴장한 얼굴로 어깨를 맞대고 서 있었다.

용호사개의 한마디 때문에 여기까지 따라왔지만, 그들을 둘러싼 거지 떼로 인해 긴장감이 머리를 뚫을 듯했다.

양린의 손을 꽉 잡은 고전류의 몸이 떨리고 있었다.

양린이 정면을 바라보며 크게 소리쳤다.

"검치 어르신께 위급한 일이 생겼다더니 왜 아무 말씀도 없습니까? 우리를 우롱하는 것이오?"

"어르신이라……. 검치와는 무슨 관계인가?"

"막중한 은혜를 입은 몸이오! 그분께 무슨 일이 생긴 거요?"

양린이 날카롭게 소리치자 그를 바라보던 양철환의 얼굴에 갑자기 웃음이 떠올랐다.

"지금 자네들이 어떤 처지에 빠져 있는지나 알고 있는 건가? 매우 당당하구만."

"협골로 유명한 개방에서 아무 이유 없이 우리를 핍박하지는 않을 것이라 여기외다! 어서 검치 어르신에 대한 것이나 가르쳐 주시오!"

"쯧쯧……. 그게 부탁을 하는 사람의 태도인가? 당당한 것도 좋네만 굽힐 줄도 알아야 하는 게야."

양철환은 사람 좋은 웃음을 흘렸다.

양린이 그의 말에 멈칫했다.

'적의는 없는 것…… 인가? 하지만 무맹이나 개방이나 그 밥에 그 나물……. 조심해야 해.'

그때 양철환의 얼굴을 힐끔거리던 고전륜은 개방의 거지들에게서 별다른 적의가 보이지 않자 돌연 가슴을 활짝 폈다.

움화화화홧! 하면서 한껏 호탕한 웃음을 터뜨리려는데…… 걸쭉한 음성이 고전륜의 고막을 때렸다. 관제묘가 우르르 흔들릴 만큼 기세 높은 일갈이었다.

"한 번만 더 그렇게 웃으면 그놈의 입에다 내 발싸개를 쑤셔 박아주마!"

고전륜이 질린 표정으로 양린의 등 뒤에 냉큼 숨었다.

"쯧쯧……. 밴댕이 간을 이식한 모양이구먼."

혀를 차는 소리와 함께 숨 막힐 듯한 악취가 코를 찔렀다.

양철환 이하 모든 개방도들이 개왕을 향해 경의를 표해 일어섰다.

"됐어, 됐어. 속 보인다. 앉아."

모두를 앉힌 개왕은 양린을 향해 뚜벅뚜벅 걸어갔다.

코를 찌르는 악취에 양린은 곱게 다듬은 눈썹을 미려하게 찌푸렸다. 그러나 거지들의 수장으로 보이던 양철환조차 경의를 표하는 것을 본 양린은 얼른 얼굴을 수습했다.

"넌 검치의 제자냐?"

"아닙니다. 몇 수 가르침은 받았으나 제자라 할 수 없는 우둔한 놈 입니다."

양린이 공손히 대답하자 개왕은 웃음을 터뜨렸다.

"쿠헤헤헤헤! 겸손할 줄도 알고! 괜찮은 놈이로군."

"칭찬에 감사드립니다."

"검치가 너희에게 그런 소문을 내라고 한 것이냐?"

"……."

대답이 없자 개왕은 씨익 이를 드러내며 웃었다.

"괜찮다. 노부는 개왕이라는 늙은이다. 검치와 우리는 별 상관은 없다만, 그렇다고 나쁜 관계도 아니다. 내 검치의 뜻을 짐작하고 있으니 염려놓아도 된다."

개왕이라는 말에 흠칫한 양린은 조심스럽게 반문했다. 파락호로 동천현에서 뒹굴었다지만 개왕이라는 명호는 그도 알고 있었다.

"저…… 검치 어르신께 무슨 일이 있다는 말씀은……?"

"흐흐. 먼저 내 속을 다 내보이라 이것이냐? 맹랑한 녀석이로다."

"죄, 죄송합니다."

"아니다. 검치의 행방은 아무도 모른다. 물론 우리도 그의 행방을 모른다. 무맹 아이들이 네놈들을 노리기에 조용히 데려오려고 한 말일 뿐이야."

양린의 얼굴이 굳었다가 펴졌다가 하며 여러 차례 안색이 바뀌었다.

마침내 양린은 공손히 개왕에게 포권을 취했다.

"사려 깊은 배려에 감사드립니다. 큰 신세를 졌습니다."

"허…… 금세 굽히는 것을 배웠구나. 정말 쓸 만한 놈인걸?"

개왕이 고개를 끄덕이더니 양철환에게 시선을 돌렸다.

양철환도 웃음을 머금고 고개를 끄덕였다.

제자와 눈빛을 교류한 개왕은 다시 양린을 바라보았다.

"내 너에게 묻고 싶은 게 몇 가지 있구나."

"하문하십시오."

"그때 사천에서 어떤 일이 있었는지 정확히 듣고 싶군."

"아는 데까지는 말씀 올리겠습니다만, 검치 어르신고 헤어진 이후는 저희도 잘 모르고 있습니다……."

"내가 알고 싶은 것은 절곡에서 현성교와 충돌한 정황이다. 소수마후들에 대해서도 듣고 싶고."

"알겠습니다. 그것은……."

"일단 자리에 앉자. 손님을 너무 세워두었군."

개왕이 관제묘의 한쪽으로 걸어가자 재빨리 자리가 만들어졌다. 거적을 펼친 것에 불과했지만 개방이 정식으로 전륜파를 손님으로 인정한다는 표지였다.

양철환의 얼굴에 흐뭇한 미소가 떠올랐다.

양철환과 개왕, 전륜파가 마주 앉은 채 긴 대화가 시작되었다.

"그랬군."

양철환이 연방 고개를 끄덕였다. 무맹에서 빼낸 정보로는 어딘가 부족했던 정황이 눈에 보이듯 꿰어 나가기 시작했다. 검치가 어떤 생각을 하고 있는지 알 것 같았다. 그 또한 무맹의 일원이긴 했지만 무맹에 대해 점점 안 좋은 생각만 늘고 있던 터였다.

개왕은 좌정한 채 눈을 감고 있었다.

초라한 늙은 거지가 아니라 장엄한 노기인의 모습이었지만 냄새는 여전했다.

양철환은 힐끗 사부, 개왕을 보고는 양린에게 고개를 돌렸다.

"음……. 내 자네에게 따로 묻고 싶은 게 있네만."

"말씀하십시오."

　양철환이 개방의 방주 황개라는 것을 들은 이후 양린의 음성은 공손하기만 했다. 위세 때문이 아니라 사람됨이 방주답다는 것을 깨달은 후라 그의 공손함은 당당한 가운데에도 진심이 드러났다.

"아까 들으니 검치의 정식 제자는 아니라고 들었네만."

"그렇습니다. 저희같이 우둔한 것들이 어찌 제자가 될 수 있겠습니까."

양철환은 전륜파 네 명을 바라보며 빙긋 웃음을 지었다.

양린을 제외하고는 그다지 눈에 차지 않았지만, 양린이 맘에 드니 그들의 형들이라는 전륜파도 달리 보였던 것이다.

"겸손할 건 없네. 검치의 정식 제자가 아니라면 개방에 들어오는 것은 어떤가?"

"저희는 할 일이……."

양철환은 손을 내저었다.

"소문을 내는 것은 우리 개방이 맡지."

"예?"

"검치의 뜻에 나도 동의하네. 현성교의 재침이 임박했다면 강호인들 모두가 그에 대비해야 하네. 지금처럼 무사안일하게 있다면 삼십 년 전의 겁난이 다시 도래할 것이야. 소수마후들도 적협을 따르고 있다니 크게 문제되지 않을 것이고. 그들이 희생양일 뿐이라는 말도 틀리지 않네. 적은 현성교지 그들이 아니니까."

양린이 감격한 표정으로 몸을 일으켜 정중히 포권을 취했다.

목소리가 떨려 나왔다.

"감… 사드립니다."

"감사는 무슨. 앉게."

양린을 자리에 앉힌 양철환은 다시 한 번 제의했다.

"어떤가? 내 제자로 개방에 들어오면?"

방주의 정식 제자가 된다는 것은 대단한 파격이었다. 더구나 아직까지 양철환에겐 제자가 없었다.

그러나 양린은 단번에 고개를 흔들었다.

"죄송합니다. 저희에게 처음으로 무인이 될 수 있다는 희망을 주신 분이 검치 어르신입니다. 평생 그분을 모실 생각입니다."

"음……. 하지만 검치는 안정된 생활을 할 수 있는 사람이 아니네. 바람 같은 이지. 훗날을 위해서라도 개방에 오는 것이 더 유리할 거라 보이네만."

"쓸모없는 저희를 처음으로 쓸모있게 만들어준 분이십니다. 죄송합니다."

양린의 단호한 대답에 양철환은 슬며시 다른 전륜파들의 얼굴을 살폈다. 다소 미욱하게 보이는 엄창직과 칠무종도, 전혀 미덥지 않은 고전륜까지도 양린의 말에 지그시 고개를 끄덕이고 있었다.

'허……. 진정 아까운지고.'

양철환은 내심 혀를 찼다. 쓸 만한 인물을 찾기는 정말 힘들고, 믿을 수 있는 이들을 거느리기란 더욱 어려운 법. 비록 파락호에 불과하다고 하지만 전륜파 넷의 의리는 양철환의 가슴에 잔잔한 파문을 일으켰다.

"알겠네. 자네의 뜻을 존중하지. 하지만 앞으로도 우리를 남으로 생각하지 않았으면 좋겠군."

"감당하기 어려운 말씀입니다. 검치 어르신을 도와주신다는데 저희가 어찌 남으로 여기겠습니까."

양철환이 흐뭇한 표정으로 고개를 끄덕였다.

그때 개왕이 눈을 떴다.

형형한 눈을 빛내는 개왕은 엄숙한 표정으로 양철환을 바라보았다.

"방주."

"말씀하십시오."

"전 개방도들을 동원해 이들이 전하던 소문을 최대한 빨리 퍼뜨리시게."

"알겠습니다."

"그리고 검치 일행의 행방을 은밀히 수소문하시오."

"예."

"그들의 행보에 따라 강호의 향배가 달라질 것이외다."

"하지만 걱정입니다. 무맹에서 당장 이들의 신병에 대해 항의를 해올 것이고……. 현 맹주인 태현 진인이나 그의 측근들은 무적다가를 넘어서겠다는 욕심에 앞뒤 안 가리고 그들을 모함할지도 모릅니다."

"쿵. 다들 배부른 수작들이지. 그나마 강호의 평화를 지켜낸 것이 누구 덕분인지 까맣게 잊다니……."

코를 후비며 비웃음 섞인 콧김을 쿵쿵 내뱉던 개왕은 무슨 생각이 났는지 갑자기 자신의 손가락을 딱 하고 튕겼다.

"그러면 되겠군. 당장 무맹의 장로회의를 소집하자고 건의하시오, 방주!"

"예? 그렇게 되면 오히려 무적다가를 성토하는 장이 될 텐데요? 지금 구파의 움직임을 잘 아시지 않습니까?"

"잠시의 평화에 젖어 눈앞의 적도 분간 못하는 장님들한테 우리 거지들이 진짜 정의가 무엇인지 보여주자는 것이오!"

"말씀은 통쾌합니다만…… 우리와 뜻을 같이할 사람들은 너무
나……."

그때 갑자기 개왕이 황개 양철환에게 무언가 전음을 보냈다. 개왕의
전음을 듣자 양철환의 굳었던 얼굴이 갑자기 놀라움으로 물들었다. 양
철환이 무언가 물으려 했지만 개왕은 손가락을 들어 입을 가렸다. 활
짝 웃으며 고개를 끄덕인 양철환이 가슴을 두드리며 호언했다.

"그분이 오신다면 아무런 문제가 없습니다! 역시 살아 계셨군요! 즉
시 장로회의 소집을 추진하겠습니다. 한 달 안에 반드시 성사시키겠습
니다!"

"소문을 내는 것도 게을리 하지 마시오, 방주."

"물론입니다."

두 사제가 갑자기 고개를 치켜들며 호탕한 웃음을 터뜨렸다. 두 사
람은 약속이라도 한 듯 이백의 '협객행'을 소리 높여 읊기 시작했다.
나머지 거지들도 영문을 모르는 채 두 사람을 따라 발을 구르며 신명
나는 가락을 불러 젖혔다.

호방한 기개가 흘러넘치는 강건한 노랫소리가 관제묘 밖까지 널리
울려 퍼지기 시작했다.

그 후 중원 각지에서는 요원(燎原)의 불길처럼 진파와 소수마후들에
대한 소문이 한꺼번에 퍼지기 시작했다.

삼십 년 만에 중원을 노리고 다시 나타난 현성교.

그들이 만든 소수마후들.

현성교에 납치되어 살인 도구로 길러진 중원의 딸들을 구하기 위해
무맹의 오해를 무릅쓰고 나선 적협 진파.

단신으로 현성교에 맞선 적협의 분투가 듣는 이의 피를 끓게 하는
소문이었다.

강호 전체가 갑자기 들끓기 시작했다.

현성교의 혈사를 기억하는 이들은 그들의 재등장에 치를 떨며 무맹
으로 몰려들었고, 현성교를 겪지 못한 젊은이들은 안이한 평화가 깨진
것에 쌍수를 들고 환호했다.

강호의 눈은 지난 삼십 년이래 가장 충격적인 강호출도를 치른 적협
이라는 신진고수의 행방에 촉각을 곤두세웠다.

그러나 구름 속에 모습을 감춘 신룡(神龍)처럼 적협의 모습은 좀처
럼 사람들의 눈에 띄지 않았다.

*　　　　*　　　　*

따가닥, 따가닥…….

평범한 죽립을 깊이 눌러쓴 두 사람이 묵묵히 사두마차를 몰고 있었
다.

좁은 마부석에 어깨를 맞대고 딱 붙어 앉은 모습이 갑갑해 보였지만,
두 사람은 별로 불편함이 없는 듯 편안한 자세였다.

왼쪽에 앉아 있던 조금 왜소한 사내의 턱끝이 미미하게 흔들렸다.

수염 하나 나지 않은 매끈한 턱 선은 여인네의 그것처럼 갸름하게
뻗어 있었다.

"철랑, 왜 그렇게 아무 말도 없어요?"

"그냥. 뭐, 생각 좀 하느라고."

사내로 변장하고 죽립까지 눌러쓴 선지애가 가볍게 어깨를 떨며 소

리 죽여 웃었다.

"철랑 지금 삐친 거죠?"

"삐쳐? 내가 왜?"

"진 소협은 적협이라고 유명해졌는데 철랑은 별 소문이 안 났잖아요."

"어흠. 흠! 지애, 내가 그런 놈으로 보여?"

"그럼 왜 그래요?"

철정의 손이 은근히 선지애의 손등을 덮었다.

"중요한 치료를 너무 미루고 있잖아."

선지애가 킥 하고 웃으며 철정의 손을 탁 쳐냈다.

"좀 늦어도 괜찮아요. 그리고 이렇게 붙어만 있어도 치료 효과는 있잖아요."

"아, 아니…… 그게 아니라……."

그때 마차 안에서 나직한 목소리가 들렸다.

덮개를 씌우고 차양까지 두껍게 늘어뜨린 여행용 마차라 마치 등을 통해 음성이 전달되는 것만 같았다.

"정아……. 마차가 좀 흔들리는구나. 한눈팔지 말고 임무에 집중해라. 확 교대해 버리는 수가 있다."

은근히 선지애의 어깨를 안아가던 철정의 손이 딱 굳었다.

선지애는 웃음을 참느라 입을 틀어막았고, 철정은 아무도 없는 전면을 괜스레 노려보았다.

유현은 편안히 등을 기대고 마차의 흔들림에 몸을 맡긴 채 진파와 벽화를 바라보고 있었다.

십이후 정가영의 뇌호혈에 무적심공을 심던 진파가 손을 뗴었다. 정

가영의 머리를 받쳐 들고 있던 벽화가 그녀의 머리를 조심스럽게 바닥
에 뉘었다.

벽화를 제외한 열한 명의 소수마후는 벽화의 명에 모두 가사 상태로
누워 있었다. 귀식대법을 실행한 것처럼 가끔씩 가는 호흡을 내뱉을
뿐 계속 잠이라도 자는 것만 같았다.

벽화가 송골송골 땀이 맺혀 있는 진파의 이마를 닦아주었다.

흔들리는 마차 안에서 열한 명의 소수마후에게 조금씩 무적심공을
심는 일은 결코 쉬운 일이 아니었다. 온 정신을 집중한 진파의 얼굴에
는 약간 피곤한 기색이 떠올라 있었다.

"오빠…… 좀 쉬어가면서 해……."

"괜찮아. 가영이한테도 효과가 있었으니 부지런히 하면 모두 제 정
신을 차릴 거야."

벽화는 믿음직하다는 듯 진파를 바라보다 방긋 미소를 지었다.

"고마워, 오빠."

"고맙긴, 당연한 일이잖아."

그때 유현이 불쑥 끼어들었다.

"벽화야."

"예?"

유현의 부름에 벽화는 고개를 돌렸다. 여전히 진파의 옆에 딱 붙어
앉아 고개만 돌린 채였다.

"납치된 후 몇 년이나 지났는지 정확히 모른다고 했지?"

"예."

"너…… 일곱 살 때 납치되었다고 했지?"

"그렇죠."

“십 년쯤 지난 것 같다며?”

“예.”

“더 지났을 수도 있겠네?”

“모르겠어요. 연호(年號) 같은 걸 따지는 동네에서 자란 게 아니라서 정확히 몇 년이나 지났는지는 알 수 없죠.”

“그건 왜 물으십니까?”

진파가 이상하다는 듯 유현에게 물었다.

유현이 진파를 향해 시선을 돌렸다. 유현의 눈이 살짝 떨리며 장난스럽게 일그러졌다.

‘또 이상한 장난을 구상 중이시군.’

진파는 표나지 않게 임전 태세를 갖추었다.

벌써 한 달이 넘도록 마차 여행만 하는 중이었다.

마을은 되도록 피하고, 길도 관도만 따라 달렸다. 생필품을 구하러 유현이 빠져나갈 때를 제외하곤 거의 마차 안에서만 생활을 계속했던 것이다.

유현이 퍼뜨리라 지시한 소문으로 인해 소수마후들에 대한 사람들의 인식은 상당히 동정 어린 것으로 바뀌어갔지만, 너무 대단한 소문들이 난지라 운신이 상당히 불편했다.

게다가 현성교의 추적이 염려되어 벽화를 제외하곤 모두 가사 상태에 들어 있었다. 현성교에서 소수마후들의 의식을 감지할 수 있다는 추론에 따른 조치였다. 그 추측이 맞았는지 이제까지 현성교는 그들을 발견하지 못하고 있었다.

계속 치료를 했지만 결과를 확인하기 위해 그들을 깨울 수도 없는지라 마차 안의 일상은 지루하기조차 했다. 서로의 신상에 대해 이야기를 나누는 것도 하루 이틀이지 그 시간이 지나자 무료한 시간이 계속 이어졌다.

그때부터였다, 유현이 짓궂은 장난을 치기 시작한 것은.

알려진 모습을 감추겠다고 깔끔하게 목욕을 한 후, 수염과 머리카락을 다듬은 유현은 지나치는 유부녀들이 누구나 한 번쯤 고개를 돌릴 만한 헌헌장부의 모습을 하고 있었다.

짧게 다듬은 수염은 강한 인상을 만들어냈고, 유현(幽玄)한 눈빛은 부드러움을 더해주어 날카로우면서도 정감이 가는 얼굴이었다.

사지를 휘감은 쇠사슬을 옷 아래 감추어 허리에 찬 검만 아니라면 언뜻 유생처럼 보이기도 하는 유현. 그 유현의 목소리가 장난스럽게 울렸다.

"난 이상해."

"뭐가 말입니까?"

떨떠름한 진파의 반문에 유현은 진파와 벽화를 바라보며 이상한 웃음을 지었다. 유현의 입이 스윽 갈라졌다.

"생각해 봐라. 일곱 살 때 납치되어 십 년쯤 지났다고 하잖니. 그것도 최소한이야. 딱 십 년이라고 해봐라. 너랑 동갑이야. 오빠는 무슨 오빠냐? 벽화가 누나일지도 몰라."

'윽!'

진파의 얼굴이 파삭 일그러졌다.

"왜 말도 안 되는 시비를 걸고 그러십니까?"

"뭐가 말이 안 되냐?"

"전 십 년이 채 안 되었다고 생각합니다."

"어째서?"

"가영이를 보십시오. 다섯 살에 납치되었다니 열다섯일 텐데 저 애가 어디 열다섯으로 보입니까? 저렇게 작고 귀여운 앤데요."

"네 눈엔 가영이만 보이냐? 봐라. 십일후인 설화(雪花)도 가영이랑 동갑이래잖아. 얘가 어딜 봐서 열다섯으로 보이냐? 아무리 봐도 너랑 동갑으로 보인다."

"쟤는 원래 어릴 때부터 좀 성숙했다지 않습니까? 유 숙 정말 이러실 겁니까?"

진파의 목소리가 높아졌다.

벽화는 그런 두 사람을 바라보며 웃기만 할 뿐 아무 말도 없었다.

유현이 갑자기 벽화에게 화살을 돌렸다.

"네가 대답해라. 너도 솔직히 의심했지?"

"뭘요?"

"진파가 너한테 오빠가 되는 나이인지 아닌지 말이다. 저 녀석 가끔 덜떨어진 짓을 하는데 오빠 같디?"

"유 숙!"

진파가 벌떡 몸을 일으켰다.

진파의 얼굴이 꽤 달아올라 있었다.

"왜? 적협으로 변신하려고? 아아…… 정말 말세로구나. 조카가 숙부한테 덤벼들다니……."

주먹을 꼭 쥐고 부르르 떨던 진파가 갑자기 벽화에게 홱 고개를 돌렸다.

"벽화야."

"응?"

"유 숙 말이 진짜냐? 너 정말 내가 오빠일지 아닐지 자신없냐?"

"아니."

상당히 흥분한 진파와는 달리 벽화는 차분하게 고개를 저었다.

"나이는 상관없어. 십 년이 더 지났을 수도 있겠지. 내가 오빠랑 동갑일 수도 있고. 하지만 오빠는 처음 만난 후부터 날 계속 지켜줬어. 내겐 진짜 오빠였지. 그러니까 나이랑 상관없어. 오빤 그냥 오빠야."

"벽화야……."

진파의 굳었던 얼굴이 봄눈 녹듯이 스르르 풀렸다. 진파가 벽화의 손을 잡았다. 둘은 서로의 얼굴을 보며 깊은 신뢰가 담긴 미소를 주고받았다.

유현이 팔짱을 끼며 투덜거렸다.

"이거 정말 재미없군. 아, 진짜 심심하다."

벌렁 누워버리는 유현에게 벽화가 웃으며 물었다.

"아저씨, 이제 얼마 안 남았다면서요?"

"그렇지. 이렇게 하루만 가면 돼. 음양수사(陰陽修士) 곽자양(郭自養)이 은거해 있는 홍연곡(虹宴谷)은 이제 금방이라 봐야 하지."

"근데 그분이 풍협과 교분이 있다는 게 사실입니까? 그분이야 강호에서도 사파에 가깝다고 알려진 분이잖습니까?"

진파의 말에 유현은 피식 웃음을 지었다.

'녀석, 죽어라고 아버지라 안 부르는군. 어디 풍협 앞에서도 그러나 보자.'

유현은 굳이 풍협이라 부르는 진파의 호칭을 문제 삼지는 않았다.

소수마후들을 치료할 수 있는 유일한 사람이 아비인 풍협이라 말해주자 진파의 얼굴에는 참으로 복잡한 표정이 떠올랐었다. 아마도 수많은 생각이 뇌리를 스쳤으리라. 하지만 진파는 아무 말도 없이 풍협을 찾아가자고 그 자리에서 대답했다.

자신이 지키겠다 마음먹은 이들을 위해 끓어오르는 감정을 억누르는 것은 결코 쉬운 일이 아니다. 유현은 그런 진파의 복잡한 심경을 이해했고, 어느덧 부쩍 성숙한 진파가 너무도 대견했다. 그래서 더 장난을 치고 있기도 했다. 진파의 부담을 조금이라도 덜어주고 싶은 마음이었다.

유현은 빙글빙글 웃으며 진파의 질문에 대답해 주었다.

"사실이야. 풍협은 내 마기를 없애는 걸 연구하겠다고 그에게 갔으니까. 풍협을 찾기 위해선 곽자양을 만나야 해. 의술에도 능통하니 혹 도움이 될지도 몰라. 그리고 음양수사와는 나도 좀 인연이 있지."

"인연이라고요?"

진파가 수상하다는 얼굴로 유현을 바라보았다.

"유 숙 혹시 이상한 취미 갖고 계신 겁니까? 그분은 음양인이라고 소문이 자자하잖습니까?"

"맞아. 곽자양은 남자이기도 하고 여자이기도 해. 부모는 남자로 키우고 싶어했지만 말야. 가끔 그런 식으로 태어나는 사람들이 있는 모양이야. 안 된 일이지."

고개를 주억거리는 유현에게 진파는 다시 물었다.

"유 숙, 혹시 그분과 모종의 관계…… 입니까?"

"왜, 그럼 이상하냐?"

"……."

유현이 툴툴 웃었다.

"그렇게 이상하게 생각하지 않아도 돼. 곽자양도 인간이고 나도 인간이다. 사람끼리 정을 느끼는 건 이상한 일이 아니란다. 그 감정이 이성(異性)끼리나 느끼는 그런 감정이라도 결코 이상한 건 아니지.”

“그럼 진짜……?”

유현이 고개를 저었다.

수염을 짧게 잘라 이젠 웃을 때 입술의 움직임도 잘 보였다.

너무 얇지도 너무 두툼하지도 않은 입술이 씨익 하며 갈라졌다.

“미안하지만 곽자양이 좋아한 사람은 내가 아니야.”

“그럼 누군데요?”

“풍협이지.”

“예에?”

진파와 벽화가 동시에 소리를 질렀다.

마차 안에서 즐거운 듯한 유현의 웃음소리가 호탕하게 터져 나왔다.

제28장 홍연미리진(虹宴迷籬陣)

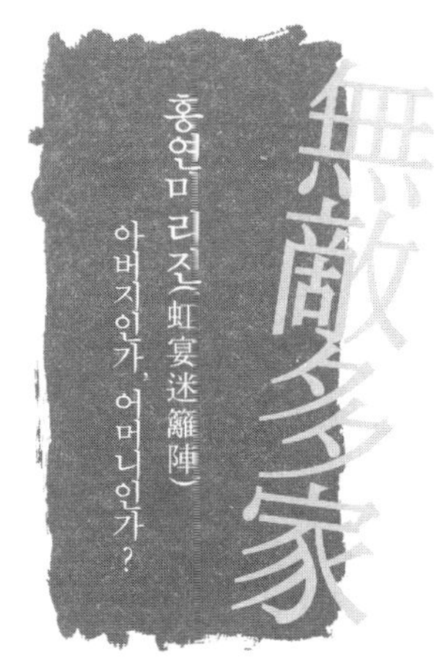

어두운

실내엔 괴괴한 침묵만이 맴돌았다.

요(凹) 자 모양으로 붙여진 세 개의 탁자에는 모두 여덟 명이 자리를 잡고 앉아 있었다.

정면을 향한 탁자에 앉아 있던 삼 인 중 왼쪽에 앉아 있던 문사풍(文士風)의 인물이 천천히 자리에서 일어나 침울한 목소리로 입을 열었다. 같은 탁자의 가운데 앉아 있는 인물을 향해 극도의 공경을 표하면서.

"교주님, 소교주님이 수정타(水精埵)에 드셨습니다."

배치된 자리의 최정점에 앉아 있던 현성교주는 태사의에 몸을 파묻은 채 깊은 침묵을 지키고 있었다. 실내가 어두운 탓도 있었으나 그의 온몸은 은은한 검은 안개에 휩싸여 있어 실체를 구분할 수가 없었다.

교주가 아무 말도 없자 현성교주의 오른편에 앉아 있던 인물이 서 있는 이를 향해 물었다. 두 사람 모두 사십대로 보이는 완숙기에 접어든 사내들이었다.

"문곡(文曲), 소교주의 상태는 어떠신가?"

문곡이라 불린 사내는 슬쩍 고개를 가로저었다.

"의수와 의족은 완전하네. 파괴력 면에서 본다면 본래 몸보다 더 뛰어나다고 해야겠지. 급류 속에 너무 오래 계셨는지라 내상이 심하셨지만 교주님 덕에 모두 회복되셨네. 걱정되는 건 외단주를 잃고 오신 정신적인 충격이네. 수정타의 폐관 수련을 통해 그것을 극복하셔야 할텐데……."

"꼭 소교주가 수정타에 드셔야 했을까?"

사내의 목소리엔 어딘가 안타까움이 섞여 있었다. 그의 시선은 침묵을 지키고 있는 현성교주를 향해 있었다.

문곡 또한 비슷한 시선으로 현성교주를 바라보다가 낮은 목소리로 입을 열었다.

"그에 대해서는 더 이상 아무 말도 하지 말게. 교주님 결정이셨네."

"하지만……."

"그만 하게. 소교주님은 이미 수정타에 드셨어. 어차피 교를 이으실 분이셨네. 지금은 소교주님의 출관 일자에 맞춰 소수마후들을 회수해 오는데 주력해야 할 때네. 소수마후들을 잃은 타격이 너무 크네. 그 때문에 우리의 대계가 흔들릴 지경이야."

"후, 알았네. 한데…… 그분의 시신은 찾았는가?"

"아직 머리의 반쪽을 찾지 못했네. 아마도 짐승들이 물어간 모양이네. 시간이 너무 흘렀으니 조상(彫像)으로 대신해 조장(鳥葬)을 치를 생각이네.”

“죽일 놈들!”

쾅!

탁자를 두드리는 소리가 실내를 가로질렀다. 찔러도 피 한 방울 나오지 않을 듯 단단한 근육질로 덮인 사내는 검게 탄 얼굴이 시뻘겋게 달아올라 있었다. 그를 향해 문곡이 주의를 주었다.

“무곡(武曲), 자중하게. 교주님께서 계신 자리네.”

무곡이라 불린 사내의 얼굴에 아차 하는 빛이 스쳐 지나갔다. 외단주는 바로 교주의 친손녀인 임아영. 어찌 자신의 분노가 교주에게 비기겠는가!

“교주님, 무례를 범했습니다.”

현성교주는 가볍게 고개만 끄덕이고는 왼손을 저어 문곡에게 계속하라는 신호를 보냈다. 문곡은 주위를 둘러보며 목소리를 가다듬었다.

이 자리에 모인 팔 인(八人)은 현성교의 최고 실세들이라 할 수 있었다. 그를 포함한 칠성(七星)은 교주 직속의 육대호법들과는 달리 각기 휘하에 성군(星軍)들을 거느린 존재들이다. 칠성군단(七星軍團)이야말로 삼십 년 전의 혈사 이후 새롭게 정비된 현성교의 모든 것이었다.

문곡은 무곡을 포함한 육 인을 바라보며 말했지만, 그의 어조는 온전히 현성교주를 향한 공경에 차 있었다.

“일단 중원에 파견되어 있는 외단의 기존 활동을 중지시켰습니다. 모든 인원을 동원해 사라진 소수마후들을 찾고 있습니다.”

“일(一)호법께서 총 지휘하시나?”

육대호법의 수장인 일호법 혈조(血爪) 관유(官由)와 평소 가까운 사이였던 파군(破軍)이 묻자 문곡은 고개를 끄덕였다.

"그렇네."

"나로선 이번 인사에 대해 이해할 수 없는 부분이 있네."

"뭔가?"

천군만마를 질타할 것처럼 묵직한 위엄을 갖춘 파군의 목소리가 실내를 울렸다.

"교내에서 소수마후를 조정할 수 있는 제령술을 익히신 분은 돌아가신 동 호법과 외단주인 임 소저, 그리고 교주님 이렇게 세 분밖에 없네. 소수마후들의 정확한 소재를 찾을 수 있는 분들도 이 세 분밖에 없지 않은가? 도대체 일호법께서 어떻게 그들을 찾는단 말인가?"

문곡은 파군의 질문에 즉시 답하지 않고 검은 안개에 휩싸여 있는 현성교주에게 깊이 고개를 숙였다.

"밝혀도 괜찮겠습니까?"

검은 안개가 흔들리며 현성교주가 고개를 끄덕이자 문곡은 다른 여섯의 칠성을 향해 고개를 돌렸다.

"모두 알다시피 소수마후의 제련법을 임 소저께서 해석하시고 동 호법께서 제련을 맡았었네. 교주님을 포함한 이 세 분만이 제령술을 익히셨고, 그분들만이 소수마후들을 완전히 통제할 수 있었지. 외단의 영주들에게 지급된 제령각(制靈角)은 부분적인 명령밖에 내릴 수 없었네. 하지만 제령술만으로는 소수마후들의 위치까지 알 수는 없다네. 제령술을 익힌 사람이라 할지라도 떨어진 거리가 삼천 장을 넘어서면 소수마후들의 위치를 탐지할 수 없지. 원거리에서도 소수마후들의 위치를 감지하는 진짜 방법은 따로 있네."

"혹시…… 본교의 고(蠱)를 이용한 건가요?"

문곡의 음성이 울리는 가운데 옥구슬이 굴러가는 것 같은 아리따운 목소리가 들렸다. 칠성 가운데 유일한 여인인 염정(廉貞)이었다.

문곡이 면사로 얼굴을 가린 칠성의 막내 염정에게 고개를 끄덕여 주었다.

"그렇지. 혈뇌고(血腦蠱)를 이용했다. 소수마후들의 머리엔 혈뇌고의 수컷들이 하나씩 심어져 있지."

"아……!"

낮은 탄성이 여기저기서 흘렀다.

"지금 일호법께서 혈뇌고의 암컷을 갖고 계시네. 아즈까지 일호법께서 소수마후들을 발견하지 못한 것으로 보아 소수마후들은 모두 가사 상태에 든 듯하네. 알다시피 혈뇌고의 수컷은 이식자가 깨어 있을 때만 암컷과 감응할 수 있다네. 하지만 언제까지 그 상태로 있진 못할 걸세. 소수마후들도 먹어야 살 수 있으니까 말야. 일호법께서 애쓰고 계시니 곧 찾아낼 수 있을 것이라 믿네."

"하지만… 그들을 찾더라도 어떻게 제압하죠? 일호법께서 강하시다고는 해도 열둘의 소수마후를 감당하실 수는 없으실 텐데요. 그리고 적협이라는 자가 있잖아요. 그잔 무적다가의 후예예요. 아직 어리다지만 동 호법을 꺾은 자이니 능히 우리와도 대적할 만한 실력자죠. 우리 중 몇이 합세해야 하는 것 아닌가요? 소수마후는 수정타에 드신 소교주님을 위해서라도 꼭 필요할 뿐만 아니라 본교의 가장 중요한 전력 중 하나예요."

그때 검은 안개가 출렁이며 처음으로 현성교주의 음성이 들렸다.

"발견하면……."

듣고 있으면 어둡고 어두워 절망의 나락으로 떨어질 것만 같은 기이

한 마력을 지닌 목소리였다.

교주의 목소리가 들리자 칠성 모두 경건한 얼굴로 현성교주를 향해 부복했다. 그들의 얼굴은 경건하다 못해 두려움마저 엿보였다. 현성교주의 목소리는 참기 힘든 마력을 담고 있었던 것이다. 교주의 마성(魔聲)에 대항이라도 하는 듯 모두가 극도로 공력을 끌어올려 실내의 공기가 마구 요동쳤다.

"만리붕(萬里鵬)을 타고 직접 갈 것이다. 문곡과 염정이 수행한다."

"존명!"

쩌렁쩌렁한 음성이 실내를 가득 울렸다.

"무적다가…… 이번에도 본교의 벽이 되게 할 수는 없겠지……."

현성교주를 둘러싼 검은 안개가 물결처럼 출렁였다.

문곡은 고개를 숙인 채 꾸욱 입술을 깨물고 있었다.

'교주님께서는…… 소교주를 위해 너무 큰 희생을 감내하시고 계시다……. 일호법, 개인적인 감정으로 부디 일을 그르치지 말길 바라오……."

＊　　　　＊　　　　＊

파양호(鄱陽湖)로 모여드는 구불구불한 물길이 거미줄처럼 깔린 강서(江西)의 중앙. 이름처럼 아름답지는 않은 옥화산(玉化山) 초입에 한 대의 마차가 멈추어 섰다.

마차 문이 열리며 준수한 중년 미장부가 사뿐히 내려섰다.

유현이었다.

마부석에 앉아 있던 진파가 물었다.

"유 숙, 정말 혼자 가시렵니까?"

"음. 이곳은 평범한 산 같지만 꽤나 험해. 홍연곡은 마차로 들어갈 수 있는 곳이 아니다. 내가 먼저 가서 사람들을 데려오마. 저쪽 숲에 마차를 숨겨둬라. 귀찮은 일은 딱 질색이야."

"알겠습니다."

진파는 짧게 수긍하고는 마차를 몰아 숲 속으로 들어섰다.

거뭇한 숲의 어둠 속으로 마차가 사라지자 유현은 사뿐히 몸을 날렸다. 철컹 하는 작은 쇠사슬 소리가 유현의 상징처럼 울렸을 뿐 유현의 몸은 어느 곳에서도 보이지 않았다.

숲 속에 들어간 진파는 마차에서 내려 말 등을 쓸어주며 사방을 주시했다. 수상한 기미는 아무것도 발견되지 않았다. 진파의 시선이 마차의 지붕으로 향했다.

"묵아, 내려와라."

마차의 지붕에서 거뭇한 형체가 발딱 일어섰다.

아직도 고양이만한 건 마찬가지였지만, 어느새 몸놀림이 꽤나 날렵해진 묵아는 냉큼 진파의 품으로 뛰어내렸다.

아웅.

볼을 비비며 아양을 떠는 묵아를 진파는 바닥에 내려놓았다.

묵아가 왠지 얼굴을 찡그리는 듯 보였다.

진파는 품속에서 무언가를 감싼 천 뭉치를 꺼냈다.

묵아가 슬금슬금 뒷걸음질쳤다.

"거기 서."

까웅.

"니 엄마한테 강하게 키우겠다고 약속했단다. 쓰더라도 먹어야 한다."

진파가 조용히 타이르자 묵아가 슬슬 눈치를 살피기 시작했다. 달아나지는 않았으나 진파가 내민 손을 피하는 기색이 역력했다. 진파의 손에는 커다란 하수오 뿌리가 들려 있었다.

갑자기 진파의 인상이 잔뜩 찌푸려지며 으스스한 음성이 흘러나왔다.

"개기는 거냐?"

아웅…….

"좋게 말할 때 먹어."

진파의 눈을 간절히 올려다보던 묵아는 진파의 눈에 스산한 빛이 스치자 체념한 듯한 눈초리로 하수오를 받아 물었다. 묵아는 못마땅한 눈으로 하수오를 노려보다 곧 오도독거리며 씹어 먹기 시작했다.

"처음엔 쓰더라도 곧 입에 맞을 것이다."

진파는 묵아를 보며 빙긋 웃음을 지었다. 짐승인지라 무공을 가르칠 수는 없겠지만 할 수 있는 모든 걸 다 해주고 싶었다. 강하게 키우고 싶었다.

그때 마차 문이 열리며 철정과 선지애가 모습을 드러냈다.

"표범 새끼한테 풀뿌리를 먹이니까 그렇지."

"이 녀석이 아직 철이 덜 들어서 그런 거지, 호랑이들도 일부러 호도나 밤을 까먹어. 맹수라고 다 육식만 하는 건 아니야."

"별걸 다 아네."

"교대한 지 얼마 되지도 않았는데 왜 나왔어? 내가 지킬 테니까 좀 더 쉬지 그래?"

“나랑 지애가 밖에서 쉬면서 주위를 살필게. 넌 안에 들어가 있어라.”

“하지만…….”

“자식, 눈치 더럽게 없네. 오랜만에 둘만 있을 기회잖냐! 노인네 눈치 보느라 아무것도 못했다. 빨리 들어가!”

진파의 눈이 가늘게 찢어졌다.

철정의 눈도 비슷한 모양이 되었다.

“음흉한 놈.”

진파의 전음에 철정이 화답했다.

“애들은 이 맛을 모르지.”

큭큭거리며 짧은 눈웃음을 주고받은 둘은 살짝 엄지손가락을 서로에게 치켜들곤 자리를 바꾸었다.

진파는 고개를 돌려 묵아를 바라보며 짧게 소리쳤다.

“다 먹어! 배 만져 보면 금방 안다!”

묵아가 콧등을 찌푸리며 마차 안으로 사라지는 진파의 등을 바라보았다.

진파의 모습이 사라지자 묵아는 발딱 몸을 일으켜 마차 지붕 위로 뛰어올라 갔다. 협박이 못내 무서웠던지 하수오 뿌리는 단단히 입에 물려 있었다.

“벌써 교대해?”

벽화가 소수마후들을 돌보다 마차 안으로 들어서는 진파에게 고개를 돌렸다.

“둘이 기분 내려고 그러는 것 같아서 들어왔어.”

벽화는 진파의 말에 가벼운 웃음을 짓더니 고개를 돌려 누워 있는 소수마후들의 얼굴을 정성껏 닦아주었다.

“걔들 너무 오랫동안 움직이지 않았는데 괜찮을까?”

아무리 신진대사를 거의 멈추다시피 했다지만 소수마후들의 얼굴은 눈에 뜨일 정도로 수척해 보였다. 가사 상태에 든 지 벌써 한 달이 지났다.

“계속 몸을 움직여 주었으니까 몸이 굳지는 않을 테지만 너무 못 먹어서 걱정이야.”

“먹을 때도 먹으라고 명령을 내려줘야 하나?”

이후의 얼굴을 닦아주던 벽화의 손이 멈칫했다. 말이 없던 벽화의 입에서 조용한 대답이 흘러나왔다.

“…아니.”

“배고픈 건 느끼나 보구나.”

“아냐.”

“그럼?”

“몸이 원하면 명을 받지 않아도 움직이지. 그전에 배를 채워주거나 명령을 내려주어야 해.”

“밥 먹으라고 명령을 내려주는 건가?”

“그것도…… 일종의 밥이지.”

벽화의 목소리가 가늘게 떨려 나왔다.

그제야 이상한 기색을 느낀 진파가 벽화의 옆으로 다가가 앉았다.

“왜 그래?”

벽화는 고개를 숙인 채 이후의 얼굴을 바라만 보고 있었다. 벽화의 눈에 뿌연 물막이 드리웠다.

“소수마후들은…… 먹는 즐거움을 몰라……. 배를 채워주지 않아서 몸이 원하면…… 아무 남자나 잡아다 흡정을 해버리지……. 소수마후는…… 그런 존재야……."

악다문 이에서 뿌드득 하고 이 가는 소리가 들렸다. 벽화는 고개를 들어 마차의 천장을 바라보았다. 벽화의 눈을 가득 채운 눈물은 결코 흘러내리지 않았다.

"우린… 그런 괴물이야……."

진파는 묵묵히 벽화를 바라보다 그녀의 어깨를 손으로 감쌌다.

"너흰 절대 괴물이 아냐. 전부 고쳐 줄게. 반드시!"

"오빠……."

진파를 보느라 벽화가 고개를 돌리자 간신히 참던 눈물이 주르르 흘러내렸다.

진파는 벽화에게 천천히 고개를 숙였다.

벽화의 볼에 흘러내리는 눈물을 핥았다. 벽화의 감긴 눈을 핥아주었다. 입을 맞추었다.

스스로를 괴물이라 말할 수밖에 없는 벽화의 마음을 그렇게라도 씻어주고 싶었다. 아픔도 때론 전염이 되는 것일까? 진파는 벽화와 입을 맞추면서도 육체적 흥분보다는 안타까운 마음에 가슴이 묵직해짐을 느끼고 있었다.

벽화를 위해서는 무엇이든 다 할 수 있을 것만 같았다. 정말 만나고 싶지 않은 아버지도 그래서 찾아가는 길이었다. 아버지……. 아버지를 생각하자 진파의 마음도 무거워져만 갔다.

진파와 벽화는 그렇게 아무런 말 없이 서로의 아픔을 느끼고 감싸주며 보듬어 안아주고 있었다.

얼마나 시간이 흘렀을까? 갑자기 마차 밖에서 유현의 커다란 목소리가 들렸다.

“이런 자식들! 그새를 못 참나!”

“언젠 열심히 치료하라면서요?”

“때와 장소는 좀 가려가면서 해!”

철정의 투덜거리는 소리가 마차 밖에서 들렸다.

진파와 벽화는 서로 얼굴을 맞대고 쿡쿡 웃음을 터뜨렸다. 진파가 벽화의 머리를 쓰다듬었다.

“걱정하지 마. 풍협이 방법을 모르면 세상을 다 뒤져서라도 고칠 사람을 찾자. 아니, 풍협은 반드시 알 거야. 나만 믿어.”

“고마워…….”

“그래, 그렇게 웃어야지.”

그때 마차 문이 벌컥 열렸다.

유현의 목소리가 정말로 크게 울렸다.

“니들도 그 짓이냐? 이 자식들이 어른이 몸소 다녀오는데 그새 그 짓들을 해? 니들 오늘 죽어볼래?”

“무슨 말씀이십니까?”

“입이 있으면 변명이라도 해봐!”

자연스럽게 벽화를 품에서 떼어낸 진파가 몸을 일으켰다.

“저 사람들 인사나 시켜주세요.”

“아니, 이놈이!”

진파가 유현을 무시하고 마차 밖으로 나서자 유현이 진파의 뒤를 따르며 계속 소리를 질렀다.

“이놈! 이젠 숙부를 막 무시하나—!”

“유 숙, 그 나이에 질투는 정말 어울리지 않습니다.”

“뭐야? 아니, 이놈이?”

벽화는 마차 안에서 떠들썩한 밖의 소리를 들으며 계속 웃고 있었
다.

'오빠, 정말 고마워. 정말.'

홍연곡에 들어선 진파 일행은 아담한 전각에 안내되어 여장을 풀었
다.

곡내의 여인들이 한 명씩 업고 온 소수마후들을 침상에 눕히고는 곡
주님이 기다린다는 전갈을 했다.

벽화만 남고 모두가 곡주를 만나러 여인들의 뒤를 따랐다.

마차와 말의 처리까지 일괄해서 떠맡은 홍연곡의 여인들은 대단히
활기에 넘치면서도 일사불란하게 움직였다. 병영(兵營)에 들어선 것 같
은 활기마저 느껴졌다.

세상과 격리된 것이 분명한 절벽 너머에 위치해 있건만 홍연곡의 공
기는 따뜻했고, 곡내를 오가는 여인들도 하나같이 아름답기 짝이 없었
다. 한참 커나가는 생기 넘치는 마을을 방문한 것 같은 기분이 들었다.

유현의 뒤를 따르던 진파가 물었다.

"유 숙."

"왜?"

"홍연곡엔 음양수사님 빼고는 모두 여자만 있습니까?"

진파 일행을 안내하는 여인들의 어깨가 흔들렸지만 진파는 그것을
보지 못했다. 유현의 얼굴에도 웃음기가 떠올라 있었다. 홍연곡에 모
여 있는 이들은 거의 곽자양과 비슷한 처지에 있는 남자들이었던 것이
다. 그들을 안내하는 여인들도 실은 여장한 남자들이었으나 유현은 모
른 척하고 진파에게 말을 건넸다.

"곽자양도 여자야."

"남자기도 하잖습니까?"

"본인이 여자라는데 여자 대접을 해주면 만사 편하잖냐. 간단하게 생각해라."

"으음……."

진파가 미간을 찌푸렸다.

"유 숙은 어려운 걸 참 간단하게 말하십니다."

"별로 어렵지 않을 게야."

"글쎄요……."

유현의 입에 피식 웃음이 떠올랐다.

"보면 알아."

진파가 무슨 말이냐는 표정으로 유현을 바라보았다.

"곽자양을 보면 알 거다 이 말이야. 다 왔다."

진파와 유현, 철정과 선지애는 여인들의 안내를 받으며 홍연곡의 중심에 위치한 전각으로 들어섰다. 중심에 있다고 딱히 크지도 않은 전각은 조용한 느낌이 들어 마음까지 편안해지는 곳이었다.

안내에 따라 내실로 들어선 진파 일행은 마침내 곽자양을 만날 수 있었다.

곽자양과 마주 선 진파는 흠칫 놀라지 않을 수 없었다.

유현이 어렵지 않을 거라고 한 말을 정말 보자마자 알 수 있었다.

그의 앞에 서 있는 음양수사 곽자양을 남자라고 할 사람은 세상 어디에도 없을 것이었기에.

초승달처럼 곱게 뻗은 눈썹과 별빛 같은 눈. 섬연한 자태와 주름을 그려 올리며 부드럽게 몸을 감싼 하얀 착수배자(窄袖褙子).

"홍연곡에 오신 걸 환영해요."

약간 낮은 것을 빼면 여지없는 여자의 목소리였다.

강호에 알려진 대로라면 마흔은 넘었을 터인데도 어느 모로 보나 삼십대 초반의 미부인으로 보일 뿐이었다.

철정이 진파의 옆구리를 꾹 찍었다.

모두 인사를 건넸는데도 진파만이 곽자양의 얼굴을 바라만 보고 있었던 것이다.

곽자양과 모든 이의 시선이 진파의 얼굴에 꽂혔다.

"진파라고 합니다."

진파는 천천히 포권을 취했다.

고개를 든 진파는 여전히 곽자양의 얼굴을 바라보고 있었다.

"왜 그렇게 보지요?"

부드러운 음성이 실내에 울렸다.

"아, 예……."

"신기한가요……?"

곽자양의 조용한 음성이 어딘가 처량하게 들렸다.

진파는 곽자양의 얼굴을 보며 힘차게 고개를 가로저었다.

"알려진 나이에 비해 너무 젊고 아름다우서서 그랬습니다. 그것뿐입니다."

곽자양의 입에서 맑은 웃음소리가 터졌다.

오랜만에 찾아온 손님들을 자리에 앉히면서도 곽자양의 얼굴에서는 미소가 떠나지 않았다.

한동안 유현과 곽자양의 대화가 계속 이어졌다.

"흠……. 그랬군."

유현은 머리를 끄덕였다.

곽자양의 말에 따르면 구 년 전 풍협이 홍연곡을 떠난 이후 곽자양도 풍협을 본 적이 없다 했다. 유현의 마기를 풀겠다고 홍연곡에서 의서를 뒤지며 일 년 동안 연구를 하다 단서를 찾았다며 급히 떠났다는 것이다.

곽자양의 옆자리에 앉아 있던 진파가 물었다.

"그럼, 어디로 가신지도 모르십니까?"

"추측이 가는 곳은 몇 군데 있어요. 검치 오라버니의 마기를 치료한다고 연구하셨던 자료를 저도 보았으니까요."

"그게 어딥니까?"

진파가 급하게 물었으나 곽자양은 즉시 대답하지는 않고 진파의 얼굴을 이리저리 뜯어보았다.

"아버지를 정말 많이 닮았군요, 다 소협."

검치에게 진파가 자기 신분을 알았음을 미리 들었던지 곽자양은 진파를 다 소협이라 불렀다. 진파가 미간을 찌푸렸다.

"그를 아버지라 인정한 적은 없습니다. 다 소협이라 부르지 말아주셨으면 합니다."

"호호!"

곽자양은 우습다는 듯 소매를 들어 입을 가렸다.

"정말 닮았군요. 그 태도까지도요."

"장소를 아시면 어디로 갔는지 가르쳐 주십시오."

곽자양의 얼굴에 그윽한 미소가 떠올랐다.

"내 부탁을 진 소협이 들어주면 가르쳐 드리지요."

"뭐든 말씀만 하십시오."

"뭐든지요?"

"물론입니다."

유현이 돌연 이마를 짚으며 눈을 감았다.

"오라버니, 왜 그러시죠?"

"아, 아니다."

유현은 얼른 이마에서 손을 떼며 호탕하게 웃음을 터뜨렸다.

한바탕 웃음으로 얼버무린 유현은 곽자양을 다정하게 불렀다.

"이봐, 곽매."

"왜요?"

"웬만하면 그냥 가르쳐 주지 그래? 지금 시간이 없어. 소수마후가 된 아이들을 강제로 재워놓았는데 언제까지 그럴 수는 없잖아. 애들 볼이 홀쭉해졌다구."

"아니, 왜요?"

유현은 원리는 모르겠지만 현성교가 소수마후들의 의식을 감지해 찾을 수 있다는 것, 온전한 정신을 찾아야만 현성교에서 찾지 못한다는 것, 거기다 소수마후들을 직접 제압할 수 있는 심어제령술이 남아 있음을 차분히 설명해 주었다.

곽자양이 고개를 끄덕였다.

"과연. 그래서 다 대가를 찾으려는 것이군요. 다 대가라면 어떤 심령 제압이라도 풀 수 있을 거예요."

"그렇지."

"하지만 제게도 시간은 필요해요. 홍연곡에 머무실 때 제 서고를 뒤집어놓다시피 연구를 하셨거든요. 떠나면서 돌아올 때까지는 그걸 건드리지 말라고 하셨어요. 난장판이 된 그곳을 일일이 뒤져야 하는데 그러려면 저도 시간이 필요하죠."

"추측이 가는 곳이 있다면서?"

"그게…… 여러 곳이거든요. 하지만 자세히 정리하면 한 군데로 압축할 수도 있을 거예요."

유현은 미간을 찌푸렸다.

"꽤 오래 걸리겠군."

유현의 난처한 표정을 보던 곽자양은 손으로 입을 가리고 교태롭게 웃음을 터뜨렸다.

"오라버니는 그동안 머리가 많이 굳었군요."

"무슨 말이냐?"

"이곳이 어디란 걸 잊으신 거예요? 재워놓은 아이들을 여기서는 깨워도 되잖아요."

유현의 얼굴빛이 확 풀렸다. 그의 손이 탁자를 두드렸다.

꽝!

"그렇지! 홍연미리진(虹宴迷籬陣)이 있었군!"

소매로 얼굴을 가린 곽자양의 얼굴에는 묘한 미소가 떠올라 있었다.

곽자양의 거처를 떠나 밖으로 나온 진파 일행은 휘둥그렇게 눈을 떴다.

화창하게 맑던 홍연곡의 주위가 돌연 뿌연 안개로 휩싸였던 것이다. 마치 안개로 벽이라도 쌓아 올린 것만 같았다.

"저게 홍연미리진인가 봐요?"

선지애가 묻자 유현은 고개를 끄덕였다.

"음. 밖에서 보면 무지개가 뜬 것으로밖에 보이지 않지. 밤에는 더 짙은 안개에 휩싸인단다. 우리가 들어오느라 해제했던 진을 다시 발동시켰구나."

"여기는 날씨가 좋기만 한데요?"

"위를 봐."

유현의 말대로 고개를 든 선지애는 짧은 탄성을 내질렀다.

동그란 파란 원반이 머리에 떠 있는 것만 같았다. 홍연곡을 중심으로 안개의 벽이 두터이 쳐졌으나 홍연곡 안만은 파란 하늘 아래 여전히 화창한 날씨였던 것이다. 하늘 위로 휘황한 쌍무지개가 걸려 있었다.

"신비로운 진이지."

"아름답기는 하지만…… 저걸로 현성교의 추적에서 안전할 수 있다는 말입니까?"

진파가 다소 미덥지 않다는 듯 묻자 유현은 고개를 끄덕였다.

"그럴 게다. 저 안개 벽은 그냥 안개가 아니야. 소리도 차단하고 빛도 차단한다. 아무것도 보이지 않고 들리지도 않지."

"그래요? 하지만 의식을 탐지하는 건 막지 못할지도 모르지 않습니까?"

"아니."

유현은 고개를 흔들었다.

"저 진을 설치한 사람은 그것마저 염두에 두었을 것이다. 곽자양이 그에게 세상 모든 것과 차단시켜 달라 주문했거든. 그는 여러 섭혼대법에도 능통했기 때문에 그마저 염두에 둔 것으로 안다. 이 홍연곡은 세상과 완전히 분리된 곳이야."

선지애가 유현에게 고개를 돌렸다.

"그렇게까지 할 이유가 있었을까요?"

"있었지."

유현이 천천히 벽화가 있는 전각을 향해 걷기 시작하자 진파들도 그를 따랐다.

유현의 목소리가 잔잔하게 이어졌다.

"곽자양은 원래 복건(福建) 태생이다. 부모가 복건 사람은 아니지만 그곳으로 이주한 후에 곽자양이 태어났지."

"음양인으로 태어난 게 문제가 되었나요?"

"아니."

선지애의 질문에 유현은 고개를 가로저었다.

"그곳이 복건이라는 것이 문제가 된 것이란다."

"복건이 왜요?"

"복건에는 대대로 재미있는 풍습이 전해지지. 계(契)라는 거야."

"계요? 그게 뭐 어때서요?"

"복건의 계라는 건 단수(斷袖)를 의미한다."

"단수요? 소매를 자른다니, 무슨 말이죠?"

유현은 철정의 질문에 슬쩍 미소를 머금었다.

"예전 한(漢)나라 시절, 애제(哀帝)와 동현(董賢)의 일화에서 나온 말이지."

"어떤 얘기인데요?"

선지애가 궁금해하자 유현은 이상한 미소를 띠고는 자세히 설명을 해주었다.

"애제와 동현은 애인 사이였다. 동현을 사랑한 애제가 동현을 궁에 불러들였지. 어느 오후에 둘이 동침을 하였는데 국사(國事)가 있어 애제가 침대에서 일어나야 했단다. 그런데 자고 있던 동현의 몸에 애제의 옷소매가 깔려 있었다는 거야. 애제는 황제였음에도 자고 있는 동현이 너무나 사랑스러워 차마 그를 깨우지 못하고 자기 옷소매를 칼로 잘랐다고 한다."

"어머! 아름다운 얘기잖아요!"

"음. 문제는 그 동현이 바로 남자였다는 거야. 애제도 물론 남자였고. 단수는 남색(男色)을 가리키는 말이란다. 물론 복건의 계라는 것도 남색을 의미하는 전통이지."

"예엣?"

선지애의 얼굴에 참으로 설명하기 어려운 표정이 떠올랐다. 철정과 진파의 얼굴도 비슷했다.

유현은 담담한 얼굴로 말을 이었다.

"복건은 원래 남색이 성행한 곳이야. 복건의 계(契)란 남자들끼리 결혼을 하는 걸 의미한다. 계형(契兄)이니 계제(契弟)니 해서 아예 부부를 부르는 말이 따로 있지. 곽자양이 자라나자 그 아리따운 미태에 사방에서 남자들의 청혼이 잇따랐단다."

"그런 곳도 있습니까?"

진파가 어이없는 얼굴로 묻자 유현은 고개만 까닥했다.

"사람 사는 방법은 여러 가지니까. 문제는 곽자양의 부모는 그런 가치관에 동의할 수 있는 사람들이 아니었다는 거지. 끝내 그것을 거절하고 남자로만 키우려 했다."

"지금 보면 완전히 여자던데요?"

"원랜 저렇지 않았어. 곽자양도 처음엔 자신을 남자로만 여겼단다. 일가가 몰살당하고 강제로 계제가 되기 전까지는 말이다."

유현의 말을 듣던 모두가 눈살을 찌푸렸다.

"강제로 그랬다는 겁니까? 일가를 몰살시키면서까지요?"

"그만큼 아름다웠던 거지…… . 복건에서 아름다운 남자가 어찌 대접받는지는 보지 않고서는 모른다. 나도 듣기만 했지만 거의 보물 쟁탈전 같았다더군."

"휴우…… ."

진파가 짙은 한숨을 내쉬었다. 담담한 듯 웃는 곽자양에게 그런 어처구니없는 사연이 있을 줄은 상상도 못했던 것이다.

"가까스로 그곳을 탈출했을 때는 이미 몸과 마음이 완전히 망가진 상태였지. 사창가를 전전하다 제 사부를 만나 무공을 배웠단다. 복건으로 돌아가 피의 복수를 했지. 곽자양이 사파에 가깝다고 알려진 건 그 잔인한 복수극 때문이야. 완전히 마을 전체를 피바다로 만들어 버렸으니까."

"그랬군요…… ."

선지애가 절레절레 고개를 흔들었다.

"강호에 나온 후에도 곽자양의 미색을 탐낸 놈들은 수도 없었지. 불행히도 그녀의 무공은 절정의 코앞에서 멈췄기 때문에 그리 강하다 할 수도 없었어. 혈야차란 놈한테 겁탈당하려는 걸 풍협이 구했지. 어쩌다 보니 나와도 이런 저런 인연을 맺었구나."

"그래서 세상과 절연한 것이군요."

"그래."

"그럼 이 진을 만들어주신 분은?"

"음. 짐작하는 대로다. 풍협이야."

어느덧 벽화가 있는 전각에 도착해 그들은 그만 우울한 대화를 맺었다.

진파는 가라앉은 듯 처량했던 곽자양의 목소리를 떠올리고 있었다.

'아버지…… 당신 꽤 괜찮은 사람이었군요. 남한테는……'

진파는 조용히 유현 등의 뒤를 따라 전각 안으로 들어섰다.

홍연미리진이 현성교의 추적을 막아줄 것이라는 유현의 이야기를 듣고서 벽화는 뛸 듯이 기뻐했다.

그렇지 않아도 소수마후들의 건강이 못내 걱정되던 참이었기에 가사 상태를 풀어도 된다는 말은 너무나 기쁜 소식이었던 것이다.

"그럼 오빠만 남고 모두 잠시 나가주세요."

"진파만? 왜?"

"아저씨나 철 소협이 있으면 위험해요. 지금 모두 배가 고플 테니까요. 무작정 정기를 빼앗으려 할지도 몰라요."

"진파는 괜찮고?"

"괜찮을 거예요. 그동안 오빠가 무적심공으로 치료해 줄 때 저도 계속 암시를 줬거든요. 오빠를 따르라고요."

유현이 끄응 소리를 내며 진파를 바라보았다.

"좋겠구나."

"뭐가요?"

아직 곽자양의 과거에 대해 들은 충격이 가시지 않았는지 진파의 얼굴은 굳은 채였다.

유현이 툭툭 어깨를 쳤다.

"꽃밭에 파묻히다니 얼마나 부러운 일이냐? 게다가 나이도 다양하지. 미모도 각각이지. 부럽다…… 부러워."

"무슨 소리십니까? 그저 벽화의 친구들일 뿐입니다!"

진파가 당황한 듯 강하게 부정했으나 유현의 탄식은 계속 이어졌다.

"열두 소저에게 사랑받다……. 아아, 언제 그런 복연을 누려보나……."

철정이 동의라도 하듯 크게 고개를 끄덕였다.

선지애가 철정의 옆구리를 사정없이 내질렀다.

"으윽!"

도끼눈을 부릅뜬 선지애의 모습은 언젠가 철정을 닦달하며 몰아칠 때의 그것과 같았다.

"그저 남자들이란!"

선지애는 철정의 귀를 틀어잡고 유현에게 싸늘하게 말했다.

"나가자구요, 아. 저. 씨!"

"그러자꾸나. 봐봤자 배만 아프지."

유현이 에효 에효 탄식을 거듭하며 밖으로 나서자 선지애는 벽화를 향해 쌩긋 웃어주었다.

"아무 걱정 마. 별 이상 없을 거야."

"고마워요, 언니. 그리고 나가서서 음식을 좀 준비해 주세요. 아주 많이요."

"알았어. 그럼, 철랑. 갈까요?"

"이, 이거 놓고 가면 안 될까?"

"안 돼요."

선지애가 철정의 귀를 잡고 질질 끌다시피 밖으로 향했다.

벽화는 열한 명의 소수마후를 둘러보다 진파를 향해 눈을 돌렸다.

"오빠, 혹시 모르니 연혼사를 쓸 준비를 해."

"다칠지도 모르는데?"

“묶는다 생각하면 돼. 그런 일이 없길 바라지만 정기가 모자라 이성을 잃을 수도 있으니까. 잘못하면 이곳 사람들이 다 죽을 수도 있어.”

진파는 바싹 긴장한 채 자세를 갖추었다.

벽화는 눈을 감고 긴장한 태도로 심어를 전했다.

[모두 눈을 떠라!]

열한 명의 소수마후는 동시에 번쩍 눈을 떴다.

[일어나 앉아!]

턱 하고 일어나 앉는 모습이 강시가 몸을 일으키는 듯 음산하기까지 했다.

벽화는 조심스러운 눈초리로 소수마후들을 한 명 한 명 관찰했다.

진파가 오는 동안 계속해서 무적심공을 불어넣어 주었기 때문에 그녀의 얼굴에는 한 가닥 기대가 서려 있었다.

벽화의 입이 살짝 벌어졌다.

“가영아……?”

제일 먼저 진파의 치료를 받았던 정가영.

그녀의 고개가 벽화를 향해 스르르 돌려졌다.

“아! 가영아!”

벽화가 와락 정가영을 끌어안았다.

“알아보겠니? 언니 알아보겠어?”

정가영의 얼굴을 쓸며 벽화는 젖은 목소리로 소리쳤다.

“……”

정가영은 말이 없었다.

그러나 그녀의 눈은 분명히 벽화의 눈을 마주 보고 있었다.

유리같이 표정없던 정가영의 눈에 언뜻 반가움이 스치고 지나갔다.

"가영아! 대답해 봐! 벽화 언니야! 대답 좀 해봐!!"

"으… 어, 어니……."

쇠라도 긁듯이 갈라진 목소리였지만 정가영의 목에서는 분명한 사람의 언어가 튀어나왔다.

"가영아아!!"

정가영을 와락 끌어안은 벽화의 눈에서 주르륵 눈물이 흘러내렸다.

벽화는 눈을 돌려 나머지 열 명의 얼굴을 하나하나 바라보았다.

모두 벽화를 바라보고 있었다.

유리 같은 눈망울이 아니었다.

스무 개의 눈동자에는 미약하지만 어렴풋이나마 인간의 감정이 떠올라 있었다.

그 눈망울들이 점차 뿌옇게 흐려 보였다.

벽화는 친구들과 언니들, 동생들의 눈을 보려고 끊임없이 눈시울을 닦았다.

그러나 눈물은 멈추지 않았다.

벽화의 입에서 웃음소리가 터져 나왔다. 울면서 웃는 것이었지만 어느 때보다 맑고 드높았다.

벽화의 몸이 허공을 날았다.

진파는 벽화의 몸을 받아 안으며 잘게 떨리는 그녀의 어깨를 다독여 주었다.

"다행이다. 다행이야……."

진파의 얼굴에 활짝 웃음꽃이 피어 있었다.

*   *   *

“드디어!”

현성교의 일호법인 혈조 관유는 품속에서 혈뇌고가 요동을 치는 것을 느끼고는 다급히 상자를 꺼내 들었다. 관유의 손에 들린 작은 철 상자가 폭풍을 만난 것처럼 드드드 흔들리고 있었다. 쩍쩍 갈라진 관유의 손이 상자를 꽉 움켜쥐었다.

“이것들이 가사 상태를 이제야 풀었구나! 그리 멀지 않은 곳이다!”

강퍅한 주름이 가득 그어진 고집 센 얼굴에 살기가 돌아 흘러넘쳤다. 관유는 자신을 따르는 외단 소속의 여섯 영주를 돌아보았다.

“모두 전열을 갖춰라!”

관유를 제외하고는 모두 깊숙이 오립을 눌러쓴 채였다.

일(一)영주가 관유를 향해 깊이 고개를 숙였다.

“어느 쪽이오이까?”

“동남쪽! 놈들은 강서에 있을 것이다! 서둘러라!”

“교에 알리오리까?”

“물론!”

관유는 파양호가 있는 동남 방향으로 고개를 돌리며 지그시 이를 물었다. 나이 차 때문에 혼자서 마음에만 품고 있던 임아영을 죽인 놈들이다. 소수마후들은 교주의 연공을 위해 건드릴 수 없겠지만 다른 놈들은 살려둘 마음이 없었다. 특히 적협이라 소문난 무적다가의 후예는 천참만륙(千斬萬戮)을 해도 시원치 않았다. 관유는 누가 임아영을 죽였는지 잘 알고 있었다.

으드득.

이 가는 소리가 낮게 울렸다.

위치만 포착하고 교주를 기다리라는 명을 받았지만 관유의 마음은 급하기만 했다.

'반드시 내 손으로 임 소저의 원혼을 달래주겠소. 반드시!'

*   *   *

똑똑.

"벽화 동생, 이제 들어가도 될까? 음식 준비가 됐어."

"예, 언니."

조심스럽게 문이 열리고 유현과 철정, 선지애가 빠끔히 고개를 내밀었다.

"음?"

"쿵."

"어머?"

각기 다른 탄성이 터지며 세 사람은 방 안으로 한꺼번에 들이닥쳤다.

그 뒤를 따라 홍연곡 여인들이 들어서서 십여 개가 넘는 상을 들여놓고 바삐 방을 나섰다. 음식 냄새가 가득했지만 유현 등의 시선은 온통 진파에게 쏠려 있었다.

"너, 도대체 뭐 하는 거냐?"

유현이 어처구니없다는 듯 진파에게 물었다.

"아, 예……. 어, 어……."

진파는 벌겋게 달아오른 난감한 얼굴로 제대로 대답도 하지 못했다.

그럴 수밖에 없었다.

열한 명의 꽃 같은 여인들에게 둘러싸인 남자라면 도두가 그럴 것이다. 더구나 그 열한 명이 하얀 섬섬옥수를 뻗어 자신의 몸을 어루만지고 있다면 더할 것이다.

엉거주춤 침상에 걸터앉은 진파의 주위에는 가사 상태에서 벗어난 열한 명의 소수마후가 모여들어 진파의 머리카락을 만지고 얼굴을 쓰다듬고 있었다. 그들의 몸은 진파에게 찰싹 달라붙어 있었다.

유현이 벽화에게 고개를 돌렸다.

"벽화야, 저거 설명 좀 해주련? 어떻게 된 거냐?"

벽화도 난감한 표정이었다. 이마에 손가락을 대고 미간을 찌푸린 채 벽화가 대답했다.

"오빠가 치료할 때, 저 말고는 오빠만 따르라고 계속 암시를 주었거든요. 그것 때문인지…… 몸을 움직여도 된다고 하니까 오빠에게 다 몰려들어서는 저러네요……."

돌연 철정이 쩝쩝 입맛을 다셨다.

바로 응징이 가해졌다.

철정은 옆구리를 움켜쥔 채 억울하다는 표정으로 선지애를 바라보았지만, 쌍심지에 불을 켠 선지애의 얼굴을 보며 낮은 한숨만 토해냈다.

"벽화 동생, 일단 뭘 좀 먹이기부터 하지?"

"오빠한테 익숙해지는 과정이니까 좀 더 두고 보죠."

선지애가 눈을 동그랗게 떴다.

"저걸 두고 본다고? 벽화 동생은 맘도 좋네? 우정이 먼저라 이거야?"

벽화는 이마를 훔치며 슬쩍 아미를 찌푸렸다.

"뭐가 먼저다보다는…… 저걸 어떻게 말려요?"

진파를 둘러싼 소수마후들의 눈빛은 하나같이 아이의 눈빛이었다. 신기한 장난감을 보는, 그러면서도 무언가 친근감을 느껴 나름대로 애정을 표하는 그런 눈빛이었다.

십이후 정가영은 계속 고개를 갸웃거리고 있었다.

정가영이 손가락으로 진파의 볼을 꾸욱 찔렀다. 진파가 가만히 있자 정가영은 다른 손으로 진파의 반대편 볼을 꾸욱 찔렀다. 그래도 가만히 있자 정가영은 열 손가락 모두로 진파의 볼을 쿡쿡쿡 찌르기 시작했다.

"키… 키…….ˮ

정가영의 얼굴에는 어색하지만 분명 웃음이 떠올라 있었다.

진파는 눈을 동그랗게 뜨고 난감한 표정으로 정가영을 바라보았다.

정가영의 손이 점점 빨라지고 있었다.

아무리 장난이라지만 상대는 소수마후.

볼따구니에 쇠 젓가락을 꽂아 넣는 듯해 점점 심하게 아파왔지만 진파는 꾸욱 참았다. 얼굴 가득 장난기 서린 웃음을 띠고 있는 정가영을 어떻게 말린단 말인가?

'이건 벽화 때보다 더 심한데……!'

돌연 정가영이 진파의 볼을 움켜쥐더니 옆으로 주욱 늘였다. 입 안에 정가영의 손가락까지 들어왔다.

'우욱! 이거 장난이 아닌데……!'

그때 정가영의 팔을 탁 치는 손이 있었다.

십일후 설화의 손이었다.

벽화는 둘이 동갑이라 했지만 아무리 봐도 동갑으로는 보이지 않았다. 키도, 몸매도 벽화와 거의 비슷한 설화. 청순해 보이는 그 얼굴에 별다른 표정은 떠올라 있지 않았다. 그러나 설화의 손은 매섭기 그지 없었다.

"으……!"

정가영이 설화를 향해 홱 몸을 틀었다.

잠시 설화와 눈싸움을 하던 정가영은 무시하듯 몸을 돌려 다시 진파의 볼을 잡아갔다.

그러나 정가영의 손은 진파의 볼을 잡지 못했다.

어느새 설화가 진파의 몸을 가로막고 선 것이다. 양팔을 벌려 진파의 앞을 완전히 가로막은 설화의 머리가 허공으로 곤두서기 시작했다.

유현이 끌끌 혀를 찼다.

"완전히 장난감을 두고 다투는 아이들 같구만."

"십일후는 진파를 보호하려고 그러나 본데요?"

"그런가? 저 속내를 지금이야 어찌 아누?"

"저거 말려야 되는 거 아닐까?"

선지애가 벽화에게 말하자 벽화가 고개를 끄덕였다.

"이제 그래야겠네요."

막 심어로 명을 내리려던 벽화가 어이가 없어 입을 벌리고 말았다.

정가영과 설화의 사이를 헤치고 들어간 이후가 갑자기 진파의 머리를 꼬옥 끌어안은 것이다. 이후의 삼단 같은 머리카락이 진파의 머리 위로 흘러내렸다. 침상에 앉아 있던 진파는 졸지에 이후의 가슴에 머리를 묻은 꼴이 되었다.

풍만한 이후의 가슴에 파묻혀 놀란 진파는 얼결에 고개를 흔들며 떨어지려 했다.

안 떨어졌다.

양팔을 쓰려 했는데 이미 늦었다. 양팔에도 소수마후가 한 명씩 달라붙어 있었다.

"쟤, 비비는데?"

유현이 조용히 말하자 철정이 고개를 끄덕였다.

"그렇군요. 위아래로 끄덕여도 감촉이 괜찮은데."

"돌려도 좋잖아."

"아, 그것도 있군요."

"뭐예욧!"

선지애가 버럭 고함을 지르자 유현과 철정이 찔끔한 표정으로 서로의 얼굴만 바라보았다. 그러나 그들의 입술은 그새를 참지 못하고 달싹거리고 있었다.

"이젠 다 끌어안는데요?"

"다는 아냐. 등을 안은 건 삼후고, 양팔을 가슴에 안은 건 팔후와 구후다. 나머지는 그냥 냄새만 맡잖아."

"냄새로 판단하는 걸까요?"

"그런가 보다. 허, 참. 부러운 일이군……."

"글쎄 말입니다……."

마침내 벽화가 참지 못하고 심어로 명을 내리자 한바탕 소동이 가라앉았다. 모두가 진파의 곁에서 떨어졌다.

벽화가 식사를 명하자 모두 배가 고팠는지 음식을 향해 달려들었으나 그들은 여전히 진파의 주위에 둘러앉아 있었다. 힐끔힐끔 벽화의 눈치를 보며 진파에게 시선을 주는 열한 명의 소수마후를 보며 벽화는 한숨만 내쉬고 있었다.

　선지애의 잔소리를 피해 방을 나섰는지 유현은 어느새 곽자양과 마주 앉아 있었다. 독대였다.
　"곽매, 어쩔 생각이지?"
　"뭘 말씀이세요?"
　나른한 표정으로 유현을 바라보며 곽자양은 오른손으로 턱을 고였다.
　곽자양이 고개를 기울이자 검은 머리카락이 물결처럼 흘러내렸다.
　유현은 담담한 얼굴로 탁자 위에 놓인 찻잔을 들었다.
　침착하게 차를 한 모금 마신 유현은 뚜껑을 덮으며 곽자양을 바라보았다.
　"진파에게 뭘 요구할 셈이냐?"
　"그거야 오라버니가 참견할 문제가 아니잖아요."
　"곽매, 너 설마……."
　"설마 뭐요?"
　"내 입으로 꼭 말을 해야겠냐?"
　곽자양은 턱을 고인 채로 교소를 터뜨렸다. 박속 같이 하얀 이가 드러났다.
　"제가 육체 관계라도 요구할까 봐서요?"
　"뭐든지라는 말이 좀 그렇잖아."
　"그 말은 제가 한 말이 아니에요. 다 소협이 한 말이죠."
　진파가 보이지 않자 곽자양은 여전히 진파를 다 소협이라 불렀다.
　"곽매, 널 믿는다."

"그런 말은 남자끼리나 하는 거예요. 여자한테 믿는다는 말은 그다지 와 닿지 않아요."

"그럼 뭐라고 해야 와 닿나?"

"아름답다거나…… 우아하다거나…… 뭐, 그런 말이죠."

"곽매, 넌 정말 아름답다."

곽자양이 목청을 드러내고 맘껏 웃음을 터뜨렸다.

"오라버니, 좀 변하셨군요."

"내가?"

"그래요. 오라버닌 괴팍해서 맘에 들긴 했지만 이런 여유는 없었어요. 아무래도 세월의 힘이 큰 모양이군요."

"그런가?"

유현은 다시 한 번 차를 음미하고는 잔을 내려놓았다.

"어쨌든 곽매, 진파는 아직 때 묻지 않은 청년이다. 그에게 상처를 주지는 말아라."

"상처는 남자가 주는 거지, 여자가 주는 게 아니에요."

"꼭 그렇지도 않지."

"제게 경고를 하시려고 오신 거예요?"

유현은 고개를 흔들었다.

"경고라니……. 부탁을 하려는 게야. 그리고 소수마후들을 좀 봐줬으면 싶구나. 진파가 주입한 무적심공이 효과가 있었던 모양이야. 조금씩이나마 감정을 갖기 시작했다. 아직 의식이 남아 있는지는 의문이다만."

"그래요? 흥미있군요."

곽자양이 눈빛을 반짝였다.

한 손으로 턱을 짚은 채 요요하게 눈을 반짝이는 곽자양의 모습은 정말이지 아름다웠다. 성숙한 여인의 태가 물씬 풍기면서도 어딘가 소녀 같은 구석이 남아 있는 얼굴이었다.

유현이 돌연 한숨을 쉬었다.

"너도 그동안 참 많이 변했구나."

"어떻게요?"

"정말 예뻐졌다. 그리고 속을 모르겠구나."

"여자는 원래 속을 다 내보이지 않아요."

곽자양이 은근한 눈빛을 보냈다.

"어떻게… 다시 한 번 기회를 드려요?"

살짝 혀를 빼 윗입술을 핥는 곽자양에게 유현은 절레절레 고개를 흔들었다.

"싫다. 마음은 딴 데 가 있는데 괜한 장난치지 마라."

"딴 데 가 있으면 뭐해요? 그 사람은 절 봐주지도 않는데."

곽자양이 쓸쓸한 얼굴로 고개를 돌렸다.

"그에겐 육 부인이 있잖아."

"알아요."

"그리고 죽었어. 그녀를 대신할 여자는 풍협에게는 존재하지 않는다."

곽자양이 돌연 한숨을 쉬었다.

"맞아요. 경쟁자가 이미 죽었으니 어떻게 손을 써볼 수도 없죠. 그래도 절 완전히 마음에서 밀쳐 내지는 않으시니 그나마 감사할 뿐이에요."

둘은 잠시 말이 없었다.

유현이 조용히 입을 열었다.

"진파는 정말이지 지 아비를 많이 닮았지?"

"그래요. 처음엔 정말 놀랐어요. 다 대가가 절 보는 줄 알았으니까요."

"그래서 걱정인 거야. 곽매, 진파는 진파지 풍협이 아니다. 잊지 마라. 그는 풍협의 아들이야."

유현에게 고개를 돌린 곽자양의 눈이 다시 반짝였다.

"알아요."

턱을 고였던 손으로 머리를 쓸어 올리며 곽자양은 다시 한 번 말했다.

"잘… 알고 있어요……."

유현은 묵묵히 곽자양을 바라보다 몸을 일으켰다.

등을 돌리는 유현을 향해 곽자양이 말을 건넸다.

"오늘 밤 진 소협에게 절 방문해 달라 하세요. 뭘 원하는지 말하겠다고요."

휙 고개를 돌린 유현은 잠시 곽자양의 얼굴을 바라보았다.

곽자양의 눈에서 아무것도 찾지 못한 유현은 조용히 고개를 흔들고는 문을 나섰다.

유현의 한숨 소리를 들으며 곽자양은 미소를 머금었다.

아무것도 알 수 없는, 그러나 참으로 묘한 미소였다.

*　　　　*　　　　*

은은한 황촉불이 밝혀진 실내엔 낮게 휘장이 드리워진 우아한 침상이 한구석에 있었다.

　방 한가운데 놓인 탁자에는 화려하지만 천박하지 않은 무늬가 수놓아진 탁자보가 덮여 있어 실내의 분위기를 화사하게 만들어주었다. 그곳에 진파와 곽자양이 마주 앉아 있었다.

　"한 잔 들어요, 진 소협. 술은 할 줄 알겠죠?"

　진파는 대답없이 고개를 끄덕였다.

　곽자양이 따를 듯 말 듯, 줄 듯 말 듯한 묘한 손짓으로 진파가 든 잔에 술을 쳤다.

　"쭈욱 들이켜요."

　"곡주께서는……?"

　"나는 진 소협이 먹는 걸 보는 게 더 좋아요."

　배시시 웃는 곽자양의 미소에는 아찔한 무언가가 담겨 있었다.

　진파는 묵묵히 단숨에 술잔을 들이켰다.

　곽자양의 얼굴에 떠오른 그린 듯한 미소가 더욱 짙어졌다.

　"한 잔 더 받아요."

　곽자양에게 거푸 석 잔의 술을 받아 마신 후에도 진파는 말이 없었다.

　유현의 말이 떠올랐다.

　"너 어쩌자고 그런 말을 했냐?"

　"뭘 말입니까?"

　"뭐든지 해주겠다고 했잖아."

　"아, 그거요? 유 숙과도 인연이 깊은 분이고… 우리가 이렇게 신세를 지는데 할 수 있는 건 다 해드려야죠. 그게 도리 아닙니까?"

“몸도 줄래?”

진파가 컥 하며 입 안에 넣었던 과일 쪼가리를 뱉어냈다.

팔짱을 낀 채 벽에 기대섰던 유현이 진중한 표정으로 고개를 끄덕였다.

“그 생각은 없나 보군.”

진파가 다급한 표정으로 물었다.

“그, 그게 무슨 말씀이십니까?”

“아까 그 눈빛 보고도 느낀 게 없냐? 그쪽으론 영 둔한 놈일세……. 곽매 마음을 좀 알아보려고 다녀왔는데 전혀 속내를 안 보여주더구나. 너보고 밤에 오래더라. 좀 있다 가봐.”

“헉!”

진파가 멍한 표정으로 손에 들고 있던 사과를 떨어뜨렸다. 둥근 사과는 데굴데굴 잘도 굴러갔다.

“진파를 노리고 계시던가요?”

철정이 옆에서 묻자 유현은 고개를 끄덕였다.

세 사람은 나란히 전각의 외벽에 등을 기댄 상태였다. 여자들이 홍연곡에서 준 옷으로 갈아입는다며 셋을 밖으로 쫓아냈던 것이다.

“아무래도 그런 것 같던데……?”

“흠……. 진파에겐 새로운 경험이겠군요.”

“뭐, 경험해서 나쁠 건 없겠지. 여하튼 좀 다를 테니까.”

“많이 달라요?”

“글쎄. 나도 미경험자라 뭐라 말은 못하겠네. 아무래도 좀 다르지 않을까?”

“그렇겠죠? 그럼 진파에게 경험담을 들으면 되겠군요.”

"그렇군. 진파야, 부탁하자."

진파는 어깨를 두드리는 유현을 야속한 눈빛으로 바라보았다.

"유 숙, 저 지금 심각합니다. 저 아직 숫총각이란 말입니다!"

"숫총각이 아니면 한 번쯤 해보고 싶다는 말이냐?"

"유 숙!"

유현이 빙긋이 웃음을 지었다.

"뭐, 난 곽매를 믿긴 한다. 그녀가 풍협에게 품은 애정은 진짜야. 그녀가 풍협의 자식인 널 유혹하리라곤 생각 안 해. 단지 하나 걱정되는 건……."

"걱정되는 건요?"

철정이 묻자 유현은 철정에게 고개를 돌렸다.

"뭐, 대단한 건 아냐. 풍협은 그녀의 마음을 인정해 주긴 했지만 받아들이지는 않았거든. 진파 얼굴이 풍협이랑 너무 닮아서…… 곽매가 딴마음을 가질지도 몰라서 말이지……."

"아, 충분히 가능한 일이군요. 이루지 못한 사랑을 얼굴이 같은 사람에게 푼다……. 마침 뭐든지 다 해주겠다고 약조까지 받아놨으니……."

철정이 고개를 주억거렸다.

"야 임마! 넌 친구 일을 그렇게 남 일처럼 얘기하냐?"

"진파야, 총각 딱지 그거 별거 아니다. 너무 의미 두지 마."

"이 자식이!"

철정이 낄낄거리며 진파의 주먹을 피했다. 진파도 진짜 치려 하지는 않았기 때문에 주먹은 쉽사리 허공을 갈랐다.

유현이 진파를 보며 진지한 음성으로 말했다.

“진파야, 하나 가르쳐 주마.”

“뭡니까?”

진파가 못마땅한 얼굴로 반문했다.

“곽매의 마음을 진지하게 이해하려 노력해라. 그녀가 무리한 요구를 한다면 거절하고. 마음이 따르지 않는데 억지로 할 필요는 없는 거다. 그리고…….”

“그리고요?”

“되도록이면 말을 하지 말아라. 곽매는 대단한 달변이다. 그녀의 마음을 진지하게 받아들이려고 하면 자칫 그 매끄러운 언변에 놀아날 수도 있을 거야. 조심해.”

“그 말밖에 해줄 게 없으십니까!!”

진파가 버럭 소리를 쳤으나 유현은 손가락으로 귀를 후빌 뿐이었다.

“약속을 한 건 내가 아냐. 사내의 한마디는 천금보다 무거워야지. 네가 한 말, 네가 책임져라. 믿음을 주지 못하는 남자는 사내라 할 수 없다.”

“흐음…….”

진파가 갑자기 어깨를 쭈욱 펴더니 탕탕 가슴을 두드렸다. 여러 생각을 단숨에 떨쳐 버린 듯 진파의 얼굴은 자신감이 넘쳐흘렀다.

“까짓 거 책임지겠습니다.”

“잘해봐라.”

철정이 다시 이죽거렸으나 진파의 얼굴은 어느새 침착해져 있었다.

“괜찮겠느냐?”

“유 숙 말씀대로 무리한 요구는 안 하시겠죠. 그리고 유 숙 말씀이 옳습니다. 사내라면 자기가 뱉은 말엔 당연히 책임을 져야죠. 그건 제

신념이기도 합니다."

"흠…… 확실히 네가 좀 변한 것 같구나."

"무슨 말씀이십니까?"

"마차를 타고 오면서부터 느꼈는데, 전보다 훨씬 믿음직해졌어. 이젠 진짜 사내 냄새가 나."

진파가 빙긋 웃음을 머금었다. 그 얼굴엔 어느새 여유가 묻어나고 있었다.

"저는 처음부터 사나이였습니다. 걱정 마세요. 유 숙 얼굴에 먹칠을 하는 일은 없을 겁니다."

'역시 남자들에게 믿는다는 말은 보약과 같은 것일까?'

유현은 당당함을 되찾은 진파를 보며 곽자양의 말을 떠올리고 있었다.

곽자양이 한 손으로 턱을 고이며 비스듬히 고개를 기울였다. 황촉불에 그녀의 시린 목이 드러나 하얗게 빛났다.

"진 소협, 보기보다 말이 없네요?"

진파는 진중한 표정으로 그저 고개만 끄덕였다. 곽자양의 눈은 황촉불이 비치어 묘하게 황금색 물결이 일렁이고 있었다.

"나와 다 대가 사이의 일은 알고 계시나요?"

"예."

"내 얘기도 좀 들었어요?"

"유 숙께 대충 들었습니다."

"듣고 나니 어떻던가요?"

곽자양의 눈이 묘하게 일렁였다.

진파는 그 눈을 보며 경계 태세를 갖추었다.

'아…… 진짜 묘한 눈빛이다…….'

"대단하시다고 느꼈습니다."

"대단해요? 뭐가요?"

뜻밖의 대답이라는 듯 곽자양은 고개를 갸웃거렸다.

"지금 모습을 보면 전혀 어두운 구석이 안 느껴지니까요. 보기 좋습니다."

"후훗, 보기 좋아요? 제가?"

"예."

곽자양은 기분이 좋은 듯 스스로 잔에 술을 따라 한 잔 들었다.

"쉽진 않았어요. 그래도 참 듣기 좋게 말을 하는군요. 역시 아버질 닮았어요."

풍협의 말을 꺼내자 진파의 얼굴이 굳었다.

"제가…… 그렇게 많이 닮았습니까?"

"그래요. 이목구비는 어머닐 닮은 모양이지만 전체적인 인상이 완전히 판박이에요."

"그렇군요."

진파가 술잔을 들려 하자 곽자양이 다시 술을 따라주었다.

단숨에 잔을 들이킨 진파는 곽자양의 눈을 정면으로 바라보았다.

무어라 말을 하려 했지만 곽자양이 더 빨랐다.

"어머니 얼굴은 기억나요?"

그 말에 진파의 얼굴이 와락 일그러졌다. 진파의 술잔을 곽자양이 다시 채워주었다. 그녀는 어느새 의자를 끌어 진파의 옆으로 바싹 다가 앉아 있었다. 손을 뻗으면 바로 만질 수도 있는 거리였다.

“기억나지 않습니다. 아버지 얼굴도요.”

“처음이군요. 아버지라 하는 건.”

“그랬나요? 정정하지요. 풍협이라는 사람은 얼굴도 기억 안 납니다.”

술기운 때문인지, 흥분했기 때문인지 진파의 말이 조금씩 많아지고 있었다.

곽자양은 더 이상 풍협의 말은 하지 않고 슬쩍 말머리를 돌렸다.

“진 소협 어머니는 정말 아름다운 분이셨어요. 그리고 마음도 따뜻했지요.”

“그랬습니까……?”

진파가 다시 술잔을 들었다.

“진 소협.”

“예.”

“내가 여자로 보이나요?”

진파는 술기운에 젖은 얼굴로 곽자양을 바라보다 힘차게 고개를 끄덕였다. 어느 모로 보나 곽자양은 여자였다.

“물론입니다.”

“정말로요?”

“예.”

“그 말이 어떤 말인지는 알고 있어요?”

곽자양의 얼굴에 배시시 미소가 떠올랐다.

“놔요!”

“벽화야, 좀 진정하려무나.”

"지금 진정하게 됐어요? 아저씨도 나빠요! 왜 진작 말씀을 안 해주신 거예요? 오빠 데리고 와서 당장 여길 나갈 거예요!"

"이 소저, 제발……."

"철 소협도 나빠요! 어쩜 오빠를 그런 곳으로 보낼 수 있어요!"

"아니, 뭐… 그냥 얘기나 나누자는 것인데……."

벽화는 유현이 잡은 손을 홱 뿌리쳤다.

유현이라고 벽화의 힘을 어디 견디겠는가.

어이쿠 하는 소리와 함께 유현의 몸이 뒤로 밀려났다.

"모두 일어 서!"

벽화의 명령에 소수마후 열한 명이 일제히 일어섰다.

서슬 퍼런 벽화의 기세에 선지애도 당황한 듯 말리고 나섰다.

"동생, 심정은 이해가 가는데 조금 더 침착하게……."

"언니 같으면 철 소협이 다른 여자한테 넘어갈지도 모르는데 침착할 수 있어요?"

"그, 그건……."

"제 눈으로 직접 확인할 거예요. 만약 이상한 짓이라도 했다간 둘 다 가만 안 놔둘 거예요! 모두 가자!!"

벽화가 문을 박차며 몸을 날리자 소수마후 열한 명의 신형이 바람처럼 벽화를 따라나섰다.

"허…… 이거 정말 난감하군. 우리도 어서 따라가자. 넌 왜 그렇게 입이 싸냐?"

유현이 철정을 꾸짖자 철정은 뒤통수를 긁었다.

"제가 이리될지 알았나요? 지애랑 저는 비밀이 없단 말입니다."

"쯧쯧. 지애가 너무 성급했어."

“아저씨도 참, 이건 같은 여자로서 그냥 넘길 수 없는 문제라고요.”

“어쨌든 빨리 가자.”

셋이서 벽화를 따라나서려는데 바람처럼 벽화의 신형이 들이닥쳤다.

“언니, 언닌 곡주 처소가 어딘지 알지?”

“어, 어.”

“안내해 줘.”

벽화는 선지애의 허리를 끌어안고 다시 바람처럼 사라졌다. 어찌나 빨리 움직였는지 한줄기 회오리바람이 방 안에 남았다.

유현과 철정이 얼굴을 마주 보았다.

철정이 으쓱 어깨를 추켜세웠다.

“진파는 앞으로 바람 피우기 정말 힘들겠군요.”

“거의 불가능하다고 봐야지. 소수마후 열둘이 쳐들어온다면…….
음, 생각만 해도 끔찍하군.”

“어서 가죠.”

“그러자. 허참…… 애들 연애놀음에 내가 이게 무슨 짓이란 말인
가…….”

유현이 탄식을 내뱉고는 철정과 함께 몸을 날렸다.

꽈당!!

벽화가 문을 박차고 들어섰다.

곽자양의 처소를 지키던 여인들이 벽화의 앞을 막으려 했으나 어디 상대가 되겠는가.

단 일 수에 뻣뻣이 굳어 짐짝처럼 내동댕이쳐졌다.

선지애와 함께 방 안에 들어선 벽화는 기가 막혀 빽 하고 소리를 질렀다. 선지애도 놀란 듯 어머 하는 탄성을 내뱉었다.

"지금 뭐 하는 거예욧!"

탁자에서 일어선 진파와 곽자양은 물샐틈 하나 없이 꼭 붙어 있었다. 진파의 품에 곽자양이 포옥 안겨 있는 채였다. 검은 머리를 폭포수처럼 늘어뜨린 곽자양은 진파의 어깨에 볼을 기댄 채로 행복한 듯 눈을 감고 있었다.

"어? 벽화야?"

진파가 당황해 곽자양을 떼어놓으려 했으나 진파의 허리를 꽉 잡은 곽자양의 팔은 풀어지지 않았다.

"당장 그 손 놓지 못하겠어!"

벽화의 신형이 허공을 갈랐다.

하얀 소수가 눈부시게 쇄도했다.

꽝!

벽화는 허공에서 몸을 뒤집으며 바닥에 착지했다. 그녀의 얼굴엔 진짜 분노가 어려 있었다. 진파가 옥수공으로 그녀의 손을 쳐냈던 것이다.

"오빠! 어쩜 나한테 이럴 수가 있어! 왜 막아! 왜!!"

벽화의 머리카락이 허공으로 치솟기 시작했다. 눈에서는 화광이라도 번뜩이듯 분노에 가득 찬 불길이 일렁였다. 그러나 진파의 눈은 어느새 침착함을 되찾고 있었다.

"진정해, 벽화야."

"진정? 내가 지금 진정하게 됐어?"

진파는 벽화를 보더니 쯧쯧 하고 혀를 찼다.

“유 숙이나 정이한테 이상한 소리를 들은 모양이구나. 마음 좀 가라 앉혀라. 의모(義母)님, 괜찮으십니까?”

“그냥 의모라고 불러요. 괜찮아요.”

“다행입니다, 의모.”

진파와 곽자양의 대화를 듣던 벽화는 뜻밖의 호칭에 어찌 된 일인지 단번에 깨달을 수 있었다. 허공으로 춤추며 날아오르던 벽화의 머리카락이 스르르 제자리로 가라앉았다.

“의, 의모라고요?”

하지만 진파가 곽자양을 의모로 모신 것은 여전히 뜻밖이었다. 의모라니……. 진파에게 물은 말이었지만 곽자양이 미소를 머금고 대답했다.

“그래요. 진 소협은 어머니가 없고, 난 의지할 데가 없는 외로운 여자에요. 제가 어미라 불러줄 수 있냐고 물었는데 진 소협이 흔쾌히 승낙했답니다.”

벽화의 뒤로 소수마후 열한 명과 유현, 철정이 닥쳐 들었다.

“어머, 많이도 오셨네요. 축하해 주세요. 오라버니, 제게 아들이 생겼네요.”

곽자양은 진파의 허리를 그제야 놓으며 쌩긋 미소를 지었다.

“아주 든든한 아들이지요.”

제29장 파진붕괴(破陣崩壞)

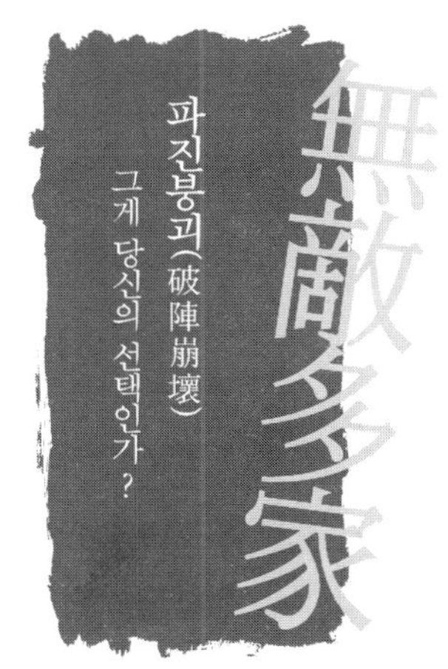

소수마후

열한 명이 일렬로 쭉 의자에 앉아 있었다.

곽자양은 마지막으로 십이후 정가영을 살핀 다음 허리를 폈다.

진파가 옆에 서 있다 수건을 건넸다.

"수고하셨습니다, 의모."

"고마워요."

잔잔한 미소를 보낸 곽자양은 잔뜩 궁금한 표정으로 자신을 바라보는 사람들을 향해 우아하게 몸을 돌렸다.

"그래, 어떤가?"

"오라버니 말씀대로예요. 하지만 희망은 보이는군요."

"정말이세요?"

벽화가 급히 물었다.

"확실히 단정은 할 수 없지만 다 대가라면 완치시킬 수도 있을 거예요.”

“고맙…… 습니다.”

벽화의 눈에 눈물이 어렸다. 아랫입술을 살짝 깨문 벽화의 얼굴이 은은히 떨려왔다. 진파가 다정하게 그녀의 손을 잡아주었다.

곽자양의 말이 이어졌다.

“지금 이 애들의 상태는 갓 태어난 아기들과 비슷해요. 막내라는 저 아이만 조금 낫지, 나머지는 아직 말도 못하는군요.”

“갓 태어난 애들이라…….”

“다행스러운 건 성격이 드러난다는 거예요. 개성(個性)이 아직 남아 있다고 보아야겠죠.”

“혹시 심령을 제압한 수법은 찾아냈느냐?”

“저도 그걸 기대했는데…… 침 같은 수법을 쓴 게 아닌가 봐요. 하지만 발견한 건 있어요.”

“그게 뭡니까? 의모!”

진파가 다급하게 묻자 곽자양은 빙그레 웃음을 띠었다.

“이 아이들의 의식을 감지해 현성교에서 위치를 탐지할 수 있다고 했죠?”

“우리가 추측한 바에 따르면 그렇습니다. 거의 확신하고 있지요.”

“그 추측이 맞아요.”

곽자양의 음색엔 확고한 자신감이 서려 있었다.

모두의 눈이 커졌다.

진파가 급히 물었다.

“고치실 수 있으신가요?”

“어떤 사람이 이런 생각을 했는지 정말 그 얼굴을 보고 싶네요. 생각한 걸 말하기 전에 먼저 이(李) 소저를 봐야겠어요."

곽자양이 벽화를 보며 말하자 벽화가 냉큼 앞으로 나섰다.

"진맥을 하실 건가요? 제가 뭘 하면 될까요?"

"서둘지 말아요. 내 앞에 일단 앉아요. 머리를 좀 봐야겠어요."

벽화는 곽자양의 앞에 앉아 그녀가 주문하는 대로 머리를 숙였다.

"생각대로군요."

곽자양은 벽화를 똑바로 앉히고는 질문을 하기 시작했다.

"정신이 돌아오면서부터 두통이 있지 않았어요?"

"예. 갑자기 찾아오곤 했어요."

"한 군데가 아팠어요? 여러 군데가 아팠어요?"

"한 군데였어요. 그런데 그때마다 아픈 곳이 일정치가 않았어요."

"음……. 완전히 정신이 든 후에도 아프던가요?"

"아니오."

곽자양이 고개를 끄덕였다.

"고칠 수 있는가?"

유현이 질문을 하자 곽자양은 고개를 끄덕였다. 그리고 또 가로저었
다.

"있다는 거야, 없다는 거야!"

"내가 할 수 있는 건 이 애들의 위치를 추적하는 걸 막는 거예요. 하
지만 의식을 완전히 회복시킬 수는 없겠네요. 그건 역시 다 대가만 하
실 수 있을 것 같아요."

"정말이십니까? 그것만으로도 큰 도움이 될 겁니다! 어떻게 도와드
리면 되겠습니까?"

진파가 급하게 묻자 벽화들도 나섰다.

"말만 하세요! 뭐든지 구해올게요!"

"뭘 하면 되죠?"

곽자양은 그들의 얼굴을 바라보다 웃음을 띠었다.

"마음들은 알겠는데 일단 조용히들 해보세요. 설명부터 드리지요."

곽자양의 말 한마디에 방 안은 삽시간에 조용해졌다.

곽자양은 침착한 얼굴로 벽화의 머리 중앙 백회혈을 쓰다듬었다.

"현성교에서 행한 이 방법은 정말 괴이해요. 어지간히 연구를 하고 실험을 하지 않았으면 이런 제압술을 펼치지 못했을 텐데. 아마 실험하는 과정 중에 많은 사람들이 희생되었을 거예요."

벽화가 입술을 꼬옥 깨물며 고개를 끄덕였다.

곽자양은 벽화의 마음을 안다는 듯 가볍게 어깨를 두드려 주었다.

"이중으로 제압을 해놨더군요. 침 같은 걸로 금제하는 기술이 아니에요. 섭혼대법류의 금제술로 의식을 봉하고 이 아이들의 머리 속에 고독(蠱毒)을 심어놓았어요."

"고독이요?"

진파가 잔뜩 미간을 찌푸렸다. 머리 속에 벌레가 있다니… 생각만으로도 머리가 간지러웠다.

"혈뇌고(血腦蠱)라는 놈인 것 같아요. 시술하는 사람이 암놈을 갖고 있고, 수놈들을 머리 속에 심어놓지요. 그것만으로도 간단한 통제를 할 수가 있는데, 그 위에 섭혼대법을 덧씌운 모양이에요. 이런 종류는 나도 처음이에요. 혈뇌고는 없앨 수가 있어요. 그렇게 하면 이 아이들의 위치를 알 수는 없을 거예요. 하지만 섭혼대법은 제 능력으로는 치료가 불가능해요. 역시 다 대가에게 가야겠어요."

“으음……."

진파가 곽자양에게 물었다.

“그럼 벽화의 뇌에 있는 혈뇌고는 죽은 겁니까?”

“이해가 빠르군요. 맞아요. 어떻게 조율해 놓았는지는 알 수 없지만 섭혼대법과 혈뇌고가 공명하게 해놓은 것 같아요. 저 애가 자기 의식을 찾아가면서 혈뇌고가 돌아다니며 반항을 했을 거예요. 그때마다 머리가 아팠을 거예요. 완전한 의식을 찾으면서 혈뇌고가 죽은 것이죠.”

“우리 머리 속에 벌레가 있고, 그게 돌아다닌다고요?”

벽화의 얼굴이 잔뜩 찌푸려졌다.

“이 소저는 걱정할 것 없어요. 이미 피 속에 녹아버렸을 테니까.”

“돌아다니는 놈들이라면 어떻게 제거합니까? 자칫하면 머리를 다칠 수도 있지 않습니까.”

진파가 걱정스러운 얼굴로 묻자 곽자양은 입가를 소매로 가리며 미소를 띠었다. 그녀의 눈에는 자신감이 흘러넘쳤다.

“고는 고로 제압하는 거지요.”

곽자양이 몸을 일으켰다.

“잠깐 기다리세요.”

곽자양이 자리를 비우자 벽화는 갑자기 진파의 손을 붙잡았다.

“오빠, 이게 꿈은 아니겠지?”

“꿈 아니야. 걱정 마라.”

선지애와 철정의 축하를 받으며 벽화가 들떠 있을 때 곽자양이 조그만 상자를 들고 다시 모습을 드러냈다.

“이 녀석만 있으면 되요.”

"그게 뭡니까?"

"고를 먹는 고예요. 나는 이 녀석을 투고(鬪蠱)라고 하죠."

곽자양의 입가에 자랑스러운 미소가 떠올랐다. 진파가 고개를 갸웃 거리며 물었다.

"이걸로 뭘 어떻게 하는 겁니까?"

"머리 속에 넣는 거예요. 그럼 이 녀석들이 혈뇌고를 잡아먹을 거예 요."

"예엣?"

"위험하진 않아요. 인간의 살은 먹지 않는 놈이니까. 코로 들여보내 서 귀로 나오게끔 하면 돼요. 고를 잡아먹는만큼이나 꿀을 좋아하니 그걸로 유인하면 무사히 나올 거예요. 그리고 이 녀석들은 어두운 곳 을 그리 좋아하지 않아요. 꿀만 준비되면 당장 하지요."

"제가 갖고 있습니다."

진파가 서둘러 말을 건넸다.

곽자양은 잠시 망설이다 결심을 굳힌 듯 입을 열었다. 마음이 급했 던 진파는 곽자양이 보인 잠시의 망설임을 눈치 채지 못했지만 유현은 그녀를 유심히 바라보고 있었다.

"그래요? 그럼 지금 시작해야겠군요."

"잠깐 볼 수 있겠습니까?"

"조심해서 살짝 보세요."

상자 안을 보여주려는 곽자양의 곁을 선지애와 벽화가 얼른 떠났다. 잔뜩 찌푸린 얼굴들이었다. 유현과 철정, 진파는 상자 안에서 꿈틀대 는 녀석들을 보며 고개를 끄덕이고 있었다.

"여쭤볼 게 있습니다."

“뭐죠?”

진파의 질문에 곽자양이 되물었다.

“이놈들은 혈뇌고라는 놈을 통째로 삼킵니까? 아니면 그 자리에서 잘라 먹습니까?”

“한꺼번에 삼키지요. 산 채로 먹이를 삼킨답니다.”

“그렇다면 혈뇌고를 산 채로 뇌에서 빼낼 수도 있습니까?”

“가능해요. 투고를 빼내자마자 배를 가른다면 혈뇌고를 살릴 수 있어요. 왜 그러죠?”

진파의 눈이 번쩍하고 빛났다.

“꼭 그렇게 해주십시오. 쓸 데가 있습니다.”

“수고했다, 곽매.”

“당연한 일이에요. 아들의 부탁인걸요.”

소수마후들에 대한 시술을 성공적으로 마치고 처소로 돌아가는 곽자양에게 유현이 치하를 했다.

“저도 감사드립니다, 의모.”

진파도 곽자양의 옆에서 걸으며 꾸벅 고개를 숙였다.

혈뇌고를 무사히 빼내 진파에게 건네준 곽자양을 진파와 유현이 배웅하는 중이었다.

“그나저나…… 곽매, 대단하더군.”

갑자기 들린 유현의 전음에 곽자양은 슬쩍 진파의 눈치를 보며 유현에게 되물었다.

“뭐가요, 오라버니?”

“진파를 아들로 삼다니, 정말 멋진 방법이었어. 이로써 풍협에게 한

발 다가간 셈이군. 축하해."

곽자양의 얼굴에 그린 듯한 미소가 떠올랐다.

"호홋, 너무 그런 쪽으로만 생각하지 마세요. 진파가 마음에 들지 않았다면 절대 아들로 삼지 않았을 거예요."

곽자양의 발걸음이 무척이나 가벼웠다. 유현도 빙긋 웃음을 짓고는 곽자양에게 물었다.

"이제 서고에 들어가 연구를 할 건가?"

"아뇨."

"우선 쉬려고?"

"다 대가가 가신 곳은 이미 알아냈어요. 어젯밤에 서고를 정리했어요."

"오! 어딘가?"

"황산이에요."

"곧 떠나야겠군!"

"서두르셔야 될 거예요."

"그건 또 무슨 말이야?"

유현이 고개를 갸웃거릴 때, 꽤 체구가 큰 여인 한 명이 허둥지둥 곽자양을 향해 달려왔다.

"고, 곡주님."

"무슨 일이에요?"

"홍연미리진을 파훼하려는 자들이 있습니다."

"벌써!"

유현이 의아한 듯 물었다.

"벌써라니? 여길 노리는 놈들도 있단 말이더냐?"

"일단 가서 얘기해요. 어느 쪽이죠?"

곽자양이 다급히 문자 보고를 했던 여인이 재빨리 대답했다.

"북편 절벽가입니다."

"어서 가요."

함께 신형을 날리던 진파가 갑자기 곽자양의 바로 곁으로 접근했다.

"의모, 무례를 범하겠습니다. 의모께서 진으로 들어서는 방법을 지시해 주세요."

"어멋!"

진파가 곽자양의 허리를 잡으며 몸을 날렸다. 유현도 급히 진파의 뒤를 따랐다.

'이 아이의 경지가 이 정도였나……?'

눈앞을 세차게 지나치는 경물을 바라보며 곽자양은 진파의 무공 수위에 경탄을 금치 못했다.

곽자양을 부축한 진파는 유현과 함께 바삐 홍연곡의 북쪽을 향해 달려갔다. 홍연미리진의 자욱한 안개 속으로 사라지는 그들의 신형은 거침이 없었다.

"어때요?"

"현성교가 틀림없군. 그나저나…… 진(陣)을 제대로 건드려 가고 있는데?"

홍연미리진의 안개 속에 숨어 진의 외곽을 관찰하는 유현과 곽자양의 얼굴엔 침중한 표정이 가득했다. 진파도 딱딱하게 낯빛을 굳힌 채 홍연미리진을 차츰 차츰 파고드는 흑의복면인들을 보고 있었다. 홍연

미리진이 소리를 차단해 주니 이야기를 나누어도 상관없었지만 그들의
말소리는 나직하기만 했다.

"곽매, 아까 너는 '벌써' 라고 했다. 혹시 현성교의 출현을 예상한
것이냐?"

곽자양이 대답없이 고개만 끄덕였다.

"아니, 어떻게?"

"소수마후들을 제압한 것이 혈뇌고라는 것을 알면서부터요. 혈뇌고
의 암수가 서로 교신하는 것은 거리를 초월해요. 교신의 수단이 냄새
가 아니거든요. 암수의 영육이 하나라고나 할까요? 홍연미리진으로도
막을 수 없는 것이에요."

"그랬다면 즉시 애들을 재웠으면 되었을 것을……!"

유현이 안타까운 듯 입을 열자 곽자양은 조용히 고개를 가로저었다.

"이미 하루 동안 홍연곡에서 깨어 있었어요. 그렇게 하라고 한 건
저구요. 혈뇌고의 존재를 알았을 땐 너무 늦은 시점이었죠. 그렇다고
는 해도 정말 빨리 왔군요."

"죄송합니다, 의모……."

세상을 등지고 홍연곡에 은거했다는 곽자양의 청정이 깨진 것에 진
파는 죄책감을 느꼈다. 결국 자신들 때문에 홍연곡 전체가 위험에 빠
진 것이 아니던가.

"괜찮아요. 우린 남이 아니잖아요."

곽자양이 방긋 웃으며 진파의 손을 잡아주었다.

"의모……."

"지금은 눈앞에 닥친 일을 해결하는 게 더 급해요. 저 중에 현성교
주가 있을까요?"

“글쎄……. 없는 것 같은데? 진파야, 네가 보긴 어떠냐?”

진파는 주의 깊게 흑의복면인의 면면을 둘러보다 맨 뒤에 있는 자를 손가락으로 가리켰다.

“현재 지휘자는 저자로 보입니다. 유 숙이 보시기엔 어떻습니까?”

“내가 보기에도 그렇다.”

팔짱을 낀 채 날카로운 시선을 던지고 있는 흑의복면인은 간간이 호통을 치고 있었다.

“만일 현성교주가 이곳에 왔다면 모습을 드러내지 않겠습니까?”

“일부러 모습을 감추고 있을 수도 있지 않을까?”

“제가 아직 강호 경험이 일천한지라 자신은 없지만 ·· 저자의 모습은 윗사람이 지켜보고 있을 때 할 수 있는 행동은 아닌 것 같은데요?”

진파의 말처럼 흑의복면인은 수하들을 닦달하면서도 주위의 시선 같은 것은 전혀 의식하고 있지 않은 듯했다. 보고를 하는 수하를 몰아치는 모습이 마치 제왕과도 같았다.

“음……. 하지만 그것만으로?”

“저자 이외에는 절정을 넘어선 자는 감지되지 않습니다. 현성교주가 저나 유 숙께서 감지조차 못할 고수입니까?”

“그럴… 확률이 높다.”

진파는 눈을 빛내며 흑의복면인을 바라보다 곽자양을 향해 고개를 돌렸다.

“의모, 홍연미리진이 얼마나 버틸 수 있겠습니까?”

“수순을 하나도 틀리지 않고 파훼한다고 해도 이틀은 걸릴 거예요.”

“음……. 현성교주가 만일 저 중에 있다면 우리 모두 피해야겠지요?”

진파가 자신을 향해 묻자 유현은 고개를 끄덕였다.

"현성교주가 있다면…… 소수마후들 모두가 우리의 적으로 돌변할 수도 있겠지. 현성교주는 동괴처럼 심어제령술로 소수마후들을 직접 통제할 수 있을 거야. 그렇게 되면 가망이 없지……. 아무래도 이 자리를 피해야겠다. 현성교주가 있을 가능성을 배제할 수는 없지. 모두 홍연곡에서 퇴각하자. 곽매, 너도."

곽자양이 안타까운 듯 이를 물었다. 풍협이 마련해 주었다지만 홍연곡이야말로 자신의 반평생을 쏟아 부어 피땀 흘려 가꾼 보금자리였다. 자신과 처지가 같은 이들을 모아 그들만의 낙원으로 가꾼 곳이었다. 곽자양의 목에 시퍼런 힘줄이 곤두섰다.

"휴우……."

그러나 곽자양은 곧 고개를 저었다. 유현의 말이 가장 타당하다는 것을 인정할 수밖에 없었다. 홍연곡의 무력만으로는 현성교주는커녕 현성교도들도 감당할 길이 없음을 그녀는 잘 알고 있었다. 설사 이 자리에 현성교주가 오지 않았더라도 이미 홍연곡의 존재가 알려진 이상 더 이상 은거처로서 가치가 없었다. 곽자양은 홍연곡을 버리기로 마음먹었다.

"모두 피하도록…… 하지요."

유현이 낮게 속삭였다.

"비밀 통로는 안전할까?"

"물론이죠. 지하 수로를 통해 파양호로 연결되니까 저들은 눈치 채지 못했을 거예요."

"빨리 준비하지. 갈 데는 있겠지?"

"그럼요. 제가 누군지 잊으셨어요?"

안개 속에 은신해 진 밖의 움직임을 살피던 유현과 곽자양은 여전히 뚫어져라 흑의복면인들을 응시하던 진파를 끌고 은밀히 뒷걸음치기 시작했다.

"시간이 없다. 빨리 이곳을 뜰 준비를 해!"

"갑자기 무슨 소리야?"

"현성교가 우릴 찾아냈다."

"뭐! 홍연미리진 안은 안전하다고 했잖아?"

"길게 말할 시간이 없어! 혈뇌고의 암수 교신은 홍연미리진으로 막을 수가 없대! 일단 여길 피해야 한다. 빨리 준비해 줘! 나는 의모를 도와야겠다."

철정의 대답을 기다리지도 않고 진파는 빠르게 몸을 날렸다.

철정도 바삐 전각 안으로 들어갔다.

"지애! 이 소저!"

철정의 목소리가 다급하게 울렸다.

홍연곡 안의 거의 모든 사람들이 곽자양의 처소 뒤편에 있는 동산에 모여 있었다. 진파와 벽화의 뒤에는 열한 명의 소수마후가 줄지어 섰고, 철정과 선지애가 그들의 곁을 호위하듯 버티었다.

홍연곡의 북쪽에서는 쿵쿵 하는 천둥 치는 듯한 소리가 은은히 들려오는 중이었다. 이제 현성교에서는 아예 폭약을 사용하고 있었다.

진파는 곽자양을 바라보았다.

"의모님을 뵐 면목이 없습니다. 저희 때문에……."

"중요한 건 홍연곡의 사람들이지 홍연곡이 아니에요. 한 사람도 상하지 않는 게 더 중요해요. 검치 오라버니의 말씀이 옳아요. 지금은 피할 때예요.”

“의모……..”

곽자양이 고개를 뒤로 돌리자 여인 하나가 나서 묵직해 보이는 보퉁이를 건넸다.

“받아요.”

곽자양이 진파에게 보퉁이를 건넸다.

“이게 뭡니까?”

“노자로 쓰세요.”

“……..”

“어미가 주는 첫 용돈이에요. 받아줘요.”

진파는 곽자양의 얼굴을 바라보다 묵묵히 보퉁이를 받아 들었다.

곽자양이 진파의 얼굴을 두 손으로 감싸고는 부드럽게 말을 이었다.

“아버질 너무 원망하지 말아요. 아버지 나름대로 고충이 있었어요. 적어도 이해하려 노력은 해봐요.”

“……..”

“어미의 첫 부탁도 안 들어줄 참인가요?”

“노력… 하겠습니다.”

“좋아요.”

곽자양은 부드럽게 웃으며 진파를 안아주었다.

진파도 팔을 돌려 곽자양을 단단히 안았다.

“정말…… 같이 가시지 않겠습니까?”

곽자양은 진파에게 안긴 채로 고개를 저었다.

“이대로 홍연곡을 내줄 순 없어요. 난 조금 후에 출발할 거예요. 뜨

거운 맛을 보여줄 거예요. 다 대가를 만나 저 애들을 모두 치료하게 되
면 꼭 용문산(龍紋山)으로 와요. 홍연미리진을 다시 설치할 테니, 무지
개가 뜨는 계곡을 찾아내면 될 거예요."

진파는 묵묵히 고개를 끄덕이더니 뒤로 물러섰다.

유현이 곽자양의 어깨를 두드렸다.

"조심해라, 곽매."

"걱정 마세요. 전 약하지 않아요. 다 대가가 계신 곳이 황산 어디인
지는 정확히 모르겠네요. 오라버니가 애 좀 쓰셔야 할 거예요."

"그 정도로도 충분하다."

"이 아래로 내려가면 배가 준비되어 있어요. 이 애들이 안내해 줄
거예요."

곽자양이 동산의 앞에 있는 석등을 치자 스르릉 하는 소리와 함께
동산에 작은 통로가 생겨났다. 밑으로 내려가는 계단이 거뭇한 어둠
속에서 모습을 드러냈다.

"우리 인원이 모두 열다섯인데 적당한 배가 있을까?"

"제일 큰 배를 타세요. 벌써 다 지시해 놓았으니까 먼저 출발하는
홍연곡 아이들의 말만 따르시면 될 거예요."

"너는?"

"뒤처리를 좀 더 하고 남은 애들과 함께 떠나겠어요. 먼저 가세요."

"아무래도 안심이 안 된다. 내가 남을까?"

"오라버니는 따로 할 일이 있잖아요. 걱정 마세요. 저는 음양수사예
요. 제 거처를 박살 내려는 놈들에게 순순히 물러설 수만은 없잖아요?"

곽자양의 얼굴에 싸늘한 미소가 떠올랐다. 이곳에 오기 전, 유현 등
이 함께 떠나자고 수차례나 말렸으나 그녀의 고집은 꺾이지 않았다.

홍연곡의 주인은 어디까지나 그녀. 그녀의 뜻이 워낙 굳건한지라 모두
더는 말리지 못했다.

철정을 필두로 한 사람씩 동산의 통로에 들어가 계단을 따라 내려가
기 시작했다.

진파는 곽자양을 꽉 끌어안고 볼에 입을 맞추었다.

"의모, 꼭 무사하셔야 합니다."

진심 어린 목소리.

또 피해야만 한다는 분노와 곽자양에 대한 걱정이 뒤섞인 복잡한 음
성이었다.

곽자양의 눈에 뿌연 물막이 드리워졌다. 실로 오랜만에 생긴 그녀의
친인이었다.

곽자양은 진파에게 살며시 웃어주었다.

"다른 여자들에겐 이렇게 작별 인사를 하면 안 돼요. 이 소저가 가
만있지 않을 거예요."

진파는 나직하게 웃음을 터뜨리고는 통로를 향해 몸을 날렸다.

마지막까지 남아 있던 유현이 곽자양에게 물었다.

"자신있는 거지?"

"떠날 준비를 하느라 시간이 좀 걸리긴 했어도 아직 하루의 여유는
있어요. 홍연곡의 모든 기관을 동원할 거예요. 이곳이 왜 금지인지 알
게 해줄 생각이에요."

"널 믿겠다."

"여자한텐 믿는다는 말 쓰는 거 아니랬죠?"

"그래. 넌 정말 아름답다."

미소를 머금은 유현이 가볍게 손을 흔들고는 통로를 따라 사라져 갔

다. 곽자양은 통로가 닫힐 때까지 오래도록 어둠 속을 바라보고 있었
다.

막 통로가 닫히려 할 때였다. 어둠을 뚫고 검은 그림자가 휙 하고 날
아들었다.

진파였다.

곽자양이 깜짝 놀라 소리쳤다.

"왜 돌아왔어요?"

"하하. 이 방법이 아니면 제가 남는 걸 허락하지 않으실 테니까요.
아까 모두와 의논한 끝에 결정한 겁니다. 유 숙과는 파양호 입구에서
만나기로 했습니다. 그곳이라면 안전할 겁니다. 이대르는 제 마음이
편치 않습니다. 그리고 놈들에겐 갚아야 할 빚도 있지요."

"하지만!"

갑자기 진파가 씩 웃으며 곽자양의 어깨에 팔을 둘렀다. 장난기를
띤 진파의 음성이 울렸다.

"의모, 어머니를 지키는 건 아들의 의무입니다. 제게 효도할 기회를
주십시오. 걱정 마세요. 저들 중에 현성교주가 있다면 절대 무리하지
않을 겁니다."

빙긋 웃는 진파의 얼굴을 보며 곽자양은 가슴속에서 훅 하고 뜨거운
것이 올라오는 것을 느꼈다.

부모형제를 모두 잃고서 처음 느껴보는 그런 기분, 곽자양은 말없이
진파의 어깨를 끌어안았다.

진파는 여전히 빙긋 웃으며 곽자양을 포근히 안아주었다.

콩!

폭음이 터지며 홍연미리진의 안개가 또 한 치 밀려났다.

진파는 곽자양을 바라보며 낮게 속삭였다.

"의모, 곡 내의 기관은 모두 발동시키셨습니까?"

"그래요. 이제 이곳에 남은 열 명을 빼고는 모두 배를 타고 빠져나가고 있을 거예요."

진파는 곽자양의 뒤에 버티고 선 홍연곡의 수신십위(守身十衛) 열 명을 바라보았다. 하나같이 무복(武服)으로 갈아입은 그들에게서는 일류 고수의 기태가 당당히 스며 나오고 있었다. 그러나 진파는 고개를 가로저었다.

"의모님, 저들도 모두 보내십시오."

"저들은 모두……."

"일류고수라는 걸 압니다. 하지만 저들로선 현성교의 하류들이나 간신히 상대할 겁니다."

"그 정돈가요?"

"예. 제가 겪어본 현성교의 인물들은 가장 약한 이들이 일류고수 이상입니다. 저분들은 배를 대기시키고 있다가 우리가 가는 즉시 출발할 수 있도록 준비하는 임무를 맡기시는 게 좋겠습니다."

"알았어요."

곽자양이 퇴각을 명하자 수신십위의 얼굴에는 불복의 빛이 가득 떠올랐다. 곡주인 곽자양을 지키는 것이 그들의 삶, 그들에게 새로운 삶을 준 이가 바로 곽자양이었다. 수신십위로서는 곽자양의 명을 차마 따를 수 없었다. 사지(死地)로 변할지도 모르는 이곳에 어찌 곡주를 혼자 남겨두고 떠나겠는가. 그러나 서릿발 같은 곽자양의 명이 다시 한 번 떨어지자 그들은 마침내 고개를 숙인 채 총총히 자리를 떴다.

진파가 곽자양을 바라보며 슬쩍 미소를 지었다.

"의모, 꽤 무서우신데요?"

"때론 엄해야지요. 진 소협도 무적다가를 이끌어야 하니 때론 엄한 태도가 필요하다는 걸 조만간 느끼게 될 거예요."

"글쎄요. 그건 알 수 없지요. 그나저나 의모, 언제까지 절 진 소협이라 하실 겁니까? 이젠 편하게 불러주세요. 말도 편하게 해주십시오."

진파는 곽자양의 손을 부드럽게 쥐었다.

"아들에게 소협이라 하는 어머니는 없는 법입니다."

곽자양이 감격한 표정으로 진파를 바라보다 고개를 끄덕였다

"그러자꾸나……. 고맙다……."

빙긋 웃는 진파를 보며 곽자양도 웃음을 지었다. 홍연미리진을 파훼하는 폭약 소리가 요란했으나 진파와 곽자양에게선 훈훈한 온기가 오가고 있었다.

"의모, 기관의 중심 축이 어딥니까? 제가 기관을 잘 알진 못하지만 어느 한곳에 몰아넣으면 가장 큰 타격을 입힐 수 있는 지점이 있겠지요?"

"그래. 홍연곡의 중앙에 있는 광장이 기폭점이라 할 수 있단다. 그곳에 모여 있기만 한다면 치명적인 타격도 줄 수 있겠지. 하지만 가능할까?"

"물론이죠. 이게 있지 않습니까?"

진파가 씩 하고 웃으며 품속에서 작은 나무 상자 하나를 꺼내 들었다. 곽자양이 눈을 빛냈다.

"혈뇌고구나!"

"예. 이걸로 유인하면 될 겁니다. 지금 저 밖에선 혈뇌고 암컷이 요

동을 치겠지요. 어차피 놈들을 따돌리는 데 쓰려고 했으니 지금이 적기입니다. 의모께서 이 상자를 광장의 중앙에 숨겨주십시오. 기관을 발동시키는 곳은 의모님 처소겠지요?"

"그래."

"그럼 그곳에 계십시오. 전 놈들을 혼란시켜 유인하겠습니다."

"가능하겠니?"

곽자양의 얼굴에 걱정스러운 빛이 떠올랐으나 진파는 씨익 매력적인 웃음을 흘렸다.

"홍연미리진을 완전히 파악하지는 못했지만 진 안에서 움직이는 방법은 배웠으니까 염려놓으십시오. 무리하지는 않겠습니다. 얼른 가 계십시오. 곧 가겠습니다."

"그럼…… 조심해라."

곽자양이 몸을 돌려 사라져 가자 진파는 홍연미리진 안을 은밀히 이동하기 시작했다. 진 밖을 바라보는 진파의 시선이 날카롭게 빛나고 있었다.

"서둘러라!"

혈조 관유는 인상을 잔뜩 찌푸린 채 일영주에게 명을 내렸다.

절도있게 팔을 치켜든 일영주가 수하들을 독려했다.

진을 파훼하는 시간이 생각보다 오래 걸렸다.

너무 시간이 들자 비장해 둔 폭약 폭우뢰(暴雨雷)까지 사용하고 있었으나 예상보다 안개진이 철벽처럼 견고했다.

관유는 요동치는 철 상자를 가슴팍으로 느끼며 질끈 이를 물었다.

'바로 저 안개 너머에 놈이 있을 것인데!'

임아영을 죽인 진파를 해치우기 위해 아직 교주가 도착하지도 않았건만 행동을 개시한 관유였다. 무슨 일이 있어도 진파만은 자기 손으로 해치우고 싶었다. 벌써 진을 공격하기 시작한 지 하루가 넘어 이틀째였다.

'놈! 감히 소수마후들을 가로챈데다 임 소저마저 죽이다니.'

관유의 눈에 핏발이 곤두섰다. 종남의 장문인 위만호를 죽일 때보다 한층 더 살기가 치밀어 올랐다.

관유는 삼십 년 전 구파일방의 제자들이 교의 형제들을 해칠 때 유일하게 살아남았던 생존자였다. 당시엔 약관도 안 되었던 그가 벌써 오십을 바라보는 나이였다. 교를 위해 청춘을 바치느라 가정도 이루지 못한 그가 아무도 몰래 사모했던 이가 바로 죽은 임아영. 스무 살에 가까운 나이 차 때문에 직접 표현하지는 못했지만 임아영은 그의 태양이자 희망이었다.

"폭우뢰를 아끼지 마라!"

허공을 가르는 관유의 음성엔 터질 듯한 분노가 뒤섞여 있었다.

그때였다.

좌측의 최선두에 서서 폭우뢰를 터뜨리려던 일영주 휘하 조장이 갑자기 비명을 내질렀다.

"끄아아악!"

엄격한 훈련을 받은 현성교도답지 않은 공포에 가득 찬 비명 소리에 관유의 고개가 획 돌아갔다. 그리고 그는 보았다. 비명을 지른 수하가 선 채로 왼팔과 왼 다리가 쩍 갈라지며 피분수를 내뿜는 것을. 그 시뻘건 피분수 위로 떠오르는 은빛 찬란한 한 가닥 실을.

"연혼사!"

관유의 눈이 쭈욱 찢어지며 난폭한 일갈이 터져 나왔다. 연혼사를 쓰는 자는 바로 무적다가의 후예였다. 진파가 나타난 것을 안 관유의 분노에 찬 일성이었다.

"이노옴! 게 서라!"

놈 소리가 채 끝나기도 전, 관유의 신형은 피를 흘리며 쓰러지는 수하의 몸을 넘어 허공에 떠올라 있었다.

혈조(血爪)라는 별호답게 핏빛 조영(爪影)이 안개를 갈기갈기 찢어발겼다. 그러나 그가 자랑하는 핏빛 용조수(龍爪手)에는 아무것도 걸리지 않았다.

"어디 있느냐! 나와라—! 나 관유가 임 소저의 원수를 갚기 위해 여기 왔노라!"

쩌렁쩌렁한 일갈이 사방을 갈랐으나 그에 대답하는 것은 수하들의 끔찍한 비명 소리였다.

"아아아악!"

"크헉!"

진을 파훼하기 위해 최선두에 서 있던 조장급 교도들이 삽시간에 피분수를 쏟아내며 쓰러지기 시작했다. 일영주가 다급히 소리쳤다.

"모두 십 보 후퇴! 관 호법님! 뒤로 후퇴하십시오!"

"나와라! 비겁하게 암습이나 할 생각이더냐! 너도 사내라면 이 관유 앞에 모습을 드러내라!"

"그러신다고 적이 나오겠습니까? 제발 잠시 뒤로 빠지십시오! 위험합니다!"

일영주가 큰 소리로 외쳤으나 관유는 들은 척도 하지 않고 계속 안개를 향해 부르짖었다.

그때였다.

안개 속에서 갑자기 검은 인영 하나가 진 밖으로 모습을 드러냈다. 일영주는 멍한 눈빛으로 귀신처럼 모습을 드러낸 사내를 향해 신음했다.

"정말… 나왔다……. 미친… 놈……."

안개 속에서 뚜벅뚜벅 걸어 나온 진파가 오연히 소리쳤다. 주위를 둘러싼 현성교도들을 굽어보며 큰 소리로 외쳤다.

"비겁? 지금 현성교에서 용기와 비겁을 논하겠다는 거냐? 아무 죄 없는 소녀들을 잡아다 살인 도구로 만든 너희가?"

까만 흑의복면인들이 기백 명이나 앞을 가로막고 있었으나 진파는 그들의 앞에 당당히 버티고 서 손가락으로 관유의 심장을 가리켰다.

"죄도 없는 양민들까지 무차별 학살한 너희가 비겁을 따져? 네놈들은 비겁 운운할 자격이 없는 놈들이다! 하늘을 이고 사는 게 부끄럽지도 않느냐! 네 뛰는 심장 소리가 치욕스럽지 않단 말이냐!"

진파의 칼 같은 고함 소리가 현성교도들의 뇌리를 뒤흔들었다. 공력이 약한 자들이 귀를 움켜잡으며 바닥을 뒹굴었다.

"이……."

관유의 수염이 떨리며 진파를 향해 반박하려는데 일영주의 고함이 더 빨랐다.

"투척—!"

서 있는 진파를 향해 폭우뢰가 까맣게 떨어져 내렸다.

꽈꽈꽈꽈꽈꽝—!

천지가 뒤집어지는 거센 폭음과 함께 엄청난 흙먼지가 피어올랐다.

"일영주! 무슨 짓인가!"

관유의 거센 호통에 일영주는 냉큼 고개를 숙였다.

"관 호법님! 저자는 현성교의 제일적으로 공표된 자입니다. 어찌 수단을 가리신단 말씀이십니까!"

그때 안개 속에서 호탕한 웃음소리가 터져 나왔다. 진파의 우렁우렁한 사자후가 현성교도들의 귓전을 뒤흔들었다.

"푸하하하하— 그래! 비겁이란 말은 바로 네놈들에게나 어울리는 말이다. 나오라고 해서 나왔더니 겨우 쓰는 게 폭약이더냐?"

"이놈!"

관유의 신형이 진파의 음성이 들려온 안개 속으로 삽시간에 뛰어들었다.

"이런! 관 호법님!"

진 밖에 남은 일영주가 발을 굴렀다. 진파와 관유의 신형은 완전히 안개 속에 묻혀 더 이상 보이지도 않았다. 고개를 홱 돌린 그의 목소리엔 다급함이 잔뜩 실려 있었다.

"폭우뢰를 모두 쏟아 부어 일직선으로 길을 내라! 더 이상 진의 요처를 공격하는 건 그만둬!"

꽝꽝거리는 폭음이 천지를 뒤흔들기 시작했다.

"네 이놈!"

관유가 진파의 뒤를 따르며 버럭 소리를 질렀으나 진파는 여유있게 뒤를 돌아보며 유혼신법을 전개하고 있었다. 힐끗힐끗 뒤를 돌아보며 관유가 따라올 수 있게 시간을 준 진파는 마침내 홍연미리진의 끝에서 빙글 신형을 돌렸다. 자욱했던 안개가 희미해져 어느덧 두 사람 사이의 지면도 분간할 수 있을 정도였다.

"그게 용기인가? 수하들을 버려둔 채 마음대로 행동하는 것이? 그런 건 무책임이라 부르는 게 아니었던가?"

"끼놈!"

관유의 신형이 번쩍하며 핏빛 번개를 그렸다. 양손에 낀 검붉은 용조수가 진파의 전신을 노리고 빛살처럼 쏘아졌다.

진파의 허리에서 검이 날아올랐다.

챙챙— 챙챙챙챙.

용조수와 철우가 부딪치는 소리가 날카롭게 허공을 찢어발겼다.

자욱한 먼지를 일으키며 진파와 관유의 신형이 빙글빙글 맞부딪쳐 회전했다.

"이름이라도 밝히시지?"

진파가 여유있게 묻자 관유는 혈조를 날리며 바드득 이를 갈았다.

"현성교의 호법수장 혈조 관유다!"

"그래? 난 진파! 이름이나 알고 죽어라. 이 인간 같지도 않은 것들!"

가각—

교차된 용조수 사이에 낀 철우가 쇳소리를 지르며 검신을 떨었다.

바싹 마주 붙은 관유와 진파의 눈에서 불길이 솟구쳐 올랐다.

"네놈이… 임 소저를 죽였다!"

"그래서? 니들이 한 짓은 생각도 안 해?"

"우리를… 먼저 건드린 건 너희… 중원 놈들이야—!"

부들부들 떨리는 용조수처럼 거친 호흡을 내뿜는 관유와는 달리 진파의 철우는 웅웅 검명을 토해내고 있었다.

"난 그런 거 몰라! 날 먼저 건드린 건 항상 너희 현성교였다! 내가 태어나기도 전 얘기는 나한테 하지 마!"

“윽!”

조금씩 관유의 몸이 기울기 시작했다. 관유의 눈이 커졌다. 내공에서 밀리리라곤 꿈에도 생각 못했기에 과감히 접근전을 폈던 것인데 계산 착오였다. 관유는 온 힘을 다 쏟아 부어 혈조를 쳐 올리려 했으나 찰싹 달라붙은 진파의 검은 떨어질 줄 모르고 태산 같은 기세로 그를 압박했다.

“소수마후 만든다고 여자 애들을 백 명 가까이 죽인 놈들이 뭐가 어째? 그 임가 계집 목숨만 가치있더냐!”

진파가 고함을 지르며 철우에 가득 무적심공을 실어 내리그었다. 유현을 통해 깨달은 중검이었다. 갑자기 철우의 검신에 푸른 검기가 서릿발같이 피어오르며 용조수를 그대로 갈랐다.

쩡—

단숨에 용조수 한 개를 반 토막 낸 진파가 철우의 검신을 빙글 뒤집어 쳐 올렸다. 순식간에 변초를 하는 연환쾌검이었다.

새파란 철우의 검기가 관유의 허리를 노렸으나 찰나의 틈을 타 뒤로 몸을 뺀 관유는 허리가 동강나는 위기를 가까스로 벗어날 수 있었다.

“컥!”

그러나 관유의 가슴팍에서는 한줄기 피분수가 쫘악 피어올랐다. 간신히 두 토막이 나 죽는 꼴은 면했으나 가슴이 갈라진 관유는 그만 털썩 무릎을 꿇고 말았다. 시뻘건 내장이 삐져 나오는 것을 손으로 움켜쥔 관유는 떨리는 눈으로 진파를 노려보았다.

“대단… 하구나……. 그 검으로 임 소저도 죽였느냐……?”

관유는 믿을 수가 없었다. 이렇게 쉽사리 당할 줄은 정말이지 꿈에도 몰랐다. 동괴를 없앴다고는 하지만 자신마저 당할 것이라고는 생각도 못했다.

　아들뻘인 진파에게 치욕적인 패배를 당한 관유는 수치심에 몸을 떨었다. 임아영의 원수를 갚기는커녕 부끄럽게도 무릎을 꿇고 만 것이다. 사천 절곡의 혈투를 거치며 진파의 검공이 또 한 단계 깊어졌음을 관유로서는 알 수 없었다.

　"이, 이놈……."

　진파는 무릎을 꿇고 있는 관유에게 다가가며 두 눈을 부릅뜨고 관유를 꾸짖었다.

　"내가 강호에 나온 지 얼마 되진 않지만 은원이 얽히고 꼬인 곳이 강호라는 걸 잘 알고 있다. 당신이 갖고 있는 원한만큼이나 현성교에 원한이 깊은 사람들도 산을 이루고 있어! 당신들이 한 짓은 왜 반성을 하지 않는 것인가!"

　"웃기지… 마라……. 우리가 무슨 일을 당했는지 알지도 못하는 어린 녀석이……."

　"아무리 원한이 깊어도 스스로에게 당당하지 못하면 아무 소용도 없다는 걸 모르는가? 당신은 지금의 현성교가 당당하다 말할 수 있는가!"

　"그런 건 잊은 지 오래다……."

　이글이글 불타오르는 관유의 눈빛은 진파를 잡아먹을 듯 살기에 휩싸여 있었다.

　"도대체 말이 통하지 않는군. 억울하다고 사람들을 마구 죽이면 니들이 다를 게 뭐가 있어?"

　"어린 놈이 뭘 안다고─! 쿨럭! 중원 놈들은 모두 죽어도 싸! 모조리 죽여 버릴 거다. 모조리!"

　바닥에 무릎을 꿇고 있던 관유의 몸이 갑자기 진파를 향해 뛰어올랐다. 가슴을 가렸던 손이 진파를 향하며 가슴팍에서 다시 핏줄기가 솟구쳐 올랐다. 하나밖에 남지 않은 혈조가 날카롭게 진파를 향해 쏘아졌다.

'그게 당신의 선택인가?

진파는 관유가 자신의 손에 죽으려 한다는 것을 관유의 눈을 통해 느낄 수 있었다. 맹수도 죽을 자리는 스스로 고르는 법이다. 때론 상대를 죽이는 것이 오히려 그를 존중해 주는 것이다. 비록 비뚤어진 원한에 사로잡혔다고는 하지만 관유는 당당한 사내였다. 그는 자신이 죽을 자리를 고를 자격이 있었다.

갑자기 진파가 양팔을 쫙 뻗었다.

관유는 진파의 양 손목에서 눈부실 정도로 터져 나오는 하얀 빛을 느끼며 의식이 끊어졌다. 그의 몸이 바닥에 쿵 하고 떨어졌다.

연혼사 스무 가닥이 모두 관유의 머리를 꿰뚫고 있었다. 두 눈을 부릅뜬 관유의 얼굴에서 조금씩 핏줄기가 흘러나오기 시작했다.

진파는 아무 말 없이 스무 가닥의 연혼사를 동시에 회수했다. 파앗하며 핏줄기가 뿜어져 나와 바닥을 적셨다. 털썩 앞으로 쓰러진 관유의 얼굴이 자신의 몸에서 흘러나온 피바다 속에 묻혔다.

"이미 인과를 밝히기 힘든 복수극이라 이건가……? 지들 세대에서 벌어진 걸 왜 우리한테까지 미루는 거야?"

진파는 침울한 눈빛으로 관유의 시신을 내려다보다 눈을 돌려 전방을 주시했다.

콰콰쾅 소리와 함께 전방의 안개가 칼을 맞은 듯 반으로 뚝 잘라지며 쪼개져 나가기 시작했다.

"결국 진이 뚫렸군."

　마침내 홍연미리진이 분쇄되었던 것이다. 진파는 관유의 시체를 뒤로한 채 재빨리 몸을 돌려 홍연곡 안으로 사라져 갔다. 관유의 시신에서 뿜어져 나오는 검붉은 피가 대지를 벌겋게 물들이고 있었다.

　일다경쯤 지났을 무렵, 나지막한 마성(魔聲)이 관유의 시신 곁에서 울리고 있었다.
　"관 호법, 왜 혼자 움직였나? 기다리라고 분명히 명했는데……. 자네답지 않게 이 무슨 허망한 죽음인가……."
　검은 안개에 휩싸인 현성교주 임후생이 나직하게 탄식을 토하자 염정과 함께 임후생을 수행해 온 문곡이 고개를 조아렸다.
　"관 호법께서 너무나 간절히 원하셔서 이번 임무를 맡겼습니다만…… 확실히 제 불찰입니다."
　"그게 무슨 소린가?"
　"실은…… 관 호법께서는 임 소저를 연모하셨습니다. 사감(私感)이 끼어들까 봐 허락하지 않으려 했습니다만 자해까지 하시기에 허락했더니……."
　"허……."
　문곡의 말에 전후 사정을 모두 짐작한 임후생은 관유의 시신을 보며 혀를 차고 말았다.
　"내가 너무 무심했도다……."
　문곡은 조심스럽게 관유의 시신을 뒤집어 가슴을 더듬었다. 진파의 검에 갈라진 가슴 안쪽을 더듬던 문곡의 얼굴에 안도의 표정이 스쳐 지나갔다.
　"다행히 혈뇌고는 무사합니다."

문곡이 관유의 품속에서 혈뇌고 암컷이 들어 있는 철 상자를 꺼내 바치자 임후생은 진파가 사라진 홍연곡의 중앙 광장 쪽을 향해 고개를 돌렸다. 철 상자가 요동을 치고 있었다.

"저쪽이군. 이제 자네가 맡게."

임후생이 철 상자를 돌려주자 문곡은 조심스럽게 그것을 받아 들었다.

"존명! 일영주! 저곳을 포위한다! 소수마후들이 있을 것이니 포위만 하도록!"

"알겠습니다!"

지휘자인 관유가 죽었지만 일영주는 문곡을 향해 힘차게 고개를 숙였다. 어차피 현성교도들은 모두 죽음의 서약을 마치고 신을 섬기는 사람들, 죽음을 슬퍼하기보다는 임무를 더 중시하는 것이 신을 향한 그들의 의무였다.

홍연곡의 중앙 광장을 포위한 채 가운데 세워진 작은 전각을 향해 현성교도들이 조금씩 압축해 들어갈 때였다.

교도들의 뒤에서 문곡과 염정을 대동한 채 주위를 살피던 임후생의 눈빛이 빛났다.

"문곡, 후퇴를 명하라. 이건 함정이다."

"예?"

"저 전각 안엔 아무것도 없어! 소수마후들이 있다면 내가 못 느낄 리 없다!"

"하지만 혈뇌고는……?"

문곡의 반문이 채 끝나기도 전, 엄청난 폭음과 함께 귀를 찢는 파공음이 홍연곡의 광장을 가득 메웠다.

콰콰콰쾅— 콰르르르릉.

땅이 뒤집히며 창날이 솟구쳐 날아오르고, 광장 중앙에 세워진 전각들이 부서지며 암기들이 쏟아져 휘날렸다. 천지를 가르는 폭음 속에 광장의 여기저기에서 검은 연기가 치솟아올랐다.

"크아아아아아—"

아비규환의 비명이 한꺼번에 터져 나왔다. 홍연곡은 이제 지옥의 겁화에 싸인 불바다였다.

홍연곡에 여명이 밝아오고 있었다.

아직도 여기저기서 매캐한 연기가 피어오르고 살아남은 흑의복면인들이 바삐 뛰어다니고 있었지만 문곡의 표정은 어둡기만 했다.

'완전히 당했다……'

홍연미리진을 깨느라고 꼬박 이틀을 소비했건만 정작 소수마후들은 단 한 명도 회수하지 못하고 말았다. 곽자양이 남긴 기관 매복에 걸려 애꿎은 수하들만 잔뜩 잃었을 뿐, 그들이 도망친 경로조차 아직 발견하지 못한 상태였다. 더구나 이제 혈뇌고도 무용지물이 되었음을 문곡은 잘 알고 있었다.

혈뇌고의 암컷이 가리킨 곳은 폭발이 일어나는 그 순간까지도 광장의 중앙에 있는 전각 안이었다. 그땐 이미 소수마후들이 탈출한 후였음이 틀림없었다. 어떤 방법을 썼는지 모르겠으나 혈뇌고의 수컷들을 산 채로 소수마후들의 머리 속에서 끄집어낸 것이 분명했다.

"참담한 일이군요. 교주님을 모신 자리에서 그런 조롱을 당하다니."

칠성의 막내 염정이 다가와 면사를 펄럭이며 혀를 찼다.

문곡은 철선(鐵扇)을 손에 쥔 채 조용히 서 있을 뿐이었다. 두 사람

은 만리붕을 타고 현성교주를 수행해 이곳까지 날아왔지만 진파에게
당해 닭 쫓던 개 꼴이 된 상태였다. 여기저기 불에 그을린 자국이 남아
둘 다 초라한 몰골이었다.

"교주님의 운공이 한참 중이시다. 말소리를 낮춰라."

현성교주는 문곡과 염정의 앞에 좌정을 한 채 검은 안개에 완전히
휩싸여 있었다.

"너무 무리를 하셨어요. 걱정이네요."

염정이 걱정스러운 목소리로 현성교주를 바라보며 입을 열었다.

그나마 반 수 이상이 살아남을 수 있었던 것은 현성교주의 호신강기
덕분이었다. 그러나 무리를 한 때문인지 임후생의 운공은 좀처럼 그치
지 않았다.

문곡 또한 어두운 낯빛이었다.

"조금 후엔 깨어나실 게다. 불완전한 연공을 억지로 깨시고 수정타
를 나오셨기 때문에 어쩔 수 없는 후유증이지."

"휴우……."

염정이 한숨을 내쉬었다.

삼십 년 전의 일차 징벌(懲罰) 이전에 태어났지만 그때 염정은 코흘
리개 아이였다. 태상교주였던 임후생의 자애로운 얼굴을 기억하는 그
녀로서는 극마경(剋魔境)에 접어든 임후생의 모습이 낯설기만 했다.

이 모든 것이 중원의 오만한 무림인들과 무적다가 때문이었다. 그들
에게 아들과 교도들을 잃지 않았다면 결코 수정타나 소수마후 같은 마
물을 만들었을 임후생이 아니었다.

인성(人性)마저 거부하며 복수를 준비한 기간이 무려 삼십 년. 무적
다가의 후예에게 아들에 이어 손녀까지 잃은 임후생의 심정이 염정으

로서는 상상도 되지 않았다.

소수마후를 제련하고 마제가 되겠다 임후생이 결정을 내렸을 때 혈기 방장한 나이였던 칠성 모두가 적극적으로 찬성을 보냈었다.

그때는 몰랐다. 마제가 되기 위해 교주가 익혀야 하는 북명신공(北溟神功)이 얼마나 극악한 마공인지를. 소수마후를 통해 소수마공을 흡수하지 못하면 어떤 상황이 되는지를.

"북명소(北溟沼)의 독수(毒水)를 가져올 방법은 없겠죠?"

"없지. 어떤 용기로도 그것을 담아둘 수 없으니까. 오직 수정타 내의 만년온옥(萬年溫玉)만이 북명소의 음기와 독기를 견디는데 그것을 또 어디서 구하겠느냐. 그나마 사귀(四鬼)의 희생이 없었다면 출관도 불가능하셨을 것이다."

"그렇죠……."

문곡의 말을 들으며 염정은 임후생의 주위를 짙게 감싸고 있는 검은 안개를 바라보았다. 그건 그저 안개가 아니라 사람이었다. 그들은 바로 교주의 호위무사들이었던 사귀였다.

수정타에서 북명신공을 익혀 마제의 기초를 닦고 소수마공을 취해야만 교주의 신공은 완성할 수 있었다. 계획대로 되었다면 지금쯤 소수마공을 취해 초마지경(超魔之境)에 들었을 임후생이었다.

그러나 소수마공의 완성을 위해 강호에 내보냈던 일후가 동선의 통제를 벗어나고 나머지 소수마후들을 모두 무적다가의 후예에게 빼앗긴 후, 교주는 북명신공을 완성하지 못한 채 폐관을 깨고 말았다.

손녀가 죽고 손자마저 목숨이 위태로운 지경에 빠져 교로 돌아오자 교주 스스로 내린 결단이었다. 자신이 마제가 되는 것을 포기하고 손자인 임수에게 북명신공을 주입해 마제의 기초를 마련해 주었던 것이다. 이제 소수마공을 취할 사람은 임후생이 아닌 임수였다. 마제가 될 사람이 임수로 바뀌었던 것이다.

북명신공은 북명소라는 독의 늪 속에서 수련을 해야 하는 악마의 무공. 현재 임수는 조부인 임후생이 수련하던 그 지옥의 늪 속에서 북명신공을 수련하고 있다.

"하아……."

염정이 한숨을 토해냈다. 검게 흔들리는 안개덩어리가 본래 네 명의 사람이었다는 것을 누가 상상조차 할 수 있었을까.

임후생이 북명신공의 폐관 수련처인 수정타를 나오기 위해 사귀가 희생을 해야만 했다. 북명신공을 완성하지 못하면 결코 북명소를 빠져나올 수 없었던 것이다. 억지로 폐관을 깨고 밖으로 나와야 했던 임후생을 위해 그의 호위였던 사귀가 스스로 인간의 길을 포기하고 자신들의 몸을 바쳤던 것이다.

사귀의 모든 체액은 북명소의 독으로 바뀐 지 오래였다. 그들의 피한 방울조차 북명소의 치명적인 독기를 머금고 있었다. 이제 그들은 말도 할 수 없고, 임후생의 몸 주위를 떠나서는 살 수도 없었다. 오직 임후생의 북명신공과 공명하며 임후생을 지킬 뿐이었다.

그때 갑자기 스르르 검은 안개의 일부가 걷히며 임후생의 얼굴이 모습을 드러냈다.

임후생이 까만 눈을 뜨자 문곡은 정중히 고개를 숙였다.

"교주님, 괜찮으십니까?"

"괜찮다."

문곡은 아무 말도 하지 않았다. 아무리 사귀가 북명소의 독기를 공급해 준다고 하지만 그것은 너무나 미약한 분량, 임후생의 온몸은 갈기

갈기 찢어지는 고통 속에 절어 있을 것이다. 그러나 문곡은 결코 교주의 아픔을 아는 척하지 않았다. 그것이 교주에게 그가 보내는 최고의 경외였다.

"문곡."

"말씀하십시오."

"운공이 끝나는 대로 모두 교로 복귀한다. 당분간 소수마후는 무적다가에 맡겨둔다."

"하지만 소교주의 출도 전에 소수마후를 확보해야 합니다."

"그것을 위해서라도 교에 돌아가야 한다. 지금으로선 소수마후들을 찾을 방법이 없다. 게다가 내 몸이 너무 불완전해. 북명소가 필요하다. 운공을 마칠 동안 복귀 준비를 끝내도록 하라."

"존명!"

"소수마후들이 갔을 곳은 정해져 있다. 문곡, 잘 생각해 보라."

"예?"

문곡이 깜짝 놀라 반문했으나 임후생의 얼굴은 다시 검은 안개로 뒤덮여갔다. 고개를 숙인 문곡의 눈이 영활하게 움직이기 시작했다.

제30장 광명운해(光明雲海)

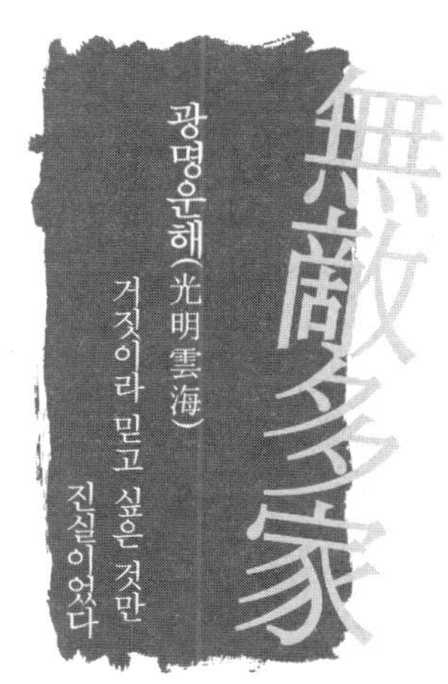

"양 방주,

아직도 기다려야 한단 말이오?"

불편한 심기를 억누른 것이 역력한 음성이 흘러나왔다.

"조금만 더 기다려 주시오. 아직 개왕 사부를 기다려야만 하외
다."

황개 양철환은 좌중의 인사들을 향해 정중한 어조로 말하며 포
권을 취했다. 개왕이라는 말에 양철환에게 따지던 청성의 장문인
진양자(振揚子)가 꾸욱 입을 다물었다. 개왕이라면 지금 모인 장
문인들에게는 모두 사숙뻘이 되는 전대 고수, 현 정파무림의 누
구도 개왕을 무시할 자는 없었다.

교통의 요지 정주(鄭州)에 위치한 무맹의 회의장인 취의청에는
정파무림의 기둥이랄 수 있는 인사들로 가득 차 있었다.

원래 황개가 추진했던 회동은 구파일방의 장문인들만이 모이

는 무맹의 장로회의였으나, 지금 이 자리엔 오대세가의 인물들뿐 아니라 무맹의 최고위층 인사들은 거의 다 모여 있었다.

황개는 여유만만하게 웃고 있었지만 그의 등줄기로는 식은땀 한줄기가 주르르 흘러내리는 중이었다.

'사부! 왜 이렇게 안 오십니까! 시간이 늦어질수록 불리해진단 말입니다!'

취의청에 모인 대부분의 사람들은 양철환을 바라보는 눈이 곱지 않았다. 삼십 년 평화에 취해 무적다가의 공을 잊거나 무적다가를 넘어서겠다는 생각을 가진 이들이 어느 때보다 많은 무맹이었다. 맹주인 태현 진인이 선출 당시 내걸었던 '새로운 무림' 이라는 말이 유행하고 있는 무맹, 현성교의 움직임이 갑자기 멈춘 것도 무맹의 그런 기류를 부추기고 있었다.

갑자기 묵직한 음성이 양철환의 귓전을 파고들었다.

"양 방주, 개왕 선배가 오시기 전 개인적으로 묻고 싶은 것이 있소만."

소리가 들려온 취의청의 반대편을 보자 오대세가의 인물들이 모여 있는 것이 눈에 들어왔다. 양철환을 향해 말을 던진 중년인은 초로에 접어든 사천 당가의 가주 당무독(唐武毒)이었다. 그의 눈에는 말투와는 달리 꼭 대답을 듣고야 말겠다는 집념이 엿보였다.

"무엇이오이까?"

양철환은 그가 무엇을 질문할지 잘 알고 있었지만 시간을 끌기 위해 천천히 반문했다.

당무독은 자리에 앉은 채 몸을 앞으로 기울였다. 그 단순한 동작만으로도 양철환을 향해 섬뜩한 기세가 물밀 듯 밀려왔다.

'이 늙은이가!'

양철환은 당무독의 심상치 않은 기세를 슬쩍 흘리며 일이 어렵게 돌아가고 있음을 직감했다. 당무독의 주위에 앉은 오대서가의 인물들은 사전에 따로 모의가 있었던 듯 양철환을 강하게 압박하고 있었다. 당무독의 싸늘한 음성이 터졌다.

"무적다가의 당대출도객은 지금 어디에 있소이까?"

양철환은 몸을 옆으로 틀어 슬쩍 당무독의 예기를 피하며 최대한 여유를 내비쳤다.

"적협 말이오? 가주도 아시지 않소? 그의 행방을 아는 이는 아무도 없소이다."

"적협? 흥!"

싸늘한 코웃음이 울렸다. 당무독의 옆에 앉아 있던 황보세가의 가주 황보장청(皇甫壯靑)이었다.

"우리 아이들을 해친 놈이 무슨 협객이란 말이오!"

황보장청의 코웃음에 화답해 냉정하게 외친 인물은 제갈가의 새로운 가주인 제갈청수(諸葛淸修)였다. 제갈청인의 동생인 그는 무맹의 새로운 군사이기도 했다.

양철환은 그를 압박하는 오대세가의 세 가주를 바라보다 씁쓸한 표정으로 취의청의 한구석에 서 있는 태인 도장을 응시했다.

태인 도장이 무맹에 돌아와 진파의 무고함을 주장했지만 그의 의견은 사형인 맹주, 태현 진인의 은근한 강권에 밀려 받아들여지지 않았음을 잘 알고 있는 양철환이었다. 무맹의 장로 직까지 박탈당한 태인 도장의 처지는 무맹이라는 망망대해에 외롭게 고립된 섬과 같았다.

'쯧쯧, 태인 도장. 당신이 화산의 장문이 되었어야 했을 것을……. 어쩌자고 그 자리를 사형에게 양보했단 말이오? 태현 진인 당신은 그

렇게나 무림제일의 방파라는 지위가 탐이 났소이까……? 진정한 위험은 코앞에 닥쳐와 있건만…….'

당무독이나 황보장청, 심지어 제갈청수까지도 그들의 가솔들을 죽인 인물이 진파가 아님을 알고 있다는 것을 양철환은 이미 파악하고 있었다. 그들은 다만 이번 기회를 이용해 무적다가의 명망을 땅에 떨어뜨리고 무림의 새로운 질서 개편을 원할 뿐이었다.

'속물들…….'

양철환은 때에 절은 오의 자락을 들어 콧잔등을 문질렀다. 거지 특유의 숨 막히는 악취가 몰려들었지만 양철환에겐 그 냄새가 오히려 상쾌했다. 취의청을 가득 메운 무맹 인사들의 더러운 냄새에 양철환은 말할 수 없는 불쾌감을 느낄 뿐이었다.

"양 방주, 정녕 무맹과 등을 돌릴 셈이오?"

묵직한 음성이 장내를 울렸다. 최상석에 자리잡고 앉아 있던 무맹의 맹주 태현 진인의 목소리였다.

"무슨 말씀이신지……?"

양철환이 결론을 내지 않고 눙쳤으나 태현 진인은 오늘의 이 자리를 빌어 무적다가의 명예를 강호상에서 거세하기로 작정했는지라 추호의 빈틈도 주지 않고 준엄하게 몰아쳤다.

"무적다가의 당대출도객은 아미의 열정 사태와 그 제자들, 사천당가의 여식인 당 소저와 황보세가의 자제인 황보 소협을 해쳤소이다. 마물이라 할 소수마후를 구하기 위해 무맹과 맞섰고, 어쩌면 현성교와 내통했을지도 모르오. 이런 자의 행적을 여태껏 무맹에 보고조차 하지 않는 개방을 우리가 어찌 생각해야겠소?"

태현 진인의 말이 끝나자 취의청에 모인 무맹의 인사들이 웅성웅성

각각의 목소리를 높이기 시작했다. 태현 진인의 눈은 흔들림없이 양철환을 주시하고 있었다.

양철환도 똑바로 눈을 뜨고 태현 진인의 눈빛을 맞받았다. 맹주를 대하는 그런 눈빛이 이미 아니었다.

"개방도 아직 적협의 행방은 찾지 못했소이다. 물론 찾더라도 무맹에 알릴 생각은 없소."

"뭐요!"

황보장청이 호통을 치며 몸을 일으켰으나 양철환의 말은 내공을 실어 웅혼하게 장내에 울려 퍼졌다.

"아미와 당가, 황보가의 자손이 몰살당한 일은 안타깝기 짝이 없으나, 그들의 상세는 적협이 지니고 있는 연혼사에 당했다기보다는 현성 교주가 사용했던 혈광파에 의한 것이라 보는 것이 더 타당하오. 이 사실을 잘 알면서도 무조건 적협의 소행이라 단정하는 이유는 무엇이오이까? 그 더러운 속셈을 꼭 내 입으로 말해야 하오? 부끄럽지도 않소이까? 자식의 죽음을 팔아 잇속이나 챙기려 하다니!"

황보장청과 당무독의 얼굴이 일순 붉어졌으나 그들보다 제갈청수의 냉정한 역습이 더 빨랐다.

"우리가 왜 적협의 소행으로 단정했는지 아직도 모르시오? 열정 사태 일행의 죽음을 목격한 것은 본 제갈세가의 장자였던 우현이었소! 게다가 무적다가의 출도객은 우현이를 직접 죽였고, 그것은 집법사령 이하 그 자리에 있던 모두가 본 사실이외다. 소수마후들과 손을 잡고 내 형님을 죽게 만든 것도 바로 무적다가의 출도객인 그자요! 무적다가의 출도객이 마도(魔道)에 빠져든 것이 명백하거늘, 그자를 비호하는 이유가 대체 무엇이오이까? 무적다가의 가신 직이라도 수락했단 말이오?"

"적협이 마도에 빠져들었다? 무엇을 근거로 그런 단정을 하는 게요?"

양철환의 질문을 기다렸다는 듯 제갈청수의 일갈이 터져 나왔다.

"그는 마물 소수마후를 비호하기 위해 내 형님과 조카를 죽였소! 그것보다 더한 이유가 어디 있소이까!"

좌중의 인물들이 모두 고개를 끄덕였지만 양철환은 끌끌 혀를 찼다. 이런 자리에서 한 번 밀리기 시작하면 상대의 술수에 놀아날 수 있었다. 의도적으로 개방을 비하하는 제갈청수의 언변에도 양철환은 결코 냉정을 잃지 않았다.

"정말 나무만 보느라 숲은 보지 못하는구려. 적협이 소수마후들을 현성교에서 빼낸 것이 무림에 얼마나 도움을 준 일인지 아직도 모르는 것이오? 소수마후를 열둘이나 만든 것으로 보아 현성교에서 마제(魔帝)를 준비하고 있다는 것은 당연한 사실이오! 소수마후 한 명의 손에 종남파가 멸문의 피해를 당했소이다. 그런 소수마후가 열둘이오. 무려 열둘! 그 엄청난 전력을 현성교에서 빼앗은 것이외다. 그것이 얼마나 우리에게 도움을 주었는지 아직도 모르시오? 탁상공론이나 하고 무적다가를 음해하려고 할 때가 아니라 현성교의 재침에 대비해야 할 때란 것도 모르시오이까?"

양철환의 말에 취의청에 모였던 인사들의 얼굴에는 종남의 혈사가 생각났는지 언뜻 망설임이 스쳐 지나갔다. 양철환의 말대로 소수마후들의 발을 묶어놓은 것만으로도 수많은 생명을 구해낸 것이 틀림없지 않은가. 장내의 이상한 공기를 눈치 챘는지 묵직한 태현 진인의 음성이 울렸다.

"양 방주의 말이 맞을 수도 있소이다. 하지만 이걸 생각해 보시오. 그가 무림을 위해서 소수마후들을 현성교에서 빼낸 것이라면 그들의 신병을 왜 무맹에 맡기지 않고 잠적한 것이오? 그도 정파무림의 일원이라면 당연히 소수마후의 조사를 무맹에 맡겼어야 옳은 것 아니오? 하지만 그는 처음부터 소수마후를 비호하기만 했소이다. 내 직접 만나 보았기 때문에 잘 알고 있소. 그의 태도는 소수마후를 일방적으로 감쌌다고 하는 것이 정확할 것이오. 그가 정말 무림을 위했다면 무맹에 소수마후들을 넘겼어야 옳은 것이오. 안 그렇소?"

태현 진인의 말에 무맹의 인사들이 연신 고개를 끄덕이고 있었다. 무적다가 또한 무림의 일원이라면 무림의 연합체 무맹의 명에 당연히 따라야 한다는 듯이. 양철환이 그 말을 반박하려 할 때였다.

우렁찬 고함 소리가 장내 인사들의 귓전을 뒤흔들었다.

"무맹이 그렇게 대단한 곳이었나?"

"사부님!"

갑자기 들려온 개왕의 목소리에 양철환이 반색을 했다.

어느새 취의청에 나타난 개왕이 제자인 황개 양철환의 옆에 서 있었다.

"어서 오십시오, 사부님!"

"좀 늦었소이다, 방주."

"사부님, 그분은?"

"겨우 데려왔소. 걱정 마시오."

양철환은 코를 찌르는 개왕의 냄새가 그렇게 반가울 수가 없었다. 그의 얼굴에는 어느덧 미소가 떠올라 있었다.

자리에 앉아 있던 무맹의 인사들이 분분히 몸을 일으켜 개왕에게 예를 표했다. 태사의에 앉아 개왕을 바라보는 이는 맹주인 태현 진인뿐이었다.

간단히 포권을 취해 여러 인사들에게 답례를 한 개왕의 눈이 태현 진인을 향했다.

"맹주, 오랜만이오."

"그렇습니다. 장로회의 소집을 제안한 분이 너무 늦게 오셨습니다만……."

말꼬리를 슬쩍 자르며 압박을 가하는 태현 진인에게 개왕은 너털웃음을 터뜨렸다.

"내 여러분에게 소개할 분을 모셔오느라 이리 늦었소이다."

"소개요? 이곳은 무맹의 장로회의라 외인(外人)은……."

태현 진인의 말을 다 듣지도 않고 개왕은 취의청의 정문을 향해 소리쳤다.

"이만 나오시게나. 후배들이 기다린다네."

그 말에 화답이라도 하듯 갑자기 취의청의 문짝이 활짝 열렸다. 아무도 손을 대지 않았건만 쾅 소리를 내며 열린 문으로 육 척에 이르는 당당한 체구의 백의죽립인이 천천히 모습을 드러냈다.

"헉!"

"우웁……."

백의죽립인이 걸음을 옮겨 천천히 개왕의 곁으로 다가서는 동안 취의청 안의 무맹 인사들 입에서 억눌린 신음 소리가 나직하게 흘러나왔다.

저절로 오체복지라도 하고 싶을 정도로 막대한 위엄과 기세가 걸음을 옮기는 백의죽립인에게서 풍겨 나오고 있었다. 도인(道人)처럼 기다

란 죽장(竹杖)을 짚으며 걷는 걸음 속에는 아찔한 위세가 담겨 있어 턱
턱 숨을 막히게 했던 것이다.

　백의죽립인을 바라보는 태현 진인의 눈 꼬리가 마구 요동을 치고 있
었다.

　'저런 자가 무림에 있었다는 말인가……? 저런 자가……? 감당을
할 수가 없다…….'

　백의죽립인의 걸음 속에는 내공을 일으킨 자라면 누구나 거대 무비
한 압박을 느끼게 하는 파천(破天)의 기세가 담겨 있었다. 그에게 적의
를 품지 않은 개왕이나 양철환은 느낄 수 없었으나 수상한 인물의 등
장에 내력을 끌어올렸던 이들은 하나같이 엄청난 압력을 온몸으로 느
끼고 있었다.

　백의죽립인이 개왕의 옆에 서자 갑자기 그 엄청난 압력이 씻은 듯
사라졌다. 백의죽립인이 걸음을 멈춘 동시에 모든 압력이 사라진 것이
다. 태현 진인의 뇌리로 보보무적(步步無敵)이라는 잊혀진 전대 고수의
기억이 떠오르려고 하던 그때, 개왕의 커다란 음성이 취의청을 뒤흔들
었다.

　"소개하겠소! 무적다가의 전대 가주이신 광협(光俠) 다가인(多佳人)
대협이시오!"

　태현 진인의 수염이 경련을 일으켰다. 보보무적! 걸음만으로도 상대
를 굴복시켰던 전설의 고수. 그의 존재가 드디어 기억났던 것이다.

　'손자를 비호하기 위해 조부가 등장했다 이건가? 쉽게 당하지는 않
겠…… 다. 명분은 내게 있어…….'

　태현 진인은 진파가 범한 몇 가지 실수를 떠올리며 지그시 입을 다
물었다.

*　　　*　　　*

"끼랴~ 끌끌."

진파의 콧노래가 흥겨웠다.

마부석에 앉은 진파는 철정처럼 깊이 죽립을 눌러쓴 상태였지만 언뜻 보이는 입가에 드리워진 미소가 아주 기분이 좋아 보였다. 파양호변에서 벽화 등과 다시 만난 진파는 홍연곡의 사람들과 석별의 정을 나누고, 각기 동서로 갈라져 방향을 틀었던 것이다. 황산으로 향하는 진파는 서쪽으로, 용문산으로 향하는 곽자양 일행은 동쪽으로.

"혼자만 좋아하냐? 같이 좋아하자."

옆에 앉은 철정이 슬쩍 진파의 옆구리를 찔렀다. 진파는 빙긋 웃으며 철정을 바라보았다.

"이제 위험은 사라졌잖아. 혈뇌고를 없앴으니 현성교주가 직접 눈앞에 나타나지 않는 이상 위험은 없어. 놈들이 우릴 찾을 방법이 없으니 이제 자유 아니냐? 그 생각 하니까 콧노래가 절로 난다."

"흠. 그러냐? 근데 너 왜 마차 안으로 안 들어가냐?"

철정이 진파의 옆구리를 다시 쿡 찔렀다. 기분 좋게 웃고 있던 진파의 얼굴이 단숨에 일그러졌다.

"몰라서 묻냐? 애들이 다 깨어 있잖아!"

"짜식, 복 터진 소리 하는구나."

"부러우면 네가 대신해라."

"난 지애 한 명도 버거워. 만날 당하는 거 보면서 그런 말 뭐 하러 하냐?"

그때 갑자기 마차 문이 덜컹 열리더니 선지애가 날씬한 교구를 드러냈다. 홍연곡에서 갈아입은 여장이 바람에 휘날려 그녀의 아름다운 몸매를 여실히 드러냈다. 선지애는 곡예를 하듯 손쉽게 마부석으로 자리를 옮겨와 진파에게 손짓했다.

"진 소협, 아저씨가 그만 교대하라는데요?"

"벌써 말입니까?"

진파의 얼굴이 한층 더 일그러졌다.

"선 소저, 좀 더 쉬지 그러십니까?"

"호홋. 저는 많이 쉬었잖아요. 철랑과 함께 있는 게 더 편하기도 하고요. 교대해요."

마차 벽을 통해 유현의 웅웅거리는 목소리가 들려왔다.

"빨리 들어와! 네가 와야 조용해진단 말이다!"

"후우……."

진파는 가볍게 한숨을 쉬고는 몸을 일으켰다. 천천히 말을 몰고 있는 중이라 진파와 선지애는 손쉽게 자리를 바꾸었다.

"잘해봐라. 큭큭."

철정이 진파의 등을 향해 손짓을 해주었다. 마차로 들어가는 진파의 어깨가 왠지 축 처져 있는 듯 보였다.

"까아아아―"

진파가 마차 안으로 들어가자 난리가 났다.

혈뇌고를 머리에서 빼낸 후 소수마후 열한 명은 모두 깨어 있는 상태였다. 마차 한쪽에는 유현이 빙글빙글 웃으면서 팔짱을 긴 채 앉아 있었고, 벽화는 그 옆에 앉아 진파를 보며 어정쩡한 미소를 짓고 있었다. 진파를 향해 두 팔을 벌린 열한 명의 소수마후는 꺅꺅거리며 이상한 환성을 질러댔다.

"윽!"

진파는 짐짝처럼 소수마후들 속으로 끌려 들어갔다. 진파를 보자마
자 팔을 잡은 이후가 진파를 힘껏 잡아당겼던 것이다. 다시 이후의 가
슴에 얼굴이 묻힌 진파는 이후의 품에서 벗어나려 버둥댔지만 그럴 수
도 없었다. 사방에서 달라붙은 열한 명의 소녀가 진파의 온몸을 붙들
고 놔주지 않는 것이다. 소수마후 열한 명의 막대한 거력은 진파조차
어찌할 수가 없었다.

아기 정도의 지력만 갖고 있다는 소수마후들에게 어떻게 제대로 힘
이나 쓸 수 있겠는가? 뭐, 꼭 그래서만은 아니겠지만 말이다.

"벽화야, 쟤 은근히 즐기는 것 같지 않냐?"

"아저씨!"

유현이 전음을 보내며 벽화의 얼굴을 힐끗 보자 담담한 듯 보이는
벽화의 표정이 그리 편치는 않아 보였다. 유현은 속으로 흐흐 하고 웃
음을 흘렸다.

"저거 그냥 놔둘 거냐?"

"그럼 어떻게 해요?"

"넌 일후잖아. 진파는 네 거라는 걸 확실히 인지시키는 거다. 힘으
로 찍어 눌러."

"그래도 이제 막 회복되기 시작하는걸요……."

"엇, 뽀뽀할라나 보다."

"옛?"

유현의 전음에 서둘러 고개를 돌리던 벽화는 눈을 동그랗게 떴다.
이후가 품 안에 안은 것도 모자라 진파의 얼굴을 두 손으로 감싸 쥐고

이상한 눈빛으로 보고 있지 않은가!

아이의 눈 같기도 하고 성숙한 여인의 눈 같기도 한 묘한 눈빛. 윗입술을 핥는 이후의 혀가 매끄럽게 빛났다.

[이후!]

벽화는 서둘러 심어를 보냈다.

이후가 벽화의 얼굴을 빤히 바라보았다.

벽화는 엄숙하게 얼굴을 굳히고 오른손 검지를 눈앞에 들이댔다. 좌우로 손가락을 흔들며 벽화는 위엄있는 음성으로 경고를 보냈다.

[그건 안 돼!]

이후의 얼굴에 의아하단 기색이 떠올랐다. 벽화는 눈살을 찌푸리며 상세히 부연했다.

[오빠 얼굴에 입술 대지 마! 명령이다!]

이후가 벽화를 빤히 보다가 슬며시 고개를 숙이려 했다. 눈치를 보는 것이 역력한 태도였다.

[이후!]

벽화의 심어가 불을 뿜었다. 이후가 아쉬운 듯 고개를 들며 진파의 머리를 다시 꽉 끌어안았다. 진파의 머리가 이후의 가슴속에 다시 파묻혔다.

"우욱!"

이후는 빤히 벽화를 바라보며 배시시 웃었다, 이건 괜찮냐는 듯이. 벽화는 어쩔 수 없다는 표정으로 포옥 한숨을 내쉬었다. 옆에 앉은 유현이 입을 벌리며 정신없이 웃어댔다.

참다못한 벽화가 진파를 옆에 앉히고 소수마후들에게 얌전히 앉아만 있으라는 명령을 보냈다. 건너편에 옹기종기 모여 앉은 소수마후들은 눈을 반짝이며 진파만 바라보고 있었다.

　진파는 얼굴이 상기된 채 곤란하다는 듯 마차 밖을 향해 눈을 돌리고 있었다. 벽화 또한 뾰로통한 표정으로 진파를 외면하고 반대쪽을 응시했다. 유현이 슬며시 웃으며 벽화에게 물었다.

　"벽화야."

　"……예."

　마땅찮은 듯 대답하는 벽화에게 유현은 피식피식 웃음을 보냈다.

　"이후가 몇 살이지?"

　"언닌 처음 끌려왔을 때도 저렇게 컸어요. 나이는 몰라요. 안 가르쳐 주었으니까."

　"그래? 그럼 스물은 확실히 넘었겠군. 이십대 중반쯤 된 건가? 이름이 추소예(秋素蘂)라고 했지?"

　"예. 왜요?"

　"아무래도 진파를 확실히 찍은 듯해서 말이지. 하긴 이 중에서는 제일 성숙한 나이니까 남녀 간의 일은 모르더라도 본능적으로 느끼는 게 좀 다른가 보지."

　유현의 말에 벽화는 꿍한 표정으로 곤란한 얼굴을 했다.

　"왜 그러냐?"

　"계속 이런 식이면 어쩌죠? 휴우……."

　"그렇지는 않을 거야. 조금씩 회복되겠지. 풍협을 만나게 되면 완전히 회복될 가능성도 있고. 지금만 해도 저번보다는 확실히 다르지 않니? 감정 표현도 예전보다 다양해졌고, 성격도 확실히 구분되는구나. 모두 점점 나아질 게야. 진파가 그동안 희생하는 수밖에 없지."

　"황산까지 계속 이렇게 말입니까?"

진파가 볼멘소리로 유현에게 물었다.

유현은 씨익 웃으며 진파를 향해 말을 던졌다.

“아까 보니까 은근히 좋아하던걸? 솔직히 말해 봐. 좋지?”

“유 숙!”

진파가 유현을 보며 목소리를 높였다.

그때였다.

십이후 정가영이 틈을 노리고 있다 진파에게 휙 달려들었다. 정신은 아기라도 소수마후는 소수마후. 정가영의 소수가 빛살처럼 진파의 볼을 향해 뻗어왔다.

“어?”

진파는 창졸간에 덥석 정가영의 공격(?)을 막았다.

오른손을 잡힌 정가영이 잔뜩 골이 난 표정을 하더니 왼손으로 진파의 볼을 잡아채 왔다. 진파는 그 손마저도 덥석 움켜쥐었다. 진신무공만으로는 소수마후 중 가장 약한 정가영이 진파의 상대가 될 수는 없었던 것이다.

“진파 볼이 좋은가 본데?”

유현은 태연히 말을 던졌지만 정가영을 마주한 진파는 태연할 수 없었다. 정가영의 고양이 눈에 점점 독기가 서리는 것이 아닌가.

“벽화야! 애 좀 말려라.”

“잠깐만, 오빠. 내가 앉아 있으라고 했는데도 말을 안 들었어. 일후의 명령을 거역한다는 건 있을 수 없거든? 가영이한테 또 뭔가 변화가 있나 봐. 좀 더 그냥 놔둬 봐.”

“그냥 놔둬? 이러는데?”

진파가 정말 곤란한 음성을 흘렸다.

양 손목을 진파에게 잡힌 정가영이 잔뜩 힘을 쓰고 있었다. 진파의
손을 떼내려 이리저리 팔을 움직이던 정가영이 엄청 골난 얼굴로 진파
의 정강이에 발길질을 해댔다.

"이크."

진파가 그때마다 다리를 옮겨 발을 피하자 마침내 정가영의 얼굴이
꼬물꼬물 움직이기 시작했다. 눈썹이 위로 올라갔다 내려왔다 하다가,
눈 꼬리가 밑으로 처지다가…… 크게 입을 벌렸다.

"우앙~ 싫어~ 나빠~"

"가영아!"

벽화가 활짝 웃으며 손뼉을 쳤다.

벽화를 알아본 후에도 단편적으로밖에 말을 못하던 가영이가 처음
으로 정확하게 의사 표시를 했던 것이다. 정가영의 눈 꼬리에 매달린
눈물도 너무나 확실한 감정의 표현이었다.

진파도 반가운 마음에 손을 놓았다. 그러나 진파는 곧 자신의 섣부
른 판단을 후회하고 말았다.

손을 놓자마자 정가영은 눈물 방울을 눈에 단 채로 히~ 하며 해죽
해죽 웃더니 진파의 양 볼을 잡아챘다.

"이런……."

정가영의 손장난에 진파의 볼따구니가 춤을 추었다. 쭉쭉 늘어나는
진파의 볼을 갖고 노는 것이 재미있었던지 정가영이 까르르 웃음을 터
뜨렸다. 참으로 맑디맑은 천진한 웃음. 유현과 벽화의 얼굴에는 흐뭇
함과 기쁨이 어울려 밝은 미소가 떠올랐지만, 진파는 기쁜 마음으로 웃
으면서도 얼굴을 찡그린 묘한 표정으로 정가영을 보고 있었다.

유현이 씩 웃으며 십일후 설화를 바라보았다. 과연 유현의 예상대로

설화는 잔뜩 골이 난 표정으로 정가영을 바라보고 있었다. 겉으로는 설화가 훨씬 커 보이지만 둘은 동갑. 묘한 경쟁 의식이 있었던지 정가영이 진파를 독점하려고 하면 항상 쌍수를 들고 방해를 하는 설화였다. 거기다 묘한 것이 진파를 보면 항상 부끄럼을 탔다. 유현은 둘의 감정싸움을 보는 것이 재미있기만 했다.

"벽화야."

유현이 돌연 전음을 던지자 벽화는 고개를 돌렸다.

"설화한테 맘대로 하라는 명령을 내려봐."

"왜요?"

"가영이는 제일 먼저 치료를 받아서인지 빨리 회복되고 있지만 다른 애들은 조금씩 늦잖니. 자극을 줘야 해. 지금 가영이한테 제일 자극받는 건 설화잖니."

"아저씬 정말 짓궂어요."

벽화는 고개를 흔들면서도 유현의 말에 동감했는지 곧 심어로 명령을 보냈다.

설화가 기다렸다는 듯 벌떡 일어서서 유령처럼 정가영의 옆에 내려섰다.

정가영의 손을 떼어내려 했으나 벌써 여러 번 설화에게 당한 정가영은 진파의 볼을 쇠 집게처럼 움켜잡고 놓아주지 않았다. 두 소녀의 불꽃 튀는 눈싸움과 함께 소수가 번뜩였다.

아무리 해도 정가영이 진파의 볼을 놓지 않자 설화는 정말 화난 표정을 지었다.

"너…… 너어……!"

"오!"

"설화야!"

설화가 처음으로 말을 하자 유현과 벽화의 얼굴에 기쁨과 놀라움이 동시에 떠올랐다. 유현의 말대로 서로 자극을 주는 것이 확실한 효과가 있었던 것이다.

그러나 진파는 비명을 지르고 말았다.

볼을 움켜쥔 손이 두 개가 아니라 네 개로 변했던 것이다.

"아야야야야! 이제 그만 하자구요! 정말 장난이 아니란 말입니다!"

유현이 엄숙한 얼굴로 진파에게 선언했다.

"진파야, 네 한 몸 희생해서 열한 명의 꽃 같은 아이들을 구할 수 있단다. 영광으로 알고 희생해라!"

벽화의 명만을 바라는 듯 뚫어져라 벽화를 바라보는 아홉 명의 간절한 눈동자를 보며 벽화는 난감한 듯 이마를 짚었다.

'효과는 정말 있는데…… 이런 걸 계속 눈앞에서 봐야 한단 말야?

진파의 비명 속에 벽화의 고뇌가 깊어만 가고 있었다.

*　　　　*　　　　*

진파가 자신의 몸을 열심히 희생하고 있는 그 시간, 무맹의 취의청은 딱딱한 침묵에 휩싸여 있었다.

태현 진인의 얼굴이 미미하게 떨리고 있었다.

"믿을 수…… 없습니다."

광협은 벗어놓았던 죽립을 쓰며 바싹 턱 끈을 당겨 매었다.

"나는 할 말을 다 했소이다. 내가 할 수 있는 말은 이제 무맹이 나서서 현성교의 재침과 마제의 등장에 대비해야 한다는 것뿐이오."

개왕이 광협을 바라보았다.

"가려나?"

"가야지. 너무 오래 비웠네. 내 자네 얼굴을 봐서 나온 것이네만 자리를 비워서는 안 되네. 가보겠네."

"결론은 듣고 가야지!"

"결론? 이게 의논할 사안이었던가? 행동이 필요한 일이네. 듣고도 못 알아듣는다면 더 할 말이 없는 것이지. 이제 자네도 찾아오지 말게. 시간이 없네그려."

"알았네……. 잘 가게."

자리에서 일어난 광협은 분분히 몸을 일으키는 장내 인사들에게 가볍게 고개만 끄덕이고는 곧 그 자리에서 사라져 버렸다. 광협이 어떻게 사라졌는지 알아본 자는 무맹의 최고수들이 모였다는 그곳에서 아무도 없었다.

태현 진인이 멍한 표정으로 허공을 바라보다 개왕에게 시선을 돌렸다.

"사실… 입니까……? 믿어야 합니까……?"

"믿어야 하오, 맹주. 나도 처음 들었을 때는 믿기 힘들었지만 믿을 수밖에 없었소."

"현성교만한 세력이 세 군데나 더 있다니……. 마제와 소수마후를 제련하는 곳은 그 너머에 또 따로 있다니……. 그 말을 믿으란 말씀…… 이십니까?"

"무적다가가 그들을 막기 위한 사명을 띤 가문이라는 말을 들었지 않소? 소수마후가 등장한 이상 그들이 움직일 것이라는 광협의 말을 믿으시오. 우리끼리 세력 다툼 따위나 할 시간이 없소이다."

"마곡(魔谷)…… 선곡(仙谷)……. 그것들이 전설이 아니란 말입니까?"

태현 진인의 허탈한 음성이 흐르는 동안 취의청 안에는 숨 막힐 듯한 침묵만이 휘돌고 있었다.

광협이 남기고 간 몇 마디의 후폭풍은 그렇게도 크고 무거웠다.

*   *   *

황산의 초입에 들어서면서부터 진파는 왠지 말이 없었다. 정가영이 장난을 치며 괴롭혀도 피식 웃고 말뿐 아무 짓도, 아무 말도 하지 않았다.

무적심공을 꾸준히 주입해 주자 조금씩 말이 늘고 얼굴 표정도 제각기 또렷해진 소수마후들이 진파를 둘러싸고 앉아 있었지만, 진파의 눈은 그들이 아닌 먼 곳을 향해 있었다.

황산 어딘가를 눈도 깜박이지 않고 바라만 보는 진파에게 아무도 말을 걸지 않았다. 유현의 당부 때문이었다.

"그냥 내버려 둬라. 그렇게 미워하던 아비 풍협을 보러 가는 길이다. 마음이 편치는 않을 거야."

벽화는 진파의 옆얼굴을 보며 작은 한숨을 내쉬었다. 진파의 마음이 어떨지 자세히는 알지 못한다. 그러나 느껴진다. 황산이 가까워지면서 굳어버린 그 얼굴에서 풍협에 대한 복잡한 애증이 그대로 읽혔다. 진파의 얼굴은 감정을 숨기지 못한다. 본인은 잘 숨긴다고 생각하는데 아니었다. 누가 봐도 진파의 기분을 곧바로 알 수 있었다.

진파가 이를 악물었는지 턱이 불거진다. 소수마후들이 옆에서 장난도 걸고 하지만 진파의 반응이 시들해서인지 그다지 심하지는 않았다. 꽃 속에 파묻혀 있지만 진파는 혼자 있는 것처럼 보인다.

안타까웠다. 옆에 앉아 어깨라도 빌려주고 싶지만 진파는 그걸 바라지 않는 듯 보인다. 깜박이지도 않고 뚫어져라 황산을 바라만 보는 눈동자 속엔 적의가 보인다. 갈망도 보인다. 망설임도 보인다. 하지만 벽화에게 기대고 싶어하는 마음은 보이지 않는다.

벽화는 갑자기 가슴이 찌르듯 아려왔다. 진파의 시선이 닿지 않아 그런 것은 아니었다. 그가 힘들어하는 걸 벽화도 알고 있다. 하지만 혼자 짊어지려 하는 것은 싫다.

'날 좀 봐!'

진파는 보지 않는다. 벽화도 못내 쓸쓸히 고개를 돌려 버렸다.

그때 유현이 벽화에게 말을 걸었다.

"벽화야, 어떻게 하는 게 좋겠니? 얘네를 데려가도 될까?"

"무슨 말씀이세요?"

자연 퉁명스럽게 대답할 수밖에 없었다. 아저씨한테는 미안할 따름이다. 유현의 음성은 그래도 자애로웠다.

"황산 어디인지는 곽자양도 짚어내지 못했다. 하지만 짐작이 가는 곳이 한 군데 있다. 풍협이 황산에 왔다면 반드시 그곳에 먼저 갔을 것이다."

"그곳이 어딘데요?"

"광명정이야."

"정자예요?"

“아니, 황산의 주봉들 중 하나지. 풍협이 황산에 왔다면 반드시 광명 정부터 들렀을 거다. 일단 그곳부터 보는 게 좋을 것 같구나. 아무 단서도 없을 수 있지만 그곳엔 꼭 가야 할 이유가 있다.”

“거기 뭐가 있어요?”

“음.”

유현은 불꽃이라도 튀길 듯 황산을 노려보는 진파를 힐끗 보며 담담히 말을 이었다.

“그곳은 육 부인의 유해를 화장해 뿌린 곳이다. 풍협이 황산에 오면 항상 그곳을 찾지.”

진파의 눈이 유현을 향했다. 진파의 눈동자가 흔들렸다.

“유 숙…… 육 부인이라면…… 제 어머니를 말씀하시는 겁니까……?”

“그렇다.”

“제 어머니는 그럼…… 정말 돌아가신 겁니까……?”

“…그래.”

진파는 고개를 돌리며 쓸쓸한 미소를 지었다. 벽화는 그 웃음을 보면서 날카롭게 가슴이 파헤쳐지는 것을 느꼈다. 그건 웃음이 아니었다. 진파는 울음 같은 미소를 계속 짓고 있었다.

“그건 사실이었다 이거군요……. 그건요. 그것만은……. 거짓말이길 바랐는데…….”

진파는 마차 벽에 머리를 기대며 눈을 감았다. 진파의 감은 눈에서는 눈물 한 방울 흘러내리지 않았다.

그러나 벽화는 그 마른 눈물이 더 슬펐다.

‘오빠…….’

마차는 침묵 속에 휩싸인 채 천천히 산길을 접어들고 있었다.

"이곳이다."

광명정에는 마차에 탔던 열다섯 명이 모두 올라서 있었다. 아직 어린애들 정도밖에 지각이 회복되지 않은 소수마후들을 걱정했지만 벽화가 이끌겠다며 모두 데려왔던 것이다. 유현은 바로 옆에 서 있는 진파의 어깨를 짚었다.

"네 부모님은 광명정에서 내려다보이는 이 운해와 소나무들을 좋아하셨다. 특히 네 어머님이 좋아하셨지. 이 운해를 구름 융단이라고 부르셨다 들었다."

진파의 갈라진 목소리가 새어 나왔다.

"왜…… 화장을 한 겁니까……?"

"유언이라 들었다."

진파는 멍하니 발밑에 흐르는 운해를 내려다보았다.

숱한 산을 오르며 엄청나게 많이 본 광경이었지만 무언가 달랐다. 황산을 본 자는 오악을 보려 하지 않는다는 말처럼 장대한 아름다움에 숨이 막힐 듯한 풍경이었지만 진파에겐 전혀 아름답지 않았다. 일흔두 개가 연이어져 펼쳐 있다는 기암절벽과 그 위에 꿋꿋이 뿌리를 박은 소나무의 바다가 하나도 아름답지 않았다.

진파의 목소리가 축축하게 젖어왔다.

"여긴…… 먼지가 많군요……."

슬며시 소매춤을 얼굴로 가져가는 진파에게 유현이 나직하게 대답해 주었다.

"원래 황산에는 먼지가 많단다."

"잠깐… 한 바퀴 돌고 오겠습니다. 무슨 표지라도 있을지 모르니까요."

"그래라."

진파가 갑자기 광명정의 절벽 아래로 몸을 날렸다.

"오빠!"

벽화가 불렀지만 진파는 돌아보지 않았다.

운해 속으로 뛰어내려 시야에서 사라지는 진파를 보며 벽화는 안타까움에 주먹을 쥐었다.

"너도 가보거라."

"혼자…… 가버렸잖아요. 제가 필요없나… 봐요."

힘없이 말하는 벽화를 향해 유현은 빙긋 웃어주었다.

"사내란 원래 그런 법이야. 하지만 이럴 때일수록 네가 필요한 법이다."

"과연 그럴…… 까요?"

"진파를 찾으면 이 말을 전해주려무나. 풍협이 진파를 키우지 않고 무적다가를 떠난 이유는 아내를 너무 사랑했기 때문이라고. 진파가 풍협을 닮긴 했지만 그건 인상만이야. 이목구비는 어머니를 빼다 박았지. 풍협은 아내를 잃고 나서 어린 진파를 보는 것이 너무나도 고통스러웠다고 하더라. 아버지를 이해해 보라고 하렴. 진파를 사랑하지 않은 게 아냐. 자기 고통을 견딜 수 없었을 뿐이지. 풍협은 그만큼 자기 아내를 사랑했던 사람이다."

벽화는 말없이 고개를 끄덕이고는 진파를 따라 운해 속으로 사라졌다.

유현이 고개를 흔들더니 기지개를 켰다.

"에혀……. 우린 좀 앉아서 쉬자꾸나."

철정과 선지애가 유현을 따라 바닥에 앉으려다 난처한 얼굴로 유현을 바라보았다.

"아저씨, 멋지긴 하셨는데 하나 잊으셨는데요."

"뭘?"

"쟤네한테 어떻게 앉으라고 하실 건데요?"

유현은 고개를 돌렸다.

소수마후 열한 명이 굳어버린 소나무들처럼 우뚝 서서 운해를 바라보고 있었다.

혹시나 문제라도 생길까 봐 벽화가 심어로 서 있으라 명령을 내렸던 것인데 다른 명은 내리지 않았던 듯 꼿꼿이 서 있기만 했다.

유현이 쩝쩝 입맛을 다셨다.

"오빠~"

벽화가 진파를 부르며 신형을 날리고 있었다.

한 길 이상은 벽화의 눈에도 보이지 않을 만큼 짙은 운해. 그 속에서 진파를 찾는 것은 일후인 벽화로서도 힘들었다.

벽화는 좀 더 크게 진파를 불렀다.

"오빠!"

분명히 근처에 있을 것 같은데 아무런 대답도 없었다.

가파른 경사의 암릉에 매달린 채 벽화는 다시 목소리를 높였다.

"오빠! 대답 좀 해!"

벽화의 음성이 가늘게 떨렸다. 울음기마저 섞인 벽화의 부름에 그제야 한쪽에서 진파의 음성이 들렸다.

“여기야.”

벽화는 진파의 목소리를 듣고서는 금세 진파가 앉아 있는 곳을 찾을 수 있었다.

바위가 겹쳐진 작은 틈새에 진파가 정좌한 채 앉아 있었다. 가까이 다가가니 진파의 모습이 또렷해지기 시작했다.

표표히 옷깃을 휘날리며 짙은 운해를 굽어보고 있던 진파가 고개를 돌렸다.

“곧 올라갈 건데 왜 왔니?”

벽화의 얼굴이 굳었다. 왜 왔냐라는 말에 진파의 마음을 이해하면서도 조금은 날 선 목소리가 튀어나오고 말았다.

“오빠 내가 온 게 싫은 거야?”

‘이런 말을 하려던 게 아니었는데…….’

진파는 아무 말도 없었다.

‘빨리 아니라고 해……. 오빠!’

벽화의 얼굴이 떨렸다. 목소리도 조금씩 떨리며 흘러나왔다.

“나…… 갈까……?”

그래도 진파는 대답이 없었다.

벽화는 포옥 한숨을 쉬고 몸을 돌렸다.

“그럴 리 없잖아. 이리 와서 앉아.”

막 몸을 날리려는데 들려온 진파의 음성.

벽화는 스르르 몸을 돌려 진파에게 다가갔다. 진파의 곁에 딱 붙어 무릎을 모으고 앉았다.

옆에 앉은 다음에야 왜 대답을 안 했는지 알 수 있었다.

진파의 눈에 조용히 눈물이 흐르고 있었다.

“오빠……..”

“이런 모습은 보여주지 않으려 했는데 말이지…….”

진파는 피식 웃더니 손바닥으로 눈물을 닦았다.

“미안하다. 못난 꼴 보여서.”

벽화는 고개를 흔들었다.

“오빠, 우리 미안하다는 말 안 하기로 했잖아.”

“그랬지.”

벽화는 진파의 어깨에 머리를 기댔다.

“울 수도 있지, 뭘 그래? 나도 오빠 앞에서 펑펑 울었는데…….”

“후훗.”

진파는 나직하게 웃은 후 무언가 말하려 했으나 소리가 나오지 않았다.

벽화가 진파의 입을 막았던 것이다. 벽화의 입술이 촉촉했다. 너무나 따뜻했다. 벽화의 숨결이 진파의 마음을 감싸주었다.

“제발 그러지 좀 마.”

입술을 뗀 벽화가 진파의 얼굴을 바라보았다.

눈앞에서 반짝이는 벽화의 눈을 보며 진파가 물었다

“뭘?”

“오빠 혼자 센 척하지 말라구.”

“내가 그랬나?”

“많이.”

“많이?”

“아주 많이. 아주아주 아주 아이아주우~ 많이!”

벽화의 동그랗게 뜬 눈과 과장된 표정에 진파는 빙긋 웃음을 흘렸다.

"봐! 웃으니까 훨씬 멋지잖아!"

"그러냐?"

"그럼. 울 오빠가 세상에서 젤 멋져!"

"하하."

벽화는 진파의 얼굴을 닦아주며 씨익 하고 웃었다.

"오빠는 말야, 다 좋은데……."

"다 좋은데 뭐?"

"혼자서 다 하려고 해. 그거 별로 안 좋아."

"그런가?"

"그래."

진파는 벽화와 꼭 붙어 앉은 채 눈을 감았다.

조금은 마음이 편해져 왔다. 어머니가 돌아가셨다는 말은 어릴 때부터 들어왔다. 풍협이 아버지라는 말을 듣고는 혼자 몰래 생각해왔다. 어머니가 죽었다는 말도 거짓말일지 모른다고. 엄마는 아빠 고집 때문에 자길 떠난 것일 거라고 생각했다.

혹시나 했지만 역시 엄마는 죽고 없었다.

무덤도 없단다.

벽화의 체온을 느끼며 진파는 축축한 눈으로 운해를 바라보았다.

'어머니…… 이 속에 계신 건가요?'

그때 벽화가 진파를 불렀다.

"오빠."

"왜?"

"아버질 너무 미워하지 마. 아저씨가 이 말을 전하랬어."

벽화는 유현에게 들은 말을 진파에게 속삭였다. 풍협이 갓난아기인 자신을 떠난 이유를 전해 들은 진파는 묵묵히 운해를 바라보고 있었다. 휙 바람이 불어와 잠시 건너편 정상에 외로이 뿌리를 박은 소나무 한 그루가 모습을 드러냈다 사라졌다.

"그랬던 것인가……. 내 이목구비가 어머니를 닮았단 말이지……?"

진파는 자신의 얼굴을 매만지며 눈을 감았다.

풍협에 대한 원망이 어느새 많이 사라져 있음을 진파는 느낄 수 있었다. 어머니의 유골이 뿌려진 곳에서 한바탕 설운 눈물을 흘렸기 때문일까. 진파는 같은 남자로서 풍협의 마음이 어느 정도 이해가 갔다. 벽화가 먼저 죽는다면 자신도 벽화를 떠올리게 하는 것을 보고 싶지 않을 것 같았다. 그 생각만으로도 진파는 찌르는 듯 아파오는 단장(斷腸)의 고통을 느꼈다. 진파는 묵묵히 벽화의 어깨에 손을 얹어 꽉 끌어안았다.

촉촉한 운해가 진파와 벽화의 머리 위에 내려앉아 이슬을 만들었다. 아들을 맞는 어머니의 따뜻한 숨결처럼 진파의 어깨를 감싸주었다.

제31장 독무진입(毒霧進入)

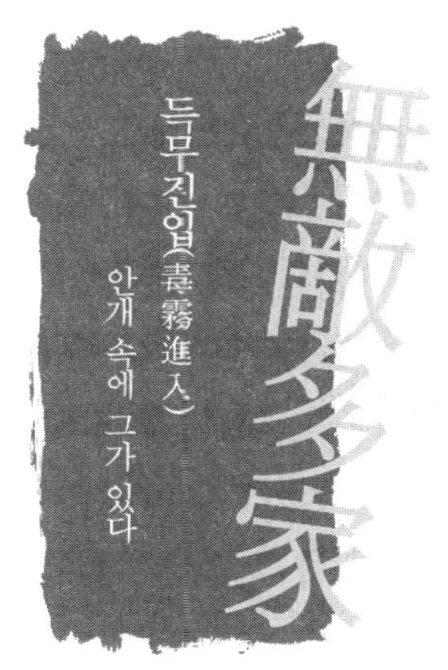

운해가

서서히 옅어지기 시작했다.

눈앞에 드러나는 황산의 웅대한 정경에 진파는 차츰 마음이 풀려왔다.

여러 군상들이 떼를 지어 달리고 있는 듯 보이는 삼엄한 바위 봉우리 곳곳에는 촘촘히 뿌리를 박은 소나무 군락이 활짝 가지를 편 채 당당히 버티고 서 있었다.

어머니에 대한 아릿한 그리움은 여전했지만 소나무들을 바라보는 진파의 눈은 평소의 빛을 찾아가는 중이었다.

진파가 갑자기 벌떡 몸을 일으켰다.

"휘이익―"

호쾌한 휘파람 소리가 호호탕탕 운해를 갈랐다.

내공을 가득 담은 진파의 휘파람 소리가 봉우리 곳곳을 겹겹으로 메아리치며 되돌아왔다.

"이야아아아아아~"

진파의 함성이 메아리조차 묻어버리며 강렬하게 울려 퍼졌다. 황산 전체가 떠나갈 듯한 호방한 함성. 진파의 얼굴에 그제야 활짝 핀 웃음이 떠올랐다.

진파는 씨익 웃음을 흘리며 벽화에게 고개를 돌렸다.

"고맙다. 벽화야, 그만 돌아… 음? 왜 그러니?"

벽화의 눈은 전면을 향해 부릅떠진 채 고정되어 있었다. 놀라움과 함께 은은한 공포, 말할 수 없는 분노가 뒤섞인 복잡한 표정이 벽화의 얼굴에 떠올라 있었다.

"벽화야."

진파가 벽화의 어깨를 짚자 벽화는 흠칫 놀란 표정으로 진파를 바라보았다.

"왜 그래?"

"오빠……."

벽화의 음성이 잘게 떨리고 있었다. 진파는 벽화의 어깨가 가늘게 떨리는 것을 느낄 수 있었다.

"왜?"

"여기…… 나 아는 데야……."

"어릴 때 황산에 온 적이 있었니?"

"그게 아냐……."

벽화의 떨림이 차츰 멎기 시작했다. 그와 함께 벽화의 눈에서는 놀라움 대신 거센 분노가 피어올랐다.

벽화가 스르르 몸을 일으켰다.

운해가 점점 걷히며 산세가 또렷이 드러나는 중이었다. 천천히 주위를 둘러보던 벽화가 진파를 바라보았다.

"여긴 우리가 소수마후로 제련되었던 바로 그 산이야."

"뭐?"

"나올 때 한 번밖에 보지 못했지만 똑똑히 기억해. 바로 이 산이야."

벽화의 몸에서 스산한 살기가 피어오르기 시작했다.

벽화가 앞서 달리고 소수마후들이 그 뒤를 따라 폭풍처럼 부풍무영을 전개하고 있었다. 땅 위에 발도 디디지 않고 날아가는 열두 명의 신형이 엷게 스러져 가는 운해를 거침없이 내달리는 중이었다.

그들의 뒤를 따르던 유현이 진파에게 전음을 보냈다.

"벽화가 너무 흥분했다. 너는 벽화를 빨리 따라잡아라. 나는 정이와 지애를 도와주겠다."

"예."

유현의 곁에서 달리던 진파의 신형이 순간적으로 늘어나며 쭈욱 치달려 나갔다.

"벽화야, 조금 속도를 줄여. 함께 가야지. 서두르지 마!"

진파의 목소리에 벽화가 뒤를 돌아보더니 차츰 속도를 줄이기 시작했다. 심어로 명을 내렸는지 소수마후들도 벽화를 따라 조금 느릿하게 움직였다. 그 틈을 타 벽화의 옆에 선 진파는 고개를 끄덕여 주었다.

"침착해."

벽화는 고개만 끄덕이고는 다시 앞장서 내달렸다.

딱딱하게 굳은 그녀의 표정에는 대적을 앞에 둔 전사의 그것처럼 찬 서리 같은 살기만이 감돌았다.

어느덧 열다섯 명의 신형이 이름 모를 계곡 앞에서 멈춰 서 있었다. 위험을 느낀 진파가 벽화를 세우고 유현을 기다렸던 것이다.

신비한 계곡이었다. 입구에서부터 깔리기 시작한 안개는 출입을 금하기라도 하듯 한 치 앞도 분간할 수 없었다. 진파의 눈으로도 안개를 뚫어볼 수 없었다.

유현이 천천히 다가왔다.

"벽화야, 이 계곡 안쪽이니?"

"예."

벽화의 눈은 차갑게 불타오르고 있었다.

황산이 소수마후로 제련받은 곳이란 걸 안 때부터 벽화의 표정은 시시각각 바뀌었다. 놀라움과 공포에서 터질 듯한 분노를 담은 적개심으로. 싸늘하게 가라앉은 벽화의 표정은 냉정한 살기만을 담고 있어 곁에 서기가 부담스러울 정도로 엄청난 기세를 뿜어냈다.

바로 이곳에서 백여 명에 가까운 친구들이 목숨을 잃었다. 바로 이곳에서 살아남은 열두 명의 소수마후가 혼을 잃은 꼭두각시가 된 것이다. 벽화는 빠드득 이를 갈았다.

"당장 들어가겠어요."

"잠깐."

유현은 벽화를 말리고는 외무릎을 끓고 신중하게 바닥을 살피기 시작했다.

계곡 입구의 이쪽 저쪽을 오가는 유현을 보며 진파도 그 동작을 따라 하기 시작했다. 입구를 다 살핀 후에는 재빠른 몸놀림으로 계곡의 양편에 우뚝 서 있는 바위 절벽을 따라 올라서서 꼼꼼히 이곳저곳을 살피는 진파와 유현이었다.

　다시 입구로 내려선 유현이 진파를 바라보았다. 진파가 고개를 흔들었다.

　"아무 흔적도 없습니다."

　"내가 보기에도 그렇다."

　"무슨 말씀이에요?"

　선지애가 유현에게 묻자 유현은 모두를 향해 말하듯 주위를 둘러보며 입을 열었다.

　"이곳이 현성교의 비밀 거점이라면 어딘가 인적이 스친 자국이 있을 것이다. 그런데 아무것도 발견할 수 없구나."

　"철저하게 비밀을 지키느라 아무 흔적도 없을 수 있잖아요."

　유현이 고개를 흔들었다.

　"황산은 예로부터 많은 사람들이 찾는 명산이다. 비록 이 계곡이 은밀한 곳에 위치해 있기는 하지만 그렇다고 모두가 발견하지 못할 장소도 아니야. 뭔가 이상하구나."

　진파가 유현에게 제안했다.

　"아마 이 계곡은 양편이 절벽으로 휩싸인 지형인 모양입니다. 일단 한쪽 정상에 올라가 보죠. 뭔가 흔적이 발견될지도 모르니까요."

　"그래. 네가 가보거라. 난 이 안개를 좀 더 살피마. 아무래도 자연적인 게 아닌 듯하구나."

　진파가 고개를 끄덕이고는 몸을 솟구쳤다.

　새처럼 절벽 사면을 따라 솟아오르는 진파의 신형이 삽시간에 시야에서 사라졌다.

　유현은 주위를 살피다 작은 돌멩이 하나를 집어 들고는 계곡 안으로 슬쩍 튕겼다.

핑 하는 소리와 함께 일직선으로 날아간 돌멩이는 아무런 기척도 없이 안개 속으로 자취를 감추었다.

귀를 기울이던 유현은 슬쩍 미간을 찌푸렸다.

"아무 소리도 안 나다니 이상하군."

던진 돌멩이 앞에 무언가가 있다면 반드시 소리가 들렸을 터인데 아무런 소리도 나지 않았다.

유현은 여전히 차가운 신색을 유지하고 있는 벽화에게 고개를 돌렸다.

"벽화야, 채대 좀 풀어주련?"

유현의 말에 벽화는 허리를 몇 겹으로 묶은 긴 채대를 풀어 유현에게 건네었다.

"한쪽 끝을 네가 잡아라. 내가 안으로 들어가 당기면 즉시 날 끌어내고."

"예."

유현은 채대 한쪽을 잡은 채 신중한 걸음으로 안개 속으로 발을 내디뎠다.

유현의 신형이 안개 속으로 사라졌다.

잠시 후, 절벽에 올라섰던 진파가 훌훌 신형을 날려 철정의 앞에 내려섰다. 유현이 안 보이자 진파가 철정에게 물었다.

"유 숙은?"

"안에 들어가셨다. 이 소저의 채대를 잡고 계시니 너무 걱정 마."

진파는 고개를 돌려 안개 속으로 소리쳤다.

"유 숙!"

대답이 없자 진파는 유현을 한 번 더 불렀다.

"유 숙!"

대답은 없었지만 벽화의 손이 흔들렸다. 유현이 갑자기 채대를 흔들었던 것이다.

벽화가 깜짝 놀라 서둘러 채대를 끌어당겼다. 채대가 요동치는 것이 유현에게 무슨 일이 생긴 것만 같았던 것이다.

"아!"

벽화가 안타까운 탄성을 질렀다.

유현은 안개 속에서 나오지 않았다. 그녀의 채대만이 너풀거리며 안개 속에서 빠져나왔을 뿐.

"유 숙!"

진파가 큰 소리로 외쳤지만 안개는 아무 대답도 하지 않았다.

"안 되겠다. 빨리 들어가자."

철정이 서두르며 안개 속으로 들어가려 했지만 진파는 철정의 옷깃을 잡아챘다.

"기다려!"

"왜?"

"유 숙도 나오시지 못하셨다. 그냥 들어가선 안 돼!"

진파는 벽화가 손에 잡은 채대의 길이를 어림했다. 이 장은 될 듯한 긴 채대. 진파가 재빨리 자신의 팔목에 벽화의 채대를 감아 매었다.

"벽화야, 나도 못 나오면 이걸 당겨라. 내가 당겨도 천천히 당겨주고."

"응."

유현에 대한 걱정 때문인지 벽화의 안색이 어두웠다.

"걱정 마. 유 숙은 보통 분이 아니시잖니."

"오빠도 조심해."

"그래."

진파는 품속에서 묵아를 꺼내 철정에게 맡기고는 몸을 돌렸다.

진파가 서서히 안개를 향해 다가섰다.

"유 숙이 어느 쪽으로 들어가셨지?"

"네가 선 곳에서 삼 보 우측이야."

철정이 침착하게 지적해 주자 진파는 고개를 끄덕였다.

"혼자… 괜찮겠냐?"

진파가 씨익 웃으며 뒤를 돌아보았다.

"걱정 마. 유 숙도 원래 내가 구해 드린 분이다. 한 번 더 구해 드리고 내내 들볶아야지."

"조심해."

철정이 여전히 굳은 얼굴로 말하자 진파는 일행을 향해 웃으며 손을 흔들어주었다.

진파의 신형이 서서히 안개 속으로 사라졌다.

진파가 계곡에서 피어오르는 이상한 안개 속으로 들어간 지 어느덧 일다경이 흘렀다.

채대를 잡은 벽화의 손이 긴장한 듯 꼭 움켜쥐어 있었다.

벽화는 입술을 꼬옥 깨물었다.

'열을 셀 때까지 신호가 없으면 채대를 잡아채겠어!'

벽화가 속으로 수를 세어갈 때 채대가 당겨졌다. 벽화의 얼굴에 안도한 표정이 떠올랐다.

천천히 채대를 당기려는데 묵직한 무게가 느껴졌다.

진파 혼자만의 무게가 아닌 듯 상당한 무게감이 느껴지자 벽화는 채대를 통해 내공을 흘려보냈다. 혹시라도 끊어질까 봐 단단히 준비한 벽화는 다시 채대를 당기기 시작했다.

철정과 선지애가 안개를 바라보며 꿀꺽 침을 삼켰다.

마침내 모습을 드러낸 진파는 눈을 감은 채 좌정한 상태였다. 꼿꼿이 허리를 편 모습이 운기를 하는 중이 분명했다.

"진파야!"

철정이 소리를 치며 달려갔지만 벽화의 날카로운 음성이 더 빨랐다.

"만지지 마세요! 운공 중이에요!"

철정이 흠칫한 표정으로 진파를 향해 뻗던 손을 멈추었다.

"어?"

안개 속에서 완전히 끌려 나온 진파의 손에는 정신을 잃은 듯 바닥에 누워 끌려 나오는 유현이 있었다.

"이런!"

손도 대지 못한 채 발을 동동 구르고 있는데 진파가 힘겹게 눈을 떴다. 억지로 운공을 멈춘 듯 진파의 목소리가 떨렸다.

"유 숙…… 만지지 마……. 중독되셨다……."

"오빠!"

"진파야!"

"진 소협!"

진파는 힘겹게 한마디를 더 내뱉었다.

"내가…… 눈을 뜰 때까지 주위를…… 경계해……. 절대 내 몸에…… 손대지 마……."

"해독시킬 자신은 있는 거야?"

철정이 급하게 물었지만 진파는 대답을 하지 못하고 천천히 눈을 내리 감았다.

"오빠!"

벽화가 잘끈 입술을 깨물었다. 눈을 감은 진파의 얼굴을 안타깝게 바라보던 벽화는 스스로에게 다짐이라도 하듯 철정과 선지애를 향해 입을 열었다.

"우리 모두 침착해요. 일단 오빠 말대로 경계를 하죠. 오빠를 믿자구요."

벽화는 소수마후들을 향해 심어로 명령을 내렸다. 열한 명의 소수마후가 빙글 원을 그려 모두를 감싼 채 우뚝 섰다.

'오빤 무적심공을 믿고 있는 거야. 나도 오빨 믿어야 해. 지금 더 급한 건 아저씨야.'

벽화가 철정과 선지애를 향해 고개를 돌렸다.

"잠시 한쪽으로 비켜서세요."

철정과 선지애는 의아한 표정으로 벽화를 바라보았지만 결연한 그녀의 표정을 보고는 곧 뒤로 물러섰다.

벽화의 옷자락이 바람이라도 맞는 듯 펄럭거리며 위로 솟구쳤다. 유현을 향한 채 양팔을 벌리자 바닥에 누워 있던 유현의 몸이 스르르 떠오르기 시작했다.

허공에 유현을 띄운 벽화는 날카로운 시선으로 유현의 몸을 훑어보았다. 유현의 몸이 느릿하게 허공에서 빙그르르 회전했다. 빠른 시선으로 유현의 온몸을 훑은 벽화는 아미를 찡그렸다.

'독물에 물린 흔적은 없어. 피부에도 아무 징조가 떠오르지 않았어. 어떻게 중독되신 거지?'

독물에 대해서도 적지 않게 배운 그녀였지만 유현이 어떤 독에 중독되었다는 기미는 전혀 보이지 않았다. 그저 정신을 잃고 있는 것으로만 보였다.

그때 철정이 벽화에게 소리쳤다.

"이 소저, 아저씨가 손에 무언가를 쥐고 계시오!"

철정의 말을 듣고 유현의 몸을 허공에서 틀자 과연 오른손이 무언가를 쥐고 있는 듯했다. 벽화는 허공을 격하고 내공만으로 유현의 손가락을 풀기 시작했다.

손가락이 하나씩 풀려가며 드러난 것은 하얀 돌멩이였다. 아이의 머리통만한 돌멩이 하나가 유현의 손아귀에 쥐어져 있었건 것이다.

벽화의 손짓에 따라 유현의 손에 쥐어져 있던 돌멩이가 벽화의 면전으로 스르르 날아왔다.

철정의 눈에는 놀랍다는 빛이 숨김없이 떠올랐다.

'아무리 소수마후라지만 허공에 사람을 띄운 채로 또 다른 물체를 움직일 수 있다니……. 진짜 대단하다.'

벽화의 조심스러운 손짓을 따라 유현의 몸이 스르르 바닥으로 내려갔다.

진파의 바로 곁에 유현을 누인 벽화는 눈앞에 떠오른 돌멩이를 빙글빙글 천천히 회전시켰다. 독이라도 묻어 있을까 봐 극도로 조심하며 돌멩이를 관찰하던 벽화의 눈이 빛났다.

"무언가 적혀 있어요."

'공력을 운용하면서 말까지?'

철정은 감탄하여 입까지 벌렸지만 그보다는 돌멩이에 적힌 내용이 더 궁금했다.

"무어라 쓰어 있습니까?"

"무슨 기호인 것 같은데…… 저로선 알 수가 없네요. 아저씨가 깨어
나시지 않는 한은……."

유현의 곁에 돌멩이를 내려놓은 벽화는 망설이는 듯한 눈으로 유현
을 바라보다 한 걸음 내디뎠다.

선지애가 벽화의 태도를 보다가 급히 나섰다.

"벽화 동생, 진 소협이 만지지 말라고 했잖아?"

"숨소리가 너무 불규칙해요. 어떤 독에 당하셨는지는 모르겠지만 전
소수마후예요. 웬만한 독에는 당하지 않아요."

벽화가 유현의 앞에 주저앉았다. 유현의 손목을 잡으려는 벽화에게
철정이 경고성을 보냈다.

"이 소저! 잠시만 기다리시오! 진파가 기다리라고 했지 않습니까?"

"한시가 급해요. 아저씬 제게도 소중한 분이세요."

자신을 위해 목숨도 바치려 했던 유현이었다. 그런 사람의 목숨이
위험할지도 모르는 판에 더 이상 망설일 여유가 없었다.

벽화가 유현의 손을 막 잡으려 할 때였다.

"기다려."

나직한 목소리에 벽화의 손이 뚝 멈추었다.

"오빠!"

벽화가 기쁨에 차 몸을 돌렸다.

운기를 마쳤는지 진파가 번쩍 눈을 떴다.

"진파야! 괜찮냐?"

철정의 말에 진파는 어두운 얼굴로 고개를 흔들었다.

"아니. 간신히 독기의 발작을 눌러놓은 정도야. 해독하지는 못했
다."

"내가 한 번 볼게!"

벽화가 다가서려는데 진파는 고개를 저었다.

"안 돼. 만지지 마."

"오빠……."

안타까운 얼굴로 벽화가 바라보았지만 진파의 표정은 정말 단호했다.

"절대 만지지 마. 유 숙을 찾아 손을 대는 순간 나도 중독되었어. 너라도 안심할 수 없다."

"오빠……."

벽화는 안타까운 얼굴로 진파를 불렀지만 진파의 표정은 잔뜩 굳어 냉기마저 풍겼다. 몸을 일으킨 진파가 유현의 곁에 다가가 허공을 격하고 지풍을 날리기 시작했다.

옥수공을 지공(指功)으로 전환한 진파의 지력이 유혼의 가슴팍 다섯 개 대혈을 차례로 점했다.

"욱!"

진파는 유현을 점혈한 후에 울컥 비릿한 토혈을 내뿜었다. 진파의 몸이 비틀거렸다.

"오빠!"

벽화가 진파의 경고도 무시한 채 얼른 진파를 부축했다.

"만지지 말랬잖아!"

진파가 홱 손을 뿌리치며 격하게 벽화를 꾸짖었다.

"너마저 중독되면 어쩌려고 그래!"

입가의 피를 훔치며 꼿꼿이 몸을 세우는 진파를 보며 벽화는 질끈 입술을 깨물었다. 진파의 마음이 아프게 가슴을 찌른다. 진파가 왜 그녀를 밀쳐 내는지 너무도 잘 알고 있었다. 하지만 벽화는 그게 싫었다. 언제까지나 진파에게 보호만 받고 싶지는 않았다. 어떤 상황이라 해도 진파가 자신을 밀어내는 것은 싫었다. 벽화의 신형이 갑자기 흐릿해졌다.

"엇!"

진파가 피할 틈도 없었다. 중독된 후 운기를 하며 깨달은, 독이 퍼지는 경로를 따라 유현의 혈맥을 점혈했지만 진파의 상태로는 너무 무거운 한 수였던 것이다. 물론 몸이 정상이었다 하더라도 벽화의 돌진을 막을 자신은 없었지만 말이다.

벽화는 진파의 몸을 꽉 끌어안고 있었다. 다시는 놓지 않을 것처럼 끌어안은 벽화는 진파의 얼굴을 바라보며 소리쳤다.

"혼자서 짊어지지 말랬지! 오빠가 중독되면 나도 중독될 거야! 오빠가 죽으면 나도 죽어! 그러니까 제발 그러지 좀 마!"

벽화의 얼굴을 바라보던 진파의 눈이 떨렸다. 벽화의 얼굴은 진짜였다. 진심이었다. 눈 속에 맺힌 눈물은 금세라도 떨어질 것처럼 보였다.

진파의 입에 절로 미소가 떠올랐다. 가슴속에서 솟구치는 간지러운 뜨거움이 저절로 그의 얼굴에 웃음을 떠올렸다.

"알았어. 그러니까 이젠 놔. 너도 중독되었을지 몰라."

잠시 진파를 바라보던 벽화는 진파를 따라 배시시 웃었다. 벽화의 몸이 떨어지자 진파는 끌끌 혀를 찼다.

"우리가 저쪽처럼 얼굴 두꺼운 족속이냐? 왜 다른 사람 보는 데서 끌어안고 그래? 빨리 운기나 해봐."

벽화를 달래며 은근히 자신들을 꼬집는 진파에게 철정이 무어라 하려 했지만 선지애가 옆구리를 꼬집자 말을 삼키고 말았다.

'자식, 좋으면 그만이지, 왜 엄한 우리를 끌어들여?'

철정이 투덜거리는 동안 벽화는 쌩긋 웃고는 운기를 시작했다. 선 채로 눈만 감은 그녀를 보며 진파의 얼굴에는 근심 어린 표정이 가득했다.

잠시 후, 벽화가 눈을 떴다.

그녀의 눈은 밝았다. 진파가 기쁜 목소리로 물었다.

"중독되지 않았구나!"

"아닌데?"

"뭐!"

벽화는 고개를 살래살래 흔들었다.

"나도 중독되었나 봐. 일단 독기를 몰기는 했는데 배출하기도 어려울 것 같네. 진짜 지독해. 이런 독은 좀처럼 없을 텐데……."

웃음기마저 머금은 벽화는 진파를 보며 살짝 이마를 슭였다.

"미안, 오빠. 하지만 일심동체! 좋잖아? 죽어도 같이 죽고 살아도 같이 사는 거지, 뭐. 오빠도 그럴 거잖아."

혀까지 빼어 물며 귀엽게 올려다보는 벽화에게 진파는 아무 말도 할 수 없었다. 어이가 없긴 했지만 벽화의 마음이 느껴져 가슴속이 따뜻해졌다.

그때 유현이 끄응 하며 신음 소리를 내뱉었다.

진파와 벽화는 다급히 유현을 향해 고개를 돌렸다.

"유 숙!"

진파가 재빨리 유현의 머리맡에 앉았다.

"저 알아보시겠어요?"

"나…… 눈 안 멀었다."

유현은 그 와중에도 농담을 하며 몸을 일으키려 했지만 힘을 쓸 수 없는지 푸들푸들 미간을 떨었다.

"이런 우스운 꼴이 되다니……. 허 참."

"그러게 왜 혼자 들어가세요?"

"안개 속에 진(陣)이 설치되어 있는 것 같아 그랬지. 잠시 관찰만 하려 한두 걸음 옮긴 것인데 이 모양이구나."

말을 하는 데는 별 어려움이 없었는지 유현은 툴툴대며 진파를 바라보았다.

"한 치 앞도 안 보이던데요? 그거 말고는 별다른 점은 못 느꼈습니다만."

"너도 들어왔었나 보구나. 네가 날 구했냐?"

"예."

"어린 놈에게 두 번이나 목숨 빚을 지다니. 내 인생도 참 기구하구나."

유현이 피식 웃더니 진파를 향해 물었다.

"내가 손에 움켜쥔 것이 있을 텐데 가지고 왔느냐? 감각이 없어서 알 수가 없구나."

진파의 곁에 앉은 벽화가 냉큼 유현의 말을 받았다.

"그 하얀 돌멩이요? 여기 있어요."

벽화는 소맷자락으로 조심스럽게 돌멩이를 집어 유현의 눈앞에 들이밀었다.

"그걸 왜 그렇게 쥐어?"

"독이 있을지도 모르잖아요. 오빠 아저씰 만지자마자 중독되었데요."

유현의 얼굴이 흠칫 굳었다.

"정말이냐, 진파야?"

"예."

"이상하구나."

유현의 얼굴은 누운 채로도 심각하게 굳었다.

"왜요?"

"내가 중독이 된 건 어떤 물건을 만져서가 아니다. 저 돌멩이도 당연히 아니지."

"그럴 리가요? 저도 유 숙을 만져서 중독되었고, 벽화도 저를 만져서 중독되었는걸요? 일단 독기를 억제해 놓기는 했지만 저희 둘 다 중독되었어요."

유현은 이상하다는 듯 눈을 감았다 떴다.

"으음…… 그럼 같은 독인데도 중독 경로가 다르다는 이야기군. 내가 독에 당한 건 저 안개 때문이다. 조금씩 몸에 쌓여 중독되었다는 걸 알았을 때는 갑자기 온몸으로 퍼지더구나. 웅크려 있다가 폭발하는 양상이었어."

"예? 그런데 저는 왜 안 그렇죠?"

"으음……. 벽화야, 혹시 너도 무적심공을 알고 있니?"

"예. 조금이지만요."

그제야 유현이 고개를 끄덕였다.

"그랬구나. 역시 풍협이 이 안에 있는가 보다."

"예?"

깜짝 놀라 반문하는 진파 등을 향해 눈을 껌벅이며 유현이 말했다.

"진파야, 그 돌멩이 좀 봐라. 뭐가 적힌지 알고 있느냐?"

벽화에게 돌멩이를 받아 이리저리 살피던 진파가 눈을 빛냈다.

"이건……. 알고 있습니다. 할배가 제게 가르쳐 준 암호입니다. 둘이 황야에서 수련할 때 소식 전달하며 쓴 거였는데……."

"그게 무적다가의 표지다. 무적다가의 일원들만이 알 수 있지. 뭐라고 쓰여 있느냐?"

진파는 돌멩이를 쭈욱 보더니 낮게 중얼거렸다.

"천급(天級)……. 나머지는 잘 안 보입니다."

"흠……. 그거 아마도 네 아비가 남긴 걸게다."

유현의 말에 진파의 눈이 가라앉았다.

"널 키운 분들께 진법은 배우지 않았더냐?"

"예. 무공만 배웠습니다."

"그럼 다른 공부는 가주가 전해주는 것인가 보군."

유현은 진파를 바라보았다. 그의 눈은 중독된 사람답지 않게 맑고 담담했다.

"진파야, 저 안개는 아무래도 네 아비 솜씨 같다. 풍협의 기풍이야. 너도 홍연미리진을 봐서 알겠지? 저 진도 소리를 삼키더구나. 홍연미리진과 같아. 저 진은 다른 작용을 하는 게 아니라 안개가 계곡 밖으로 나오는 걸 막고 있어. 안개 자체가 독이다. 안개가 밖으로 퍼지지 못하도록 진을 설치한 게 분명해 보인다. 무적심공은 아마 이 독에 어느 정도 대항력이 있는가 보구나. 그러니까 네가 안개 속에서도 무사했겠지. 하지만 일차 중독이 된 사람을 만지게 되면 무적심공으로도 방비하기 힘든 이상한 독인가 보다."

진파가 하얀 돌멩이를 꼭 쥐었다.

"정말…… 저 안에 풍… 협이 있을까요?"

"아마도. 이런 식으로 불완전한 처치만 하고 사라질 사람이 아니다. 풍협이 이곳을 떠났다면 이곳에 독 같은 게 있을 이유가 없지."

진파는 잠시 침묵했다. 바로 안개 저편에 풍협이 있다 생각하니 여러모로 심사가 복잡해졌다. 어느 정도 풍협의 마음을 이해했다고는 하나 자라면서 마음 깊이 쌓였던 앙금이 일시에 풀어지지는 않았던 것이다.

그러나 어느덧 진파의 음성이 담담해졌다.

"풍협을 만나야 하는 이유가 또 하나 늘었군요. 아저씰 치료해야 하니까요. 그동안 저 독에 대해 많이 연구해 놨겠죠."

진파는 스멀스멀 움직이는 안개를 노려보다 고개를 돌려 철정과 선지애를 바라보았다.

"둘은 여기에 남아서 얘네와 함께 있어줘. 안으로는 벽화와 나만 들어갈게."

"같이 가야지!"

철정이 소리치듯 말했으나 진파는 고개를 흔들었다.

"너도 들었잖아. 독은 안개 속에 있다잖아. 무적심공이 아니면 견디지 못한데. 유 숙이야 중독되셨으니 치료를 위해서도 도시고 들어가야겠지만 나머지는 여기서 기다려 줘. 그게 더 좋겠다."

진파는 철정을 바라보며 간곡히 부탁했다.

철정이 할 수 없다는 듯 고개를 끄덕이자 진파는 벽화에게 시선을 돌렸다.

"다른 애들한테 명해 놔. 우리가 돌아올 때까지는 정이 말을 들으라고."

"괜찮을까?"

"할 수 없어. 모두 들어가면 중독자만 늘 거야. 현재로서는 이 방법이 최선이다."

벽화가 고개를 끄덕이고는 몸을 일으켰다. 소수마후들에게 심어로 명을 내리자 일제히 철정의 얼굴을 바라본다. 열한 명의 아리따운 여인에게 일시에 주목을 받자 철정의 얼굴에 찔끔한 빛이 떠올랐다.

'이… 눈길을 진파가 받고 있었던 거군……. 부러운 자식…….'

맹목적인 추종의 눈빛을 보며 철정이 내심 고개를 끄덕였다. 은근히 선지애의 눈치를 살피는 것도 잊지 않았다.

진파는 축 늘어진 유현의 몸을 조심스럽게 업으며 철정과 선지애를 향해 다시 한 번 당부했다.

"예감이 좋지 않으니까 조심해. 절벽 정상에 인기척이 있던 게 마음에 걸린다."

"알았어. 너도 조심해."

"그래."

유현을 업은 진파와 벽화의 신형이 안개 속으로 사라져 갔다.

진파는 유현을 업고 벽화는 진파의 어깨에 손을 얹은 채 천천히 안개 속을 걷고 있었다. 벌써 한 식경 가까이 걸어왔지만 시야가 꽉 막혀 있는 것은 여전했다.

'이게 진(陣)의 작용일까? 독(毒)의 효과일까? 아니면 둘 다인가?'

진파는 조심스럽게 전진하며 염두를 굴렸다.

유현을 업고 있어 다시 몸을 맞댄 것이지만 다행히 중독 증세가 더 심해지거나 하지는 않았다. 내공을 끌어올린다면 모르겠지만 지금으로선 견딜 만했다.

벽화가 진파에게 말을 걸었다.

"난 중독 증세가 더 심해지는 것 같지 않은데, 오빠는 어때?"

"나도 괜찮은 것 같아. 문젠 유 숙이다. 괜찮으시니?"

"겉으로 무슨 증상이 드러나는 독이 아니잖아. 호흡을 안 하시도록 해놨으니까 피부로도 독이 스며들지만 않는다면 더 심해지시진 않을 거야."

"가만."

진파는 눈을 빛내며 벽화의 말을 가로막았다. 안개가 서서히 옅어지고 있었다.

벽화도 그것을 느꼈는지 공력을 끌어올리기 시작했다.

'오빠보다는 내 중독이 훨씬 약해. 내가 지켜야 해.'

계곡 안의 풍경이 조금씩 눈에 드러나고 있었다.

을씨년스러운 계곡 안에는 풀 한 포기 하나 나 있지 않았다. 황폐한 계곡의 바닥에는 간간이 굴러다니는 짐승들의 사체만 앙상하게 눈에 띄었다.

진파는 걸음을 멈추고 발밑에 뒹구는 새의 사체를 들여다보았다.

"오빠, 왜?"

진파는 대답없이 오른발로 살짝 사체를 뒤집었다. 진파는 눈살을 찌푸렸다.

"정말 죽음의 계곡이군."

"그러네. 여기저기 보여. 사슴도 있네."

진파는 고개를 흔들었다.

"죽어 있기만 한 게 아니야."

"그럼?"

"여기 있는 사체들이 모두 죽은 지 얼마 안 된 걸로 보이지?"

"응. 썩은 게 하나도 없잖아."

"그게 문제다."

진파는 어두운 눈으로 발밑을 바라보고 있었다.

"이 새는 죽은 지 꽤나 시간이 지난 거야."

"이렇게 외형이 멀쩡한데?"

"이놈들 시체를 먹을 만한 동물도, 벌레도, 하다못해 식물도 이 계곡 엔 없는 거야. 그저 체액만 말라 버렸지 눈알마저 멀쩡해. 이건 있을 수 없는 일이야. 완전히 죽어버린 계곡이다."

진파는 서서히 넓어지는 계곡의 내부를 응시하며 심각한 목소리로 덧붙였다.

"이런 곳에서 사람이 살 수 있다고 난 믿지 않는다. 여긴 사람이 살 수 있는 곳이 아니야."

전면을 바라보는 진파의 음성은 어딘가 잔뜩 어두웠다.

'아버질 걱정하는 걸까?'

그러나 벽화는 묻지 않았다. 진파의 시선을 따라 전면을 관찰하는 벽화의 얼굴은 다른 의문으로 심각했다.

'기억이 잘 안 나. 본 곳 같기도 하고, 아닌 것 같기도 하고. 여기가 맞는 것 같았는데⋯⋯.'

소수마후로 제련받던 곳도 분명히 계곡이었다. 계곡이었지만 양쪽 이 천길 벼랑이라 탈출은 꿈도 꿀 수 없었고, 그녀들을 감시하는 이들 의 무공은 너무도 무서웠다.

그들을 능가할 수 있을 때쯤엔 살아남은 소녀들은 모두 심지를 제압 당한 다음이었다. 벽화도 그중 하나였다. 열세 명만이 남자 현성교에서는 그녀들을 다른 장소로 옮겨갔다. 그곳은 어디인지 기억도 나지 않는다. 생각나는 것이라고는 시꺼먼 암흑의 공간이었다는 것뿐. 그곳에서 벽화의 그나마 남아 있던 의식마저 꺼져 버렸던 것이다.

처음 그들이 갇혔던 계곡은 격렬한 수련의 공간이었다. 온갖 수련 도구들과 자연이 어울린 살풍경한 지옥의 훈련장. 수많은 친구들이 그것을 이겨내지 못하고 죽어갔다. 그렇게 죽은 친구들을 어떻게 처리했는지는 벽화도 알지 못한다. 그런데 이곳은 그때의 느낌이 전혀 들지 않았다. 진파의 말대로 그저 죽어 있는 계곡일 뿐이었다.

"일단… 끝까지 가보자."

진파의 말에 상념에서 깨어난 벽화는 진파를 따라 발걸음을 옮겼다. 언제라도 출수할 수 있는 만반의 준비를 갖추고서.

안개를 계속 헤치고 계곡을 파고들자 웅장한 석조 건물이 눈에 들어왔다. 흔한 편액조차 걸려 있지 않았지만 스산한 느낌이 물씬 풍기는 이상한 건물. 귀신이 온몸을 불에 태우는 듯한 이상한 조각이 곳곳을 장식하고 있는 거대한 건물이었다.

"하아……. 여기 맞아."

벽화의 음성이 떨렸다.

"어떤 곳이니?"

"우리가…… 의식을 제압당하던 곳이야. 이상한 주문을 외우고 약물을 먹였어……. 바로 이곳이야……."

파르르 떨리는 벽화의 눈이 건물을 장식한 부조를 뚫어져라 바라보고 있었다.

긴 혀를 날름거리며 고통인지 희열인지 구분할 수 없는 일그러진 얼굴로 화마에 감싸인 귀상(鬼像)들. 번쩍 치켜든 앙상한 손끝에 난 날카롭게 뻗은 손톱이 불길에 휘감겨 있었고, 갈비뼈 하나하나까지 드러난 메마른 몸에는 섬뜩한 귀기가 서려 있었다. 한 번 보면 다시 보고 싶지 않은, 그러나 결코 뇌리에서 사라지지 않을 것만 같은 끔찍한 몰골이었다.

그때 벽화의 떨리는 어깨를 감싸는 손이 있었다.

"넌 저들의 손에서 벗어났어."

진파의 따뜻한 음성을 들으며 벽화는 고개를 끄덕였다.

"절벽을 파고 세운 건물 같은데 저 안은 동굴이니?"

"동굴을 손본 곳일 거야. 안으로 들어가면 꽤 넓은 광장만 덜렁 있어. 그 외엔 뭐가 있는지 몰라."

"좋아. 일단 들어가자."

"응."

건물 안에 들어서자 안개가 전혀 보이지 않았다.

진파는 이상하다는 눈빛으로 전방을 바라보았다.

'안개의 근원은 외곽에 있다는 말인가? 알 수 없군. 안으로 들어올수록 점점 옅어지다 아예 사라지고 없다니.'

빛은 들어오지 않지만 시야를 가로막는 안개가 없어 진파의 눈은 앞을 향해 뻥 뚫려 있는 회랑의 곳곳을 남김없이 볼 수 있었다. 자연 동굴에 손을 써 개조한 듯 보였다.

회랑 저편은 시꺼먼 암흑이라 가까이 가야만 무언가 보일 듯한데 왠지 느낌이 좋지 않았다. 무엇인지 집어낼 수는 없지만 분명 무언가 있었다. 진파는 유현을 업은 손을 추켜올리며 벽화를 불렀다.

"벽화야, 유 숙을 깨우렴. 안개가 없으니 괜찮을 거야."

진파의 말에 벽화가 손을 움직였다.

호흡을 가로막아 놓고 진기로만 몸을 보호해 놓았던 유현의 의식이
돌아왔다.

유현은 깜깜한 회랑을 바라만 보다 진파에게 물었다.

"여긴 어디냐?"

"계곡의 끝에 있는 석조 건물 안입니다. 벽화가 소수마후로 제련되
었던 곳이라는군요. 여기부터는 안개가 없어 유 숙을 깨웠습니다."

유현은 여전히 몸을 움직일 수가 없는지 미간만 살짝 찌푸렸다.

"오랜만에 보는 어둠이군. 그런데 느낌이 좋지 않아. 회랑 건너편은
어떤 곳이지?"

"큰 광장만 있어요, 아저씨."

"광장이라……. 어차피 예까지 왔으니 가야겠지. 긴장들하거라. 뭔
가가 있다."

벽화와 진파가 동시에 고개를 끄덕였다. 그들도 충분히 느끼고 있었
던 것이다.

진파의 등에 업혀 가며 유현은 어두운 표정으로 회랑 저편을 응시하
고 있었다.

'풍협이 있음이 분명할진대 저런 마기가 느껴지다니……. 어찌 된
일이란 말인가?'

＊　　　＊　　　＊

넘실대는 안개를 바라보며 꿀꺽 침을 삼키는 선지애에게 철정이 부
드럽게 말을 걸었다.

"너무 걱정하지 마, 지애. 모두 무사할 거야."

"그래도 걱정이 되네요."

"세 사람 모두 보통 사람이 아니잖아. 믿어보자구."

철정의 말에 선지애는 방긋 웃음을 지었다.

"이번에 고집을 부려서 강호에 따라 나온 게 참 잘한 일 같아요. 느끼는 게 많아요."

"나도 그래."

철정이 고개를 끄덕였다.

유현의 도움을 받아 그의 검공도 조금씩 진보하고 있었다. 아직 진파의 진경을 따라잡으려면 멀고도 멀었겠지만 철정은 검뿐 아니라 마음도 부쩍부쩍 성장하고 있음을 피부로 느끼고 있었다.

"잠룡쟁패를 때려치우길 잘했지."

"그래요, 철랑. 철랑의 길을 가야죠."

"우리 모두의 길이잖아. 함께 가는 거지."

철정과 선지애가 마주 보며 공감 어린 웃음을 주고받았다.

그때 갑자기 이후가 쿵하고 발을 굴렀다.

적을 발견하면 벽화가 그렇게 하라고 명을 내리고 떠났던 것이다. 철정과 선지애의 얼굴빛이 확 변했다.

"지애, 느껴져?"

"아뇨. 아무런 기척도 안 느껴져요."

"이런! 아직 이후는 말을 하지 못하는데⋯⋯."

철정의 말이 채 끝나기도 전, 삼후와 사후가 차례로 발을 굴렀다.

철정의 안색이 딱딱하게 굳었다.

"분명히 적이야. 우리가 느끼지 못할 정도면 굉장한 고수들일 거야. 일단 이곳을 피하자. 진파가 올라갔던 절벽 정상으로 가자구!"

“그래요, 철랑.”

“모두 저곳으로 올라가세요. 빨리!”

철정이 다급히 진파가 올라갔던 절벽을 향해 손가락을 들어 가리키며 열한 명의 소수마후에게 명을 내렸다.

잠시 철정의 얼굴을 바라보던 소수마후 열한 명이 훌훌 몸을 날려 삽시간에 절벽의 정상으로 날아오르기 시작했다. 부풍무영을 전개하는 열한 명의 옷자락이 아름답게 펄럭였다.

“지애, 우리도 가자!”

“흔적이 남지 않게 조심해요.”

“알고 있어!”

철정은 진파가 올랐던 경로를 따라 오르며 선지애를 재촉했다.

소수마후들 같은 초절정의 경공술을 펼칠 수 없었던 두 사람의 발걸음은 더딜 수밖에 없었다.

철정은 절정의 경지에 근접해 있었지만 선지애는 아직 일류고수의 수준을 벗어나지 못한 터라 향 한 자루가 탈 시간이 지나서야 그들은 절벽의 정상에 몸을 숨길 수 있었다.

그러나 철정과 선지애는 알지 못했다.

아득한 허공에 뜬 거대한 학의 몸 위에서 그들을 바라보고 있는 네 개의 시선이 있다는 것을.

*   *   *

회랑을 지나 광장에 들어선 진파는 절로 발길을 멈추고 말았다.

벽화도 진파의 옆에 서서 놀라움에 가득한 눈으로 전면을 바라보고 있었다.

중독된 상태라 내공을 쓸 수 없다지만 십여 년을 동굴에서만 생활했던 유현의 눈에도 똑똑히 보였다.

"으음……."

유현은 절로 무거운 신음을 흘리고 말았다.

광장은 종류를 알 수 없는 나무뿌리 같은 것으로 사방이 뒤덮여 있었다. 장정의 몸통에서 팔뚝만한 것까지 굵기도 다양한 나무뿌리들은 스스로 얼기설기 몸을 얽은 채 꿈틀대는 모양으로 광장의 전체를 장악한 상태였다.

전면의 벽에서부터 뻗어왔던 듯 광장의 끝에는 거대한 원뿌리들이 벽을 깨고 나와 굳어 있었다. 마치 살아 있는 마물인 듯 시꺼먼 몸체를 드러낸 그것은 수십 마리의 코끼리가 뒤엉킨 것처럼 장대한 모습을 하고 있었다.

"사람들이 있어요."

벽화가 탄식하듯 입을 벌렸다.

음산한 귀기마저 흐르는 광장에는 수백 명은 족히 될 듯한 인물들이 전면을 향해 등을 올린 채 바닥에 좌정한 상태였다.

나무뿌리에 잠식당해 몸이 꿰뚫린 사람도 있었고, 나무뿌리들이 접근하다 막히기라도 한 듯 근처를 비잉 둘러 장벽처럼 굳어 있는 사람들도 있었다. 그들은 하나같이 호흡이 느껴지지 않았고, 움직이지도 않았다.

"죽어 있느냐?"

유현의 물음에 제일 가까이에 있는 사람한테 몸을 옮긴 진파는 앞으로 걸어가 그 사람의 얼굴을 보았다.

"헉!"

"왜 그래?"

"내, 내가 아는…… 분이야. 왕 아저씨가 이곳에 왜……?"

"어떻게 아는 사람이냐?"

"소화산 화전 마을에서 밭을 일구던 분이십니다. 그분이 왜 이런 곳에……?"

"살아 있느냐?"

유현의 말에 진파는 손을 뻗었다. 눈을 감고 석상처럼 굳어 앉아 있는 자의 목을 짚으려는데 벽화가 말렸다.

"가만, 이분도 독에 중독된 걸지도 몰라. 내가 볼게!"

벽화의 말에 진파가 손을 거두자 벽화는 손을 대지 않고 꼼꼼히 앉아 있는 사람의 몸을 살펴보았다. 진파가 왕 아저씨라 부른 사람의 몸에는 나무의 잔뿌리로 보이는 것들이 마치 거미줄처럼 덮여 있었다. 얼굴까지 뒤덮은 그것은 콧구멍 속으로도 뻗어 있어 왠지 섬뜩한 느낌을 안겨주었다.

벽화는 안타까운 얼굴로 고개를 저었다.

"돌아가신 분이야. 호흡도 없고 맥박도 없어. 심장이 멈춘 지 이미 오래야."

진파는 잔뜩 굳은 얼굴로 벽화에게 유현을 넘겼다.

"아저씨 좀 업어줘."

유현을 넘겨준 진파의 신형이 날렵하게 움직였다. 독의 발작을 우려해 내공을 끌어올리지 않고 움직이는 진파였지만 산에서 단련한 그의 다리는 나무뿌리 사이를 날쌘 족제비처럼 넘나들었다.

광장에 있는 사람들의 얼굴을 살펴보는 진파의 표정이 점점 굳어져

갔다. 진파의 몸이 점점 빨라져 가며 얼굴은 점점 창백하게 질려갔다.

마침내 광장의 제일 끝까지 간 진파가 외마디 소리를 질렀다.

"할배! 할멈!"

"만지지 마, 오빠!"

유현을 업은 벽화의 신형이 쏜살처럼 날아올랐다. 어느새 진파의 옆에 내려선 벽화는 덜덜 손을 떨고 있는 진파를 보며 재빨리 손을 잡았다. 진파의 격동이 너무 큰 듯해 안정을 시키는 것이 더 중요한 듯 보인 것이다.

"오빠, 이분들은?"

"날… 키운 분들이야……."

"오빠, 잠시만."

어깨를 맞댄 공철과 손일연의 얼굴에도 실 뿌리 같은 것이 빽빽하게 덮여 있었다. 그들의 콧구멍 속으로도 그것들은 여지없이 들어가 있었다. 광장에 앉아 굳은 모든 이들이 그러했다.

진파의 얼굴은 흉하게 일그러져 있었다.

부모님은 없다지만, 아니, 없다고 알고 컸지만 앞에 있는 두 사람이야말로 그에겐 가족과 같은 사람들이었다. 절대 잃어서는 안 되는 사람들이었다. 이런 식으로 만나서는 안 되는 이들이었다.

공철과 손일연을 꼼꼼히 살피던 벽화의 얼굴에 화색이 돌았다.

"오빠, 이분들은 살아 계셔!"

"정말이야?"

기쁨에 넘쳐 묻는 진파에게 벽화는 활짝 웃으며 고개를 끄덕였다.

"확실해!"

"할배! 할멈! 나야! 내가 왔다구! 눈 좀 떠봐!"

진파가 소리쳤지만 공철과 손일연은 종내 눈을 뜨지 않았다. 진파의 목소리만 공허하게 광장에 메아리쳤다.

견디다 못한 진파가 공철과 손일연의 어깨를 잡으려 하는데 갑자기 뒤쪽에서 조용한 음성이 들렸다. 생전 말을 하지 않은 사람처럼 탁하기 짝이 없는 목소리였다.

"그들을 만지지 마라."

나직한 사내의 목소리. 갈라지고 쉬어 있지만 묵직한 위엄을 갖춘 그것은 결코 유현의 목소리가 아니었다.

진파와 벽화의 신형이 동시에 돌았다.

잔뜩 긴장한 두 사람의 앞에는 꾸불꾸불 엉켜 거대한 몸체를 드러내고 있는 나무뿌리만이 보일 뿐이었다. 벽을 파괴하며 나온 듯한 뿌리 이외엔 그들의 눈앞에는 아무것도 보이지 않았다.

진파가 날카롭게 소리쳤다.

"누구냐!"

진파의 목소리가 다시 광장을 웅웅 울렸다.

"소리도 지르지 마라. 중요한 고비야. 저들을 모두 죽이고 싶은가?"

다시 들려오는 목소리.

그것은 분명 나무뿌리에서 들려오고 있었다.

'나무가 말을 해? 아냐! 저 속에 누군가 숨어 있다!'

진파는 철우를 뽑아 들며 날카롭게 외쳤다.

"모습을 드러내라! 아니면 이 괴물 같은 나무뿌리들을 모조리 잘라 버리겠다!"

"성격이 급하게 컸군."

갑자기 눈앞에 있는 거대한 뿌리가 꿈틀꿈틀 움직이기 시작했다. 이제까지 아무 움직임도 없어 마치 죽은 것처럼 보였던 거대한 뿌리 가운데가 꾸물꾸물 출렁였다.

용암이 끓어오르는 것처럼 뿌리의 내부에서 꾸루룩 밀려 나오는 기다란 형체가 있었다. 그것은 사람이었다. 아니, 사람이 아니었다.

분명 옷이라 할 수 있는 백의장삼을 걸쳤고, 사람의 형상을 하고 있었지만 드러난 피부는 모두 칙칙한 검은색이었다. 얼굴을 온통 감싸고 멋대로 휘감겨 자라 있는 검은 머리칼로 인해 이목구비조차 구분이 가지 않았다. 온몸이 친친 실 뿌리 같은 것으로 감겨 있었다. 사람이 아니라 마치 나무로 보이는 인물.

진파가 꿀꺽 침을 삼켰다. 벽화도 긴장한 채 출수할 차비를 갖추었다.

그때 벽화에게 업혀 있던 유현의 입에서 조용한 음성이 흘러나왔다.

"풍협, 오랜만이군."

진파와 벽화의 얼굴에 놀란 기색이 가득 떠올랐다. 상상도 하지 못했던 풍협의 모습이었다.

제32장 부자상봉(父子相逢)

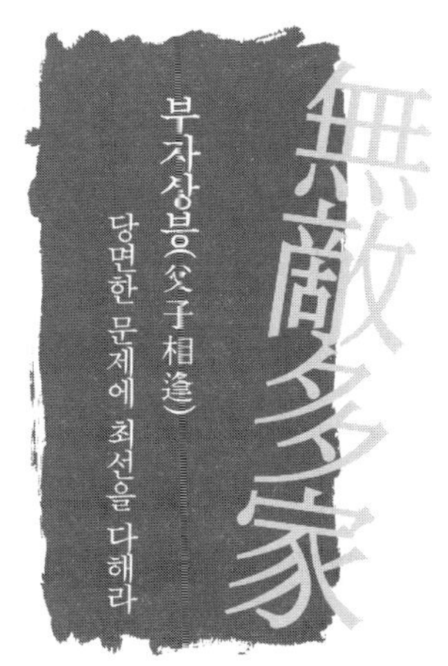

검치가

풍협이라 부른 사내는 잠시 아무런 말도 하지 않았다.

얼굴을 온통 휘감은 검은 머리칼과 실 뿌리들로 인해 입이 어디에 있는지도 보이지 않았다. 양팔을 벌린 채 뿌리 속에 잠겨 있는 듯한, 아니, 뿌리와 하나가 되어 있는 듯 보이는 그의 입에서 이윽고 나직한 음성이 들렸다.

"…검치?"

"맞네. 내가 보이지 않는 것인가?"

"정말 검치란 말이던가?"

반가움에 가득 찬 음성이 울렸다. 진파의 행동을 막던 위엄에 찬 목소리가 아니라 그리움이 담긴 따뜻한 목소리였다.

풍협의 얼굴을 휘감았던 실 뿌리들이 스르르 움직이기 시작했다. 마치 살아 있는 듯 보이는 움직임이었다. 풍협의 얼굴에 납작하게 붙어 있는 머리칼들을 헤치는 그것의 움직임은 뿌리가 아니라 마치 촉수처럼 보였다.

벽화의 등에 업혀 있던 유현이 벽화를 불렀다.

"벽화야, 날 좀 내려 앉혀다오. 이런 꼴로 저 친구를 만나고 싶진 않구나."

벽화는 조심스럽게 유현을 내려 바닥에 앉게 도와주었다. 나무뿌리에 기대어 앉히자 유현의 신형이 자꾸 미끄러지려 했다. 유현은 이를 악물었다.

"똑바로…… 앉혀다오."

벽화는 감각이 없는 유현의 다리를 접어 가부좌를 틀어주었다. 허리가 꼿꼿이 서지는 못했지만 유현의 바람대로 앉은 채 자세를 유지했다. 유현의 이마에 작은 땀방울이 맺혔다.

"아저씨…… 힘들면 힘을 푸세요. 억지로 힘을 쓰시면 좋지 않아요."

"괜… 찮다. 못난 꼴을 보이고 싶지는 않… 아."

풍협의 머리카락은 얼마나 엉켜 자랐는지 한참을 헤쳐서야 눈이라 보이는 윤곽이 드러났다. 꼭 감긴 눈꺼풀도 검게 변색된 채였다. 눈자위가 꿈틀대더니 마침내 번쩍 광채가 뻗어 나왔다.

풍협 다나철이 눈을 뜬 것이다.

세상의 모든 것을 꿰뚫어 보듯 명철한 맑음이 느껴지는 강인한 눈빛이었다. 진파와 벽화는 홀린 듯 풍협의 눈을 바라보았다.

풍협의 고요한 눈이 어둠에 적응하듯 천천히 움직였다. 몇 번이고 눈을 깜박이던 풍협의 시선이 서서히 앞을 향했다. 땀을 흘리면서도 꼿꼿이 앉은 자세를 유지하려는 유현과 눈이 마주쳤다.

유현이 불쑥 입을 열었다.

"그 꼴이 뭔가? 나무 귀신이라도 된 것 같군."

풍협은 대답을 하지 않고 찬찬히 유현의 얼굴을 바라보았다.

그의 입에서 탄식과 같은 음색이 새어 나왔다.

"……중독되었군."

"그 안개… 지독하더군. 자네도 중독된 것인가?"

"……그건 나중에 말하지. 긴 얘기네. 마정에서는 어떻게 빠져나왔지? 마성도 없앤 듯 보이네만."

"자네 아들이 구해주었지. 이놈의 안개 속에서도 구해주었으니 날 두 번이나 구했다네. 저기 있네."

풍협의 눈이 꿈틀했다.

풍협의 시선이 천천히 진파를 향했다. 벽화를 지나칠 때 한 번 멈추었던 그의 시선이 느리게 진파를 향해 돌려졌다.

진파는 풍협의 시선을 딱딱하게 굳은 얼굴로 맞받고 있었다. 아무 말도 없이 풍협의 얼굴을 바라보기만 하는 진파의 얼굴에 만감이 교차했다.

"어떤가? 잘 자랐지? 자네랑 꼭 닮았다네."

유현의 음성을 들으며 진파는 주먹을 꼭 쥐었다.

풍협…….

만나는 사람마다 대단하다 말했던 그의 아버지. 소수마후들의 심령 제압을 풀어야 한다는 핑계로 찾았던 진파의 아버지. 갓난애인 자신을 팽개치고 떠난 아버지.

드디어 그를 만났지만 진파는 아무런 말도 할 수 없었다.

눈길을 마주치니 왠지 눈물부터 나려 했다.

얼굴을 보자마자 왜 날 버리고 떠났냐고 소리치고 싶었는데. 왜 부모가 모두 죽었다고 했는지 화를 내고 싶었는데…….

무슨 독에 중독되었는지 시꺼멓게 변색된 얼굴에, 나무에 휘감기기라도 한 듯 뿌리 속에 파묻혀 있는 그는 초라하게만 보였다. 화가 나기보다는 애잔함이 밀려들었다. 그런 티를 내고 싶지 않아 진파는 질끈 이를 물었다.

'제길……. 멋지게 만나면 좀 좋아? 그 꼴이 뭡니까…… 아버…지.'

기억에도 없는 아버지의 얼굴은 실 뿌리와 머리카락에 휘덮여 알아볼 수도 없었다. 자기와 비슷하게 생겼다는, 그 잘났다고 하는 얼굴을 전혀 분간할 수가 없었다.

진파는 기다렸다.

미안했다는 말을. 장성해서 기쁘다는 말을. 이러저러해서 너를 버리게 되었다는 구구절절한 뉘우침을. 그래서 마침내 따뜻한 부자로 상봉하는 그런 뜨거운 만남을 상상했다.

그때 풍협의 음성이 들렸다. 여전히 조용한 음성. 그러나 그것은 진파를 향한 것이 아니었다.

"일단 자네 상세부터 봐야겠네."

"이봐, 풍협!"

유현의 외침을 들으며 진파는 이를 악물었다.

'역시… 내가 싫으셨던 겁니까……? 어머니를 죽이고 태어난 제가 미우셨던 겁니까……?'

벽화는 난감한 표정으로 창백하게 얼굴이 질린 진파를 바라보았다.

공철과 손일연의 앞에 다가가 앉은 진파는 팔짱을 끼고 하얗게 질린 얼굴로 풍협을 바라보고만 있었다.

풍협은 아무 말도 없이 유현을 치료하고 있었다.

풍협의 몸이 잠긴 나무뿌리에서 뻗어 나온 실뿌리들이 유현의 온몸을 친친 감싸고 있었다.

유현은 어느새 자신의 힘으로 허리를 펴고 정좌한 채 눈을 감고 있었다. 유현의 콧구멍 속으로도 실 뿌리들이 뻗어 들어가 있었다. 유현은 풍협의 인도에 따라 스스로 진기를 도인하는 중이었다.

그때 유현의 몸을 휘감았던 실 뿌리들이 떨어져 나가며 나직한 음성이 들렸다. 풍협이었다.

"이 친구는 곧 해독이 될 것이다. 너도 이리 와 앉아라."

진파는 움직이지 않았다.

벽화는 한층 더 난감한 표정으로 눈을 깜박였다. 풍협의 시선은 그녀를 보고 있었던 것이다.

"저…… 오빠도 중독되어 있어요."

"네가 먼저다. 앉아."

벽화는 곤란한 얼굴로 진파를 살폈지만, 진파는 아무런 말도 하지 않았다. 꼿꼿이 곤두선 진파의 허리가 완강했다.

어느새 풍협의 몸에서 뻗어 나온 실 뿌리들이 벽화의 눈앞에 떠올라 있었다.

"겁낼 것 없다. 그때처럼 편안해질 것이다."

벽화의 눈이 커졌다.

눈만 간신히 드러나 있었지만 풍협의 눈빛은 자애롭게 빛나고 있었다.

"기억…… 하시는군요."

"물론이다. 많이 컸지만 얼굴은 그대로구나."

눈빛으로도 사람은 웃을 수 있는 것일까? 따뜻하면서도 온유하게 빛나는 풍협의 눈빛이 웃고 있었다. 벽화는 더 이상 거부할 수 없었다. 풍협은 그녀의 의식을 보존해 주었던 사람. 그리고 그 작은 성의마저 기억해 주는 사람이었다. 벽화가 가부좌를 틀고 앉자 눈앞에 떠돌던 실 뿌리들이 온몸을 휘감았다.

"내가 시키는대로 진기를 인도해라."

풍협의 음성을 들으며 벽화는 눈을 감았다.

잠시 시간이 지나자 혼자서 운기를 취하던 유현이 번쩍 눈을 떴다. 벽화의 몸을 휘감았던 실 뿌리들이 막 떨어져 나가고 있었다.

유현은 풍협을 향해 입을 열었다.

"도대체 어떻게 된 것인가? 이 독은 무엇이고, 자네는 왜 그런 꼴이 되었어? 어떻게 여기 있게 된 건가?"

실 뿌리들을 회수하며 풍협이 나직하게 대답했다.

"아직 한 명이 남았네. 그 후에 말을 하세나."

풍협은 나무뿌리 속에 박혀 몸을 움직일 수 없는 듯 보였다. 고개조차 돌리지 못하는 그는 시야에서 벗어난 진파를 침착한 음성으로 불렀다.

"너도 이리 오너라."

진파는 대답이 없었다. 공철과 손일연의 얼굴을 바라보며 진파는 쓸쓸한 눈으로 고개를 저었다.

내심 한 번 더 불러주기를 원했지만 풍협은 그렇게 하지 않았다.

"그럼 거기서 무적심공의 구결을 따라 진기를 움직여라."

풍협의 몸에서 뻗어나간 실 뿌리들이 진파를 향해 움직였다. 허공을 가르며 꿈틀꿈틀 뻗어나간 실 뿌리들이 진파의 몸으로 다가왔다.

갑자기 진파가 몸을 일으켰다. 풍협을 향해 뚜벅뚜벅 걸어간 진파가 나지막하게 말을 건넸다.

“저는 필요없습니다. 일행을 치료해 주서서 감사합니다.”

그것은 아버지를 향한 말투가 아니었다. 감정을 담지 않은 인사치레는 정중했지만 분노와 섭섭함이 깊게 배어 있었다.

“필요하다. 이 독은 온 천하에서 오직 나만이 해독할 수 있다. 중독된 지 얼마 안 되어 의식이 있는 지금만이 적기다. 시기를 놓치면 독이 체내로 숨어버려 차츰 몸을 금제해 버린다.”

침착하게 대답하는 풍협의 음성에는 한 줌의 동요도 없었다.

“필요없습니다. 폐를 끼치지 않겠습니다. 부탁 하나만 들어주시면 곧 이곳을 떠나겠습니다.”

냉정하게 말하려 했지만 진파의 목소리는 조금씩 떨리고 있었다.

“치료를 받지 않는 게 폐가 된다. 네 몸은 너 혼자만의 것이 아니다.”

갑자기 진파의 눈이 하늘로 치솟아올랐다. 크게 치뜬 진파의 눈에서 분노의 광망이 쏟아졌다. 십칠 년을 버림받은 분노가 폭발해 진파의 얼굴이 새빨갛게 물들기 시작했다. 눈자위부터 시작해 콧잔등까지 내려오는 빠알간 붉은 얼룩이 진파의 얼굴 반을 뒤덮었다.

“무적다가의 대를 이어야 하기 때문입니까?”

뚝뚝 끊어지는 진파의 말투가 살기마저 담고 울려 퍼졌다.

“공력을 운용하면 안 돼!”

풍협의 다급한 음성이 터졌지만 한발 늦고 말았다. 전신에 강력한 기세를 끌어올리던 진파는 돌연 휘청 몸을 비틀대며 그 자리에 무릎을 꿇고 말았다.

"커헉!"

풍협의 실 뿌리들이 진파의 몸을 친친 휘감기 시작했다.

"당신 도움 따윈 받고 싶지 않아……!"

전신의 기혈이 요동치는 중에도 이를 악물고 거절을 하는 진파에게 나직한 음성이 들렸다.

"네가 죽으면 그녀가 슬퍼한다."

실 뿌리들이 파바박 하고 움직이며 진파의 전신 대혈을 제압했다.

꼿꼿이 굳은 진파의 몸은 엄청난 기세로 뒤덮이는 실 뿌리에 파묻혀 곧 번데기처럼 둥그런 모양이 되었다.

'당신은? 그럼 당신은……?'

진파는 풍협의 마지막 말을 떠올리며 가슴이 터질 듯한 분노가 솟구쳐 오르는 것을 느꼈다. 그 더운 열기 속에서 진파는 정신을 잃었다.

어느새 벽화도 정신을 차린 채 풍협을 보고 있었다.

진파가 안 보여 깜짝 놀란 벽화에게 어찌 된 일인지 유현이 설명해 준 후, 벽화는 눈도 깜박이지 않고 누에고치처럼 보이는 진파와 풍협을 번갈아 보고 있었다.

장중하게 눈을 감은 풍협의 얼굴에서는 아무런 감정도 읽을 수 없었다. 겨우 눈만 보이는 그 얼굴에서 무슨 감정을 읽기란 애초에 불가능했는지도 모른다.

벽화가 낮게 한숨을 쉬었다. 그때 유현의 음성이 들렸다.

"걱정 말거라. 진파는 나보다 중독이 약했으니까. 나도 회복시켰는데 진파를 못하겠니? 더구나 진파는 풍협의 아들이야."

벽화는 유현을 향해 고개를 돌렸다. 안타까움이 가득 담긴 표정이었다.

"왜…… 저부터 치료하셨을까요? 아저씨야 중독이 심했지만요. 오빠를 먼저 치료하셨어도 되는데. 아니, 우릴 치료하기 전에 오빠한테 따뜻한 말 한마디라도 하셨으면 되는데……."

팔짱을 낀 채 묵묵히 앉아 있던 진파의 마음이 잡힐 듯 떠올라 벽화는 가슴이 아팠다.

"협객이란 원래 그런 것이다."

"그게……."

유현은 벽화의 말에 대답하기 전에 잘 다듬어놓은 가지런한 수염을 쓸었다. 그의 입가에 씁쓸한 웃음이 떠올랐다.

"진파는 음양쌍괴가 교육을 맡아서 좀 개성있는(?) 청년으로 자랐다지만, 풍협은 자기 부친한테 무적다가의 정통 교육을 받고 뼛속까지 협객으로 큰 사람이다. 같은 위험에 처해 있는 사람들을 만났을 때 협객은 모르는 사람, 약한 사람부터 구한다. 아는 사람은 맨 나중이지."

"그런……."

벽화의 어이없다는 얼굴을 보며 유현은 피식 웃음을 지었다.

"그게 협객의 사고방식이다. 풍협은 진짜 협객이고."

꿈틀대는 실 뿌리들을 바라보며 유현도 가벼운 한숨을 쉬었다.

"설사 맨 나중에 구할 사람이 십칠 년 만에 만난 아들이라고 해도 말이지……."

"자네가 우리 집안 훈육 방식까지 알고 있는 줄은 몰랐군."

"어? 말을 해도 괜찮나? 진파의 치료는 끝난 것인가?"

유현이 말을 걸자 풍협의 눈이 가늘게 떠졌다. 진파를 휘감은 실 뿌리들은 아직도 꾸물거리고 있었지만, 풍협은 유현을 바라보며 잔잔하게 웃고 있었다.

"거의 끝났네. 이제 이 녀석들이 알아서 치료를 마무리할 게야. 체내에서 독이 격발해 위험한 상태였는데 고비를 넘겼네."

"다행이군."

유현은 고개를 끄덕이다 풍협에게 뚜벅뚜벅 다가섰다.

뿌리 속에 파묻혀 있는 풍협의 눈이 유현과 가까워졌다.

"오랜만에 아들을 보니 쑥스럽던가? 그렇게까지 대할 필요는 없잖아."

"오랜만이라기보다는 처음 봤다고 해야겠지."

유현이 끌끌 혀를 찼다.

"아들놈이 사랑 좀 해달라고 반항하는데 너무 매정하더구만."

"자식도 안 낳아본 사람이 잘도 아네그려."

"꼭 낳아봐야 아나?"

"이 경우는 그렇지. 자식 없는 사람은 절대 모른다네."

"뜻밖이군."

"무슨 말인가?"

"자네가 그런 유약한 핑계를 댈지는 몰랐네."

"입담이 많이 늘었군."

"무공도 좀 늘었지."

유현과 풍협의 눈이 허공에서 부딪쳤다. 두 사람은 동시에 눈을 오므리며 소리없이 웃었다. 풍협이 유현에게 말했다.

"자네 즐기고 있지?"

“자넨 곤란해하고 있고.”

“그렇지만은 않네. 아버님 생각이 나서 재미있어하는 중이라네.”

“광협 어르신? 그분은 왜?”

“나도 무적검보를 깨달아 내 신분을 알게 된 후에 아버지를 찾아가서 막 대들었거든. 왜 이름을 그 따위로 지었냐고 말이야.”

“광협께서 뭐라시던가?”

“웃기만 하셨네.”

“하지만 자넨 웃을 자격이 없어.”

유현의 말에 풍협은 웃음을 거두었다. 조용히 유현을 바라볼 뿐이었다.

“광협께선 적어도 자넬 손수 키우셨네. 성(姓)을 속이고 신분을 속이긴 하셨지만, 자넨 부모님의 사랑 속에서 컸어. 자넨 진파에게 집안의 전통 운운할 처지가 아니지 않은가.”

“그렇지.”

짧게 대답하고는 풍협은 침묵을 지켰다. 유현이 불쑥 입을 열었다.

“그놈의 머리카락 좀 싹 치우게. 얼굴이 보고 싶다네. 내가 해줄까?”

“아니. 나를 만지면 또 중독될 걸세.”

“역시 자네도 중독된 것이군.”

“그게 아니네.”

풍협의 얼굴에 감겨 있던 실 뿌리들이 얼굴에 찰싹 들러붙어 친친 휘감겨 자란 머리카락들을 떼어내기 시작했다. 멋대로 수염이 자라 있어 코까지밖에 보이지 않았지만, 그것만으로도 진파를 닮았다. 그리운 얼굴로 자신을 바라보는 유현에게 풍협은 조용히 입을 열었다.

“내가 바로 이 계곡을 오염시킨 독이라 해야겠지. 내 몸 자체가 바로 독이라네."

경악한 얼굴로 바라보는 유현에게 벽화의 음성이 들렸다.

"오빠가 움직여요!"

"다 끝났나 보군."

풍협은 나직하게 말하고는 담담한 표정으로 실 뿌리들을 회수하기 시작했다.

그를 바라보는 유현의 얼굴에 안타까움이 어렸다. 강호를 질타하며 숱한 가인을 눈물짓게 했던 그 사람이 괴물 같은 모습이 되어 자신은 독인(毒人)이 되었다 말하고 있었다.

'어떻게 된 일인가? 도대체 무슨 일이 있었나……?'

그러나 유현은 그것을 물을 수 없었다.

풍협을 응시하는 진파와 진파를 바라보는 풍협의 시선 때문이었다. 자신이 나설 자리가 아닌 것이다. 십칠 년 만에 처음 만나는 부자 간의 문제였다.

"물어볼 게 있구나."

침묵을 깨고 풍협이 입을 벌렸으나 진파는 아무 말도 없이 그를 바라볼 뿐이었다. 분노와 원망, 그리움이 뒤섞인 복잡한 눈빛을 보며 유현은 내심 혀를 찼다.

'조금만 보듬어주면 풀릴 녀석인 것을……'

"검보를 다 깨우쳤느냐?"

진파의 얼굴이 일그러졌다.

"그게 그렇게 중요합니까?"

"대답하거라. 정말 중요한 문제다."

진파는 묵묵히 풍협을 바라보다 고개를 저었다. 아릿한 그리움과 분노가 뒤섞인 진파의 눈빛이 스산했다.

"검결은 아직 마지막 초식을 깨우치지 못했습니다. 무적심공은 팔성(八成) 정도 깨달은 것 같구요."

"초식을 깨우쳐?"

"과두문으로 쓰인 검결의 첫 글자들이 초식을 가리키는 것임을 알아냈습니다."

"알아냈다라……."

풍협은 한숨을 쉬었다. 그것이 마치 꾸짖음처럼 느껴져 진파는 다시금 섭섭했다. 갑골문으로 쓰인 첫 글자들이 초식이라는 것을 알아내고 얼마나 신이 났던가. 그런데 아버지는 한숨을 쉰다. 그 아버지의 탄식과 같은 음성이 다시 들려왔다.

"예상대로군."

"뭐가 예상대롭니까?"

진파가 냉정한 말투로 되물었다. 속이 부글부글 끓었다. 뭔가 사연이 있어서 어린 자신을 떠난 것이라 믿으려 했다. 그 사연을 이야기하며 한마디만 해주길 바랄 뿐이었다.

미안하다, 아들아.

그 한마디가 그렇게 어렵단 말인가. 아니, 그렇게 하기 싫단 말인가. 정말 자신이 싫어서 떠났단 말인가.

이제 풍협의 시선은 아예 진파를 떠나 유현에게 옮겨졌다.

"자네가 밝힌 건가? 내가 저 녀석 아비라고?"

"그렇네."

"그랬군. 쯧쯧."

혀까지 차는 풍협을 보며 진파는 더 이상 참을 수 없었다. 벌컥 소리를 질렀다.

"그렇게 제가 못마땅하십니까? 그래서 절 버린 겁니까? 그렇게도 제가 싫었습니까?"

진파의 안타까운 절규가 광장을 뒤흔들었다.

풍협의 시선이 진파에게 돌려졌다. 안타까운 시선으로 바라보는 풍협의 눈엔 난감함이 서려 있었다. 풍협이 다시 한숨을 쉬었다.

"어디서부터 꼬인 것인가……."

"꼬여요? 뭐가 꼬였습니까? 제가 그렇게 못마땅하십니까? 그래요? 내가 뭘 잘못했다는 겁니까!"

오랜 세월 가슴속에만 품고 있었던 진파의 분노가 폭포수처럼 쏟아져 나왔다.

풍협이 조용히 말을 건넸다.

"그만 해라."

"뭘 그만 합니까! 당신은 내게 그런 말 할 자격이 없어요! 내게 이래라저래라 하지 마십시오!"

"오빠!"

"진파야!"

"말리지 마! 자식이라고 낳기만 하면 다 아버지인 줄 알아! 낳으면 뭘 해! 내팽개치고 갈 땐 언제고 이제 와서 또 뭐가 못마땅해! 뭐가! 뭐 어가아!!"

풍협의 눈빛은 진파가 고함을 지르는 동안 점점 가라앉고 있었다. 딱딱하게 굳은 그의 눈을 진파는 한껏 눈을 치뜨고 노려보고 있었다. 진파의 내공을 돋운 고함 소리에 광장 벽이 우르르 떨릴 지경이었다. 그때 엄청난 일갈이 터져 나왔다.

"그만 해!"

풍협의 한소리는 진파의 고함 소리를 단번에 잘라내며 광장을 관통했다.

"욱!"

진파가 신음 소리를 내뱉으며 몸을 비틀거렸다. 풍협이 내력의 방향을 조정했던 듯 유현과 벽화는 아무 이상도 없었지만 진파만이 홀로 비틀대고 있었다.

"오빠!"

벽화가 진파에게 달려가려 했으나 유현이 그녀의 팔을 잡았다.

"나서선 안 돼. 부자 간의 일이다."

진파가 몸을 바로 세우며 풍협을 노려보았다. 진파가 반항적인 웃음 소리를 흘렸다.

갑자기 진파가 와락 얼굴을 구겼다. 전신을 억누르는 엄청난 압력에 온몸이 터져 나갈 듯했다. 풍협의 유형화된 내력이 진파의 전신을 향해 쏟아졌다.

"뭐냐? 그 태도는? 지금까지 그런 식으로 강호행을 했더냐! 사람 말을 끝까지 듣지도 않고 제 성질대로 했어? 왜 네놈 기준으로 모든 걸 판단해! 네놈이 세상의 모든 걸 다 아느냐!"

준엄한 꾸짖음 소리가 진파의 귀를 울렸다.

진파는 그래도 전신을 누르는 풍협의 내력에 대항하려 했으나 소용이 없었다. 몸을 움직일 수가 없었다. 고개만은 빳빳이 쳐들고 풍협을 노려보려 했으나 조금씩 고개도 꺾이고 있었다.

"이놈! 눈 깔지 못해! 아비 말을 다 듣고도 그렇게 반항하면 그땐 봐주마! 당장 눈 깔아!!"

그 말을 듣고서야 진파의 눈이 조금씩 풀어지기 시작했다. 완전히 승복하지는 않았어도 눈자위에 떠오른 독기가 사라지는 것을 본 풍협이 그제야 내공을 풀기 시작했다.

"다 말해 주마. 내가 왜 꼬였다고 했는지. 네놈이 궁금해하는 것도 다 대답해 주마. 그때까지는 얌전히 좀 있어! 아비의 친우 앞에서 이 무슨 추태더냐!"

진파가 스르르 고개를 숙였다.

기분이 이상했다.

풍협의 꾸짖는 소리를 들으면서부터 진파는 슬며시 이상한 기분이 들기 시작했다. 마구 고함을 치며 터질 듯했던 가슴이 풍협의 꾸짖음을 들으면서부터 가라앉기 시작했다.

가슴속을 간질이는 미묘한 따뜻함. 분명 혼이 나고 있음에도 왠지 모르게 가슴이 설레었다.

풍협의 나직한 음성이 고개 숙인 진파의 뒤통수를 향해 들려오기 시작했다.

"원래…… 무적다가의 당대출도객은 자기 신분을 모르고 강호에 나선다. 이젠 너도 알겠지. 검보 하나만 달랑 들고 무적심공과 기초 무공만 익힌 채로 강호행을 시작한다. 그 검보가 너도 알고 있을 무적검보야. 무적검보를 다 익히게 되면 저절로 자기 신분을 알게 된다. 그게 우리 가문의 전통이다."

"어떻게 알게 됩니까?"

진파가 불쑥 고개를 들고 물었으나 풍협은 진중하게 말을 잘랐다.

"아비 말 이제 시작이다."

진파가 다시 고개를 숙였다.

진파를 옆에서 보던 유현은 피식 웃음을 흘렸다. 고개를 숙이고서 몰래 진파가 미소 짓는 것을 보았던 것이다.

'아버지한테 혼나는 게 기쁜가 보군. 귀여운……. 음, 저 녀석이 귀여운 놈이었던가?

유현이 엉뚱한 생각을 하는 사이 풍협의 음성은 계속 이어지고 있었다.

"초식을 깨달았다는 네 녀석 말부터가 잘못된 거야. 무적검보는 초식이 없는 것이다."

"하지만……."

"쯧쯧, 공 노인이 어지간히 부드럽게 키웠나 보군. 왜 그렇게 말이 많으냐? 일단 다 들어!"

"예……."

진파가 얼굴을 붉히며 고개를 숙이자 벽화도 그제야 사태를 파악했다. 십칠 년 만에 만난 부자의 이상한 화해를 지켜보는 벽화의 얼굴에는 웃음이 떠올라 있었다. 두 사람 다 벽화에겐 너무나 소중한 사람들이었다.

풍협의 조용한 음성이 광장에 흐르고 있었다.

"출도한 후예는 무적심공만 갖고 강호의 온갖 무공을 상대하게 된다. 단계를 밟아 성장하도록 뒤를 따르는 가신들이 유도하게 되지. 네 경우는 음양쌍괴 두 분이 그 임무를 맡았다만 아비 때문에 끝까지 널 따르지 못했다. 거기서부터 꼬인 것 같구나. 후……. 아비만 해도 검결상의 검의(劍意)를 바탕으로 내가 겪은 무공들을 재구성해 다섯 개의 초식을 만들었다. 네 조부님께서는 일곱 개를 만드셨고, 증조부께선 아홉 개의 초식이었다. 초식의 수를 줄일수록 무적검보의 뜻에 더 가까운 검이 된단다. 무적검보에 실린 검결엔 원래 초식이 없다. 갑골문으로 써 있는 글자들이 검결과 상관이 있는 건 사실이지만, 그 자체가 초식을 가리킨다는 건 네 착각이다. 물론 아비가 만든 무적검(無敵劍)은 그 갑골문과 관계가 있다. 초식을 구상할 때 심심해서 갑골문의 삐침들을 응용했거든. 하지만 그건 내 일대(一代)에 한한 것이다. 왜 그렇게 생각을 했는지 도무지 알 수가 없구나.”

풍협이 그 말을 끝으로 잠시 말이 없자 유현이 슬며시 머리를 긁었다.

“에…… 미안하네. 그건… 나 때문인 것 같군.”

의아한 눈으로 바라보는 풍협을 보며 유현은 쩝쩝 입맛을 다셨다.

“사실은…… 자넬 이기려고 자네 검법을 연구했다네. 삼초식까지는 거의 재현까지 해냈지. 그걸 보고 저 녀석이 확신한 모양이야. 쩝쩝.”

“그런…….”

벽화도 머리를 숙였다.

“저도…… 죄송해요. 그 갑골문이 초식 같다고 가르쳐 준 건 저였거든요…….”

풍협이 어이가 없는지 두 사람의 얼굴을 번갈아 보다 진파를 향해 눈을 돌렸다.

진파도 어이가 없는지 멍한 얼굴로 풍협을 바라보고만 있었다.

풍협이 끌끌 혀를 찼다.

“그랬군……. 그래서 네가 무적심공을 완성하지 못한 게로구나. 하지만 네 잘못만은 아닌 게로구나.”

“그럼…… 저는 새로 시작해야 합니까?”

“아니. 무적검보의 검결은 그런 게 아니다. 어떻게 시작했든 관계없어. 검결상의 구결들을 네가 어찌 해석하냐에 따라 네 검이 달라질 뿐이다. 단지 검결을 완전히 깨달아야만 한다. 그래야만 무적심공도 완성할 수 있지. 대개 심공의 깨달음이 기술을 좌우하지만 무적검결은 다르다. 우리 가전 무공의 특이한 점이지. 하지만 네 나이에 너의 경지에 이른 사람은 가문에서도 네가 최초다. 자부심을 가져도 좋아. 아비도 네 나이 때는 네 수준에 이르지 못했다.”

진파의 가슴에 무언가 뿌듯함이 차올랐다. 처음 듣는 아버지의 칭찬. 어딘가 간지럽지만 나쁜 기분은 아니었다. 어느새 점점 부드럽게 질문을 던지고 있었지만 진파는 미처 그것을 의식하지 못했다.

“검결을 자기 것으로 만들면 저절로 제 신분을 알게 된다고 하셨죠? 그게 무슨 뜻입니까?”

풍협은 무언가 망설이듯 눈을 깜박였지만 곧 결심한 듯 입을 열었다. 따뜻한 음성이었다.

“어차피 네 신분을 이미 알았으니 순서가 좀 바뀌어도 상관없겠지. 원래는 공 노인이 말해 줘야겠지만 내가 가르쳐 주마. 검결을 깨달아 무적심공이 완성되면 검보를 쥐고 무적심공을 운기해 보거라. 그렇게 하면 어떤 장소가 검보상에 그림으로 떠오른단다. 그곳을 찾아가면 모든 것을 알게 될 게다. 왜 우리가 그런 전통을 만들게 되었는지, 우리 가문이 어떤 내력을 지녔는지 모두 알게 될 게다.”

“거기가 어딥니까?”

“그건 말해 줄 수가 없구나. 넌 아직 자격이 없다.”

진파는 입맛을 다셨지만 별 불만은 없어 보였다. 마음이 많이 풀린 것도 사실이었다.

“그럼 이제 말씀해 주십시오. 왜 이런 곳에 그런 꼴로 계신 겁니까?”

풍협의 눈가에 잔주름이 잡혔다. 진파를 바라보는 따뜻한 눈에는 흐뭇한 기운이 서렸다. 진파의 음성에 섞인 안타까움이 그를 기쁘게 했던 것이다.

유현도 옆에서 물었다.

“나도 궁금하네. 여기 있는 사람들은 모두 무적다가의 가신들로 보이네만 왜 이들이 여기 있는 것인가?”

“긴 얘기네만······.”

“그래? 그럼 우선 밖에 있는 아이들부터 데려와야겠군.”

“계곡 밖에 일행이 더 있는가?”

“음. 철극양의 자식하고 그 정혼녀, 그리고 어여쁜 여자 아이들이 열한 명이나 있지.”

“쯧쯧. 자네 아직도 그 짓하고 다니나?”

“그 짓이라니?”

“연하(年下) 좀 그만 밝히게. 이제 부끄러운 줄 알아야지.”

유현이 입을 벌리고 폭소를 터뜨렸다.

“푸하하! 잘못 짚었네. 그 애들이 좋아하는 건 내가 아니라 자네 아들이라네.”

“음?”

풍협의 시선이 진파를 향했다. 진파는 엉거주춤한 태도로 몸을 일으켰다.

“제가 나가서 데려오겠습니다.”

“안개를 통과하는 방법은 알고?”

“이제 가르쳐 주시겠죠.”

“화제를 아주 잘 바꾸는구나.”

“유 숙의 많은 가르침이 계셨습니다.”

“아니, 저놈이?”

유현이 눈을 부릅떴으나 풍협은 고개를 끄덕였다.

“이해한다. 나도 저 친구 만나고 이상해졌다는 소리 많이 들었지.”

“자네?!”

유현이 어처구니가 없다는 듯 소리쳤으나 풍협은 그를 무시한 채 나직하게 진파를 향해 말했다. 유현은 콧바람을 내뱉었고, 벽화가 살짝 입을 가리며 웃음을 터뜨렸다.

“독에 당하지 않고 들어오는 방법은 두 가지다. 하나는 무적심공을 이용한 호신강기로 일행을 감싸고 들어오는 방법이고, 또 하나는 이 석전의 바로 위에 있는 절벽에서 뛰어내리는 거다. 내 잠시 독기를 거두어두겠다. 아주 잠시 동안만 가능하다.”

“두 번째 방법으로 하겠습니다.”

진파가 머리를 긁적이며 대답하자 풍협이 빙긋 웃음 지었다.

“그래라. 무적심공을 운용한 채 안개를 통과하면 나갈 때 아무 해가 없을 게다.”

“예.”

“저도 같이 다녀올게요.”

벽화가 나서자 풍협은 간단히 고개만 끄덕였다. 벽화를 치료할 때 이미 무적심공의 기초가 잡혀 있다는 것을 파악했기 때문이다.

진파와 벽화가 몸을 돌려 나란히 신법을 전개해 광장을 떠나갔다.

*   *   *

"젠장!"

철정은 거검을 가슴팍에 치켜들고 가쁜 숨을 내뱉었다.

그와 선지애는 열한 명의 소수마후가 둘러싼 원진 속에 파묻혀 철저히 보호받고 있는 상태였다. 그가 돌봐야 할, 아직 의식도 제대로 갖추지 못한 소수마후들이 오히려 그를 감싸고 있었다.

철정은 이렇게 자신의 무공이 모자람을 절감한 때가 없었다. 그동안은 유현과 진파가 곁에 있어 자신의 약함을 그리 느끼지 못했건만, 그들과 떨어지니 자신의 무력함이 너무나 절망스러울 뿐이었다.

"그만 포기하지 그래요?"

철정을 조롱하는 듯한 나직한 비웃음이 울렸다.

절벽으로 올라서자마자 쏜살같이 그들을 향해 내리 꽂혔던 거대한 학의 등에서 뛰어내린 두 사람 중 여자였다.

문곡과 함께 철정을 압박하는 염정의 목소리엔 숨길 수 없는 경멸의 빛이 떠올라 있었다.

"사내대장부가 여자들 품속에 숨어 있다니 부끄럽지도 않아요? 그만 포기하고 목이나 길게 늘이세요."

철정은 염정의 말을 반박할 틈도 없이 재빠르게 주위를 훑었다.

이후 이하 십일후까지 모두 자신의 판단대로 싸움을 수행할 능력은 아직 없었다. 공격이라면 몰라도 선지애와 자신을 보호하기 위해 수비에 치중하고 있는 지금으로선 철정의 낮은 안목으로 소수마후들의 움직임을 지시할 수가 없었다. 그들을 포위하고 있는 현성교의 인물들 중 철정이 몸놀림을 파악할 수 있는 자들은 단 한 명도 없었다.

철정은 자기 모멸감에 꾸욱 입을 다물었다.

'진파야··· 미안하다. 정말 미안하다!'

철정이 흔들리고 있음을 재빨리 간파한 선지애가 철정의 손을 잡았다.

"철랑, 동요하지 마세요. 곧 진 소협과 벽화 동생이 올 거예요. 조금만 버티면 돼요."

철정도 그것을 알고 있었다.

그들을 포위한 자들은 소수마후들이 더 이상 도망갈 수 없게 절벽의 사방을 압박하고 있었지만, 소수마후들을 당장 제압할 능력은 없어 보였다. 그들이 노리는 건 철정과 선지애였다. 어설프나마 소수마후들에게 진퇴를 명하는 것이 철정이라는 것을 문곡이 금세 파악한 결과였다.

현성교도들의 표적이 된 철정과 선지애를 보호하느라 소수마후들의 옷깃이 찢어져 바람에 휘날렸다. 그것을 보는 철정의 이맛살은 잔뜩 찌푸려졌다.

소수마후들만 있다면 몸을 피하는 것도 가능했다는 것을 철정은 잘 알고 있었다.

부풍무영을 펼친다면 이 까마득한 절벽에서 뛰어내려 몸을 숨기는 것도 불가능한 일이 아니었다.

그러나 철정과 선지애가 그녀들의 발목을 잡은 꼴이 되었다. 한 발씩 늦는 철정의 지시 때문에 소수마후들은 절벽을 뛰어내릴 기회를 놓치고 지금처럼 사방으로 포위된 나락에 떨어졌던 것이다.

"빌어먹을······!"

그때 문곡의 눈은 날카롭게 철정을 주시하고 있었다.

만리봉을 타고 온 이십여 명의 최정예만으로는 소수마후들을 사로잡기란 애초에 불가능한 일이었다.

임후생은 운기조식을 통해 간신히 뒤틀린 북명신공을 사귀의 독을 이용해 잠시나마 바로잡고는 북명소에 몸을 담그기 위해 현성교로 되돌아갔다. 임후생이 남긴 실마리를 찾아낸 문곡은 염정과 함께 이십여 명의 수하를 차출해 이곳 황산으로 달려온 터였다. 소수마후들을 제련했던 황산의 운중곡에 풍협이 있다는 것을 뒤늦게 떠올렸기 때문이다.

운중곡은 온통 독에 뒤덮여 현성교 측에서도 발을 들여놓을 수 있는 사람이 없었다. 죽음의 절지로 화한 그곳에 아직 풍협이 살아남아 있는지도 확인할 수 없었다. 무적다가의 가신들을 운중곡으로 유인했지만 그들의 생사도 확인할 수 없었다. 문곡은 그들 모두 죽음을 면치 못했을 것이라 생각하고 있었다. 현성교 측에서도 운중곡의 독을 제어하기 위해 연구를 거듭했지만 숱한 인명만 희생시켰을 뿐 성과를 거두지 못해 이제는 포기한 상태였다.

풍협이 섭혼술 쪽의 대가였음을 기억해 낸 문곡은, 검치가 인도하는 진파 일행이 소수마후들에게 남은 마지막 제령의 금제를 없애고자 풍협을 찾아 황산의 운중곡으로 향했으리라 확신하고 남은 터였다. 임후생은 문곡에게 소수마후들의 위치만 파악하라 당부했지만 진파와 벽화, 검치가 없는 소수마후 일행을 본 문곡은 욕심이 났던 것이다.

벽화와 진파마저 있었다면 문곡은 지켜보기만 하고 절대 나서지 않았을 터였다. 소수마후들을 제령술로 제압할 수 있는 사람은 오직 교주인 임후생밖에 없었다. 그러나 벽화가 없는 열한 명의 소수마후가 절벽으로 피하는 것을 보자 문곡은 절호의 기회임을 깨닫고 단숨에 그들을 포위했다. 소수마후들을 지휘하고 있는 철정만 제압하면 일거에 열하나의 소수마후를 회수할 수 있는 기회였다.

'됐어!'

문곡은 내심 쾌재의 환성을 질렀다. 철정이 눈에 띄게 동요하고 있음을 단숨에 파악했던 것이다. 계속된 정신적인 압박감을 견디지 못하고 철정의 굳건했던 자세가 차츰 무너지는 것이 그를 즐겁게 했다.

"염정, 기회다! 둘이 단숨에 뛰어든다. 저 녀석은 얼이 빠져서 미처 지시를 내릴 틈도 없을 거야! 여자와 저 녀석을 우리가 맡는다. 녀석만 제압하면 남은 소수마후들은 허수아비야!"

"신호를 보내세요."

"셋 하면 움직인다. 하나, 둘, 셋!"

문곡의 셋 신호와 동시에 둘의 몸이 사라졌다.

철정의 손을 잡은 채 계속 그들을 주시하던 선지애가 깜짝 놀라 소리쳤다.

"철랑!"

선지애는 몸을 던져 철정을 안고 납작 땅바닥에 엎드렸다. 뒤늦게 사태를 알아차린 철정이 부르짖었다.

"놈들을 막아!"

슈와아아아아—

철정과 선지애의 눈에는 보이지도 않건만 소수마후들은 문곡과 염정의 신형을 향해 무지막지한 소수의 공세를 쏟아 부었다.

"이런!"

뜻밖에 선지애가 나서자 당황한 문곡의 일성이 흘렀다.

파파파팡.

몇 개의 파공음이 허공에서 터져 나오며 문곡과 염정의 몸이 좌우로 갈라서 절벽 끝에 내려섰다.

"역시 소수마후 열한 명의 합공은 무섭군요. 정면으로 받아냈다면 무사하지 못했을 거예요."

염정이 파랗게 질린 얼굴로 문곡에게 전음을 보냈다. 문곡이 이를 갈았다. 선지애를 생각하지 못한 것이 그의 패착이었음을 뒤늦게 깨달았던 것이다.

"저들을 압박하자. 틈을 봐서 여자를 먼저 해치워! 남자의 주위는 내가 돌리겠다."

"알았어요."

문곡은 소수마후들을 포위하고 있는 이십여 명의 절정고수를 향해 길게 소리쳤다.

"현성차륜소진(玄星車輪小陣)을 펼친다!"

문곡이 선두를 내달리며 소수마후들의 주위를 휘돌기 시작했다. 이십여 명의 검은 인영이 몸을 날리며 문곡의 뒤를 따라 자욱한 먼지를 뿜어내기 시작했다.

"헛!"

갑자기 소강 상태를 깨고 퍼붓기 시작하는 공격에 철정이 잔뜩 긴장해 헛바람을 내뱉었다. 철정의 고개가 휙 돌아갔다.

"저들의 공세를 모두 막아내!"

소수마후들의 주위를 휘도는 검은 그림자들 사이로 갑자기 무수히 많은 사람들의 그림자가 떠올랐다. 얼마나 빨리 도는지 온통 검은 장막이 쳐져 눈앞을 가로막는 듯 보였다. 거센 압력에 머리카락이 휘날리고, 눈조차 제대로 뜨기 힘들 지경이었다.

슈와아아아아—

파파파파파팡! 챙챙챙챙!

병장기와 소수가 맞부딪치는 격한 소리가 절벽의 정상을 가득 울렸다.

점차 가중되는 거센 차륜진의 압박에 소수마후들이 조금씩 절벽의 끝으로 몰리기 시작했다.

"지애, 진법을 돌파해 절벽을 뛰어내려야겠어! 삼후에게 지애를 안으라 할 테니 놀라지 마!"

"알았어요, 철랑!"

철정의 일갈이 울렸다.

"모두 절벽을 뛰어내려! 이후는 나를 안고, 삼후는 지애를 안는다!"

철정의 명령에 따라 이후와 삼후가 각기 철정과 지애를 안은 채 절벽을 향해 몸을 날렸다. 옷깃을 펄럭이며 열하나의 소수마후가 동시에 부풍무영을 시전하는 일대 장관이 펼쳐졌다.

"지금이야!"

문곡의 손에 들렸던 철선의 끝에서 바람을 가르는 파공음이 터져 나왔다. 철정을 겨눈 철선에서 귀를 멀게 하는 듯한 거친 소리가 뿜어져 울렸다.

쐐액—

"억! 저걸 막아!"

허공에 뜬 이후에게 안긴 채 무엇인지 분간도 안 가는 암기를 쳐내라 명령하는 동안 철정은 그만 선지애를 시야에서 놓치고 말았다.

이후가 가볍게 철선에서 발사된 쇠침을 팅겨낼 때, 철정은 그만 죽어서도 잊지 못할 비명 소리를 듣고야 말았다.

"악―!"

선지애의 높은 비명이 구슬프게 울렸다.

문곡과 동시에 손을 쓴 염정의 비수가 선지애의 가슴에 틀어박혀 있었다. 삼후의 어깨에도 염정의 비수가 꽂혀 부르르 흔들리고 있었다.

칠성 중 한 명이며, 현성교 제일의 비도술(飛刀術)을 자랑하는 염정의 비수가 삼후의 어깨를 노려 선지애를 떨어뜨리게 하고 그녀의 가슴에 비수를 박아 넣었던 것이다.

철정의 수비 명령을 듣지 못한 삼후는 경공만을 펼치다 속수무책으로 염정의 공격에 당하고 말았다. 삼후가 놓친 선지애가 아득한 절벽의 끝으로 떨어져 내렸다.

"지애에―!"

철정이 이후에게 안긴 채로 목 놓아 선지애를 불렀지만 선지애는 커다란 눈만 안타깝게 부릅뜬 채 삽시간에 운해 속으로 사라지고 말았다. 가슴에 꽂힌 비수가 반짝하고 빛을 반사해 내며 선지애는 모습을 감추었다.

"지애에에―!"

선지애의 추락에 냉정을 잃은 철정은 이후의 손을 풀려고 안간힘을 썼다.

"놔! 놓으란 말야!"

이후가 어찌 사리 판단을 하겠는가. 철정의 명을 받은 이후는 무정하게도 허공에 뜬 상태로 철정의 허리를 놓아버렸다. 운해가 가까워지는 것을 느끼며 철정의 시야는 뿌옇게 흐려져 왔다.

'지애, 나도 같이 간다. 죽자, 함께 죽자!'

그때 철정이 절벽에서 떨어지는 방향을 향해 날듯이 달려가는 두 사람이 있었다.

문곡과 염정이었다.

철정의 지시를 잃은 소수마후들이 무질서하게 절벽을 뛰어내리고 있었다. 부풍무영을 펼치며 연꽃이 휘날리듯 천천히 운해 속에 잠겨드는 소수마후들을 보며 문곡의 마음은 급해졌다. 철정을 제압해야만 소수마후들을 회수할 수 있을 것 아닌가!

조금만 더 몸을 날리면 철정을 잡아챌 수 있을 텐데, 갑자기 분노에 찬 여인의 일성이 귀청을 때렸다.

"모두 현성교 놈들을 공격해! 어서!"

문곡과 염정은 철정에게 향하던 신형을 급히 틀어야 했다. 어느새 나타난 벽화의 소수가 그들의 전신을 향해 우박이 쏟아지듯 내리 꽂히고 있었다. 게다가 벽화의 명령에 따라 소수마후 열한 명이 운해 속에서 물찬 제비처럼 솟구쳐 올라오는 것이 눈에 띄었다. 삽시간에 문곡과 염정의 머리를 뛰어넘은 소수마후들의 하얀 손이 현성교의 이십여 명의 복면인을 급습했다.

"크아악!"

퍼퍽!

비명 소리와 파육음이 뒤섞여 절곡 정상은 끔찍한 피비린내에 휩싸였다. 열한 명의 소수마후가 스무 명의 현성교도를 쓸어버리기까지는 촌각의 시간도 걸리지 않았다. 벽화의 명을 받는 그들은 성난 호랑이처럼 날뛰었고, 소수마후들의 손에 걸린 현성교도들은 제대로 저항도 하지 못한 채 목숨을 잃고 말았다.

"이런! 후퇴해!"

문곡이 안타까운 탄성을 발하며 염정과 함께 뒤로 물러섰다.

그때 운해 속에서 검은 인영 한 명이 세차게 구름을 뚫고 솟아올랐다.

간발의 차이로 철정을 잡아챈 진파였다. 진파의 얼굴이 온통 새빨갛게 변해 있었다.

"이런 처죽일 놈들!"

진파의 고함은 자책 어린 분노가 뒤섞여 처절하기 짝이 없었다. 조금만 더 일찍 나왔더라면 선지애를 구할 수도 있었다. 조금만 더 일찍 나왔더라면……

문곡은 염정과 함께 최고의 속도로 신형을 날리며 손가락을 입에 넣어 삐이익— 하고 휘파람을 불었다. 만리붕만큼 빠르진 않지만 혹시 몰라 데려왔던 선학이 문곡과 염정을 향해 허공에서 내리 꽂히고 있었다.

"도망갈 수 있을 것 같으냐!"

진파의 신형이 허공을 도약하며 선학을 향해 치달려 올라갔다.

"벽화야! 저놈들 죽여!"

"알았어!"

벽화의 명이 떨어지자 열하나의 소수마후는 문곡과 염정의 주변을 물샐틈없이 포위하고, 우박처럼 소수를 내뿜기 시작했다. 이제 소수마후들은 철정의 수동적인 명령에 뒤늦게 움직이는 고장난 인형이 아니라 일후의 명을 맹목적으로 따르는 무서운 군단으로 변해 있었다.

그 순간 진파의 오른팔이 선학을 향해 쭉 뻗어 올랐다.

끄와아아—

진로를 막는 진파를 향해 날카롭게 부리 짓을 하던 선학의 머리가 피를 뿌리며 떠올랐다. 연혼사가 만든 피보라였다.

“백아!”

문곡의 안타까운 음성이 울리며 커다란 선학은 목이 잘려 운무 속으로 추락해 떨어졌다.

휘리릭, 벽화의 옆에 떨어져 내린 진파가 철정을 내려놓고는 몸을 날렸다.

새빨간 가면을 뒤집어쓴 것만 같은 진파의 얼굴은 냉막하게 굳어 추호의 인정도 보이지 않았다.

이미 이성을 잃은 진파는 패색이 역력한 문곡과 염정을 살려둘 마음이 없었다. 선지애를 구하지 못했다는 날카로운 자책감이 진파의 분노를 노도처럼 일으켰던 것이다.

“이 거머리 같은 놈들!”

삼후의 어깨를 밟으며 재차 도약한 진파의 몸이 문곡과 염정의 머리 위에 떠올랐다.

눈 깜짝할 사이 자신들의 머리 위에 도달한 진파를 보고 문곡과 염정은 경악을 금치 못했다. 동선을 해치웠고 관유마저 죽였지만, 잘해야 그들과 동수일 것이라 생각했던 진파의 무위가 상상을 초월했던 것이다. 진파의 움직임이 제대로 눈에 잡히지도 않았다. 문곡과 염정은 진파의 팔이 좌우로 쫙 펴지는 것을 보며 다급히 철선과 비수를 진파에게 쏟아 부었다.

문곡의 손을 떠난 검은 철부채가 마치 원반이 회전하는 것처럼 공기를 가르며 날아갔다. 그 뒤를 호위하듯 삼십육방을 제압해 날아가는 염정의 비수들이 진파를 노리고 쏘아졌다.

그러나 진파는 두 눈을 부릅뜬 채 철선과 비수들을 하나도 피하지 않고 활짝 펼친 두 팔을 확 잡아챘다.

좌아아아아아—

허공을 찢어발기는 이상한 기음이 울려 퍼졌다.

벽화는 한순간 시간이 멈추는 것을 보는 것만 같았다. 소수마공이 절정에 달한 그녀는 진파의 양 손목에서 뻗어 나온 연혼사 스무 가닥이 꼿꼿이 곤두서서 제각기 독립한 스무 개의 칼처럼 움직이는 것을 똑똑히 볼 수가 있었다.

한 방향으로 움직이는 것이 아니라 살아 있는 것처럼 철선과 비수들을 가르는 연혼사들. 단숨에 문곡과 염정의 무기를 잘라 버리고 사방팔방으로 휘몰아쳐 문곡과 염정의 몸뚱어리를 스무 차례 가까이 후려치는 연혼사의 폭풍을 볼 수 있었다.

진파가 바닥에 내려서자 그와 동시에 문곡과 염정의 몸이 폭발이라도 하듯 피분수를 터뜨리며 조각이 나 무너져 내렸다.

삽시간에 피바다로 변한 절벽의 정상에 그제야 한줄기 바람이 느껴졌다.

진파는 아무 말 없이 몸을 돌려 철정에게 걸어갔다. 이렇게 한다고 해서 죽은 선지애가 살아나지는 않을 것이다. 형편없이 무너져 있는 철정의 표정이 진파의 눈을 아프게 찔렀다.

"진파야……. 지애, 지애가 떨어졌다……. 가슴에 칼을 맞았어. 나도 죽게 해다오. 날 저 아래로 던져 줘……! 날 죽여줘……!"

자신의 방심 때문에 선지애를 구하지 못했다고 자책하는 철정의 얼굴엔 절망이란 감정밖에는 담겨 있지 않았다. 그의 눈에서 뜨거운 눈물이 펑펑 흘러내리고 있었다.

"아직… 희망을 버리지 말자……. 선 소저는 안 죽었을 거야. 희망을… 갖자!"

진파는 이를 악물고 벽화를 돌아보았다.

"모두… 선 소저를 찾아 절벽 사면을 샅샅이 훑자! 죽지 않았을 거야! 그렇게 허무하게 죽을 사람이 아냐!"

무어라 입을 열려던 벽화는 진파가 살짝 고개를 흔들자 가볍게 한숨을 쉬고는 소수마후들을 이끌고 절벽의 끝으로 걸어가기 시작했다.

진파는 철정을 부축한 채 제일 먼저 몸을 날려 절벽 사면을 내달리기 시작했다.

그 뒤를 따라 벽화를 포함한 열두 명의 소수마후가 꽃처럼 운해 속으로 잠겨들었다.

진파와 벽화가 어깨를 나란히 한 채 침묵을 지키며 광장으로 들어섰다. 어깨를 축 늘어뜨린 철정이 비틀대며 그 뒤를 따르고 있었다.

유현은 반갑게 그들을 맞으려다 심상치 않은 그들의 분위기를 보고는 얼른 일행을 하나하나 돌아보았다. 진파와 벽화를 제외한 나머지 소수마후들은 하나같이 먼지투성이였고, 옷자락이 찢어져 엉망이었다. 게다가 꼭 보여야 할 한 명이 보이지 않았다.

"정아, 지애는 어디 있느냐?"

철정은 눈을 들어 유현을 바라보다 말없이 뚝뚝 눈물을 떨어뜨리고 말았다.

"정아!"

"아저씨……. 크흑!"

그 자리에 무릎을 꿇은 철정이 차마 통곡을 하지는 못하고 끅끅 받은 울음을 토해내기 시작했다.

"어떻게 된 거냐?"

철정에게 묻지 못하고 진파에게 고개를 돌리자 진파는 침울한 얼굴로 고개를 떨어뜨렸다.

"밖에서… 현성교 놈들이 따라붙었나 봅니다. 이젠 추적하지 못할 거라 생각했는데……. 제가 방심했나 봅니다. 선 소저를 잃었습니다……."

"뭐야! 지애를 잃어? 놈들에게 납치당했다는 말이냐!"

"절벽에서 비수를 맞고 추락했는데…… 아무리 뒤져도 찾지 못했습니다. 납치라도 당해 살아만 있었으면… 합니다……."

"허……!"

유현이 뜻밖의 비보에 말을 잇지 못하고 한숨만 토해냈다.

그때 풍협의 전음이 유현의 귀에 들렸다.

"일단 아이들의 흥분을 좀 가라앉혀야겠네. 동쪽으로 가면 동굴 벽을 판 방이 몇 개 있으니 운기라도 시키며 마음을 다잡아주게나."

유현은 고개를 끄덕이고는 진파와 함께 철정을 부축해 광장의 동쪽으로 걸어가기 시작했다.

그들의 등을 바라보는 풍협의 눈에 어두운 기색이 스쳤다.

'시간이 얼마 없겠군…….'

두 시진이 지나자 풍협은 유현을 청해 진파와 벽화를 그의 앞에 데려오게 했다. 철정은 아직 충격을 이기지 못해 소수마후들에게 돌보라고 벽화가 명한 상태였다. 어린아이 수준의 지력밖에 갖지 못한 소수마후들이었지만, 오히려 그 때문이었을까. 그들은 철정의 숨죽여 우는 울음에 짙은 동정을 표하며 머리를 쓰다듬어 주고는 했다.

운기조식을 하고 있는 철정을 지키라고 하자 그들은 장승처럼 서서 철정의 주위를 호위했다. 짙은 안타까움을 눈에 품고서.

침울한 분위기였지만 유현과 진파, 벽화는 모두 풍협의 말을 경청하고 있었다.

벽화를 치료하고 나머지 소수마후들을 치료하려다 기습을 받아 내상을 입었다는 풍협의 말에 벽화는 얼굴을 들지 못했다. 풍협은 부드럽게 웃으며 벽화의 탓이 아니라 말해 주었지만, 벽화는 고개를 들 수 없었다.

진파는 벽화의 마음을 달래주려는 듯 재빨리 풍협에게 질문을 던졌다.

"그들이 독으로 공격했던 것입니까?"

"그건 아니다. 뜻하지 않은 내상을 입고 그들의 허를 찌르기 위해 더 깊은 곳으로 잠입했던 것인데……. 거기서 운기조식을 하다 중독되고 말았지."

"어떤 독이기에 자네가?"

유현이 묻자 풍협은 시선을 돌려 유현을 바라보았다.

"결론부터 말하면…… 이 독은 일종의 시독(屍毒)이네."

"시독이라면 시신에서 발생한 독이라는 말씀입니까?"

진파의 반문에 풍협은 고개를 끄덕였다.

"그래."

"시체 썩는 냄새 같은 건 나지도 않는데요?"

"그건 내가 이 독을 중화하고 있기 때문이다. 처음엔 말도 못할 시취가 코를 찔렀지."

"자네 몸이 박혀 있는 그 뿌리로 중화를 하는 건가? 아까 보니 그것으로 우릴 해독한 듯 보이네만."

“맞네. 원래는 이 벽 뒤에 기관이 있었지. 현성교의 눈을 속이고 감쪽같이 잠입했네만…… 이 벽 안의 공간엔 시신들이 가득 차 있었네. 달리 다른 장소를 찾을 수도 없어서 그곳에서 요상을 시도했지. 그 때문에…… 이 독에 중독되었네.”

그때 벽화가 고개를 들고 떨리는 목소리로 물었다.

“혹시…… 그 시신들이 여자 아이들의 시체였나요?”

풍협은 벽화를 잠시 바라보다가 고개를 끄덕였다. 그의 시선엔 안쓰러움이 담겨 있었다.

“맞단다.”

벽화의 신형이 비틀댔다. 진파가 얼른 부축했지만 벽화는 진파의 손을 가만히 밀어내며 풍협을 향해 물었다. 벽화의 눈빛이 흔들리고 있었다.

“그 애들 시신이…… 아직 남아 있나요?”

“아니. 이젠 찾을 수 없단다. 모두 독에 녹아들었지.”

벽화의 눈에 어느덧 뿌연 물막이 고였다.

풍협이 본 시신들은 소수마후가 되는데 실패했던 친구들이 분명했다. 어딘가로 시신을 옮겨가는 줄로만 알고 있었지 바로 벽 하나를 사이에 두고 버려져 있는 줄은 정말 몰랐다. 살아서도 온갖 고초를 받다가 죽어서는 독(毒)으로 변해 버린 친구들……. 현성교에 대한 저주였을까? 죽어서도 그냥은 눈 감을 수 없었던 것일까? 벽화는 고개를 숙이며 꼬옥 주먹을 움켜쥐었다.

“그럼 그 나무뿌리 같은 것들의 정체는 뭔가?”

유현의 묵직한 음성이 들렸다.

풍협은 잠시 침묵을 지키며 벽화를 바라보다 다시 말을 잇기 시작했

다. 꼭 해야만 하는 말이었고, 계곡을 벗어나기 위해서는 이들도 알아
야 할 사항이었다.

"요상을 하던 중 중독되었음을 깨달았지. 천장의 구석에 은신해 요
상 중이었는데 불행하게도 그곳이 독의 발생지였네. 의식을 했을 땐
이미 중독이 되어 있었고, 저항하면 할수록 중독이 심해졌지. 내 몸이
이렇게 검게 변한 게 바로 그때부터라네. 무적심공으로 간신히 버티고
있었는데, 그게 오히려 독의 생장을 촉진시켰나 보더군. 어떤 공명이
있었는지는 모르지만 이 독은 무적심공에 반응해 급속히 퍼지기 시작
했네. 그때부터 이 독은 벽을 넘어 계곡 전체로 퍼지기 시작했지. 당황
한 현성교 측에서는 아예 이 훈련장을 버리고 완전히 철수해 버렸네."

"용케 들키지 않았군."

"아니, 그들도 내 존재를 알았네. 하지만 손을 쓸 수가 없었지. 어떤
용독의 대가라도 이 독엔 저항할 수가 없었으니까. 완전히 새로운 독
이라네. 독의 영향권 아래 들어오는 자들은 무공의 고하를 막론하고
누구든 죽어버렸지. 처음 이 독은 지금보다 훨씬 무서웠다네."

"밖에 있는 진(陣)은 그럼 현성교에서 철수한 후에 자네가 설치한 것
인가?"

풍협은 눈을 감았다 뜨며 유현의 질문에 긍정을 표했다.

"워낙 치명적인 독인지라 이 계곡 안에 가두기 위해 칠성벽쇄진(七
星壁鎖陣)을 설치했지. 아예 아무것도 들어오지 못하도록 완전히 폐쇄
하려 했지만 중간에 독이 발작해 완성을 못하고 말았네. 그때만 해도
움직일 수 있었지만 지금은 보다시피 이 꼴일세. 멋모르고 이 계곡에
들어와 죽은 생령들이 상당할 게야……. 안개를 이용해 독만 계곡에
가두고 말았지. 그땐 그게 최선이었네."

자신도 중독이 된 상태였지만 다른 생명을 구하기 위해 독의 유포를 막았다는 풍협의 말에 모두 고개를 끄덕였다. 특히 진파는 발그스름하게 양 볼이 상기되어 풍협을 바라보고 있었다.

"왜 움직이실 수 없게 된 것입니까?"

"이 독은 한 번 중독되면 계속 몸 안에서 독이 성장한다. 독이 독을 만들고, 성장한 독은 같은 독성을 계속 필요로 하지. 진을 설치하다가 발작을 일으켜 다시 이곳으로 되돌아와야 했단다. 몸이 독을 원했지. 발작이 멈추고 독으로 몸의 균형을 이루었을 땐 이미 움직일 수가 없었지."

풍협은 엷은 웃음을 지었다. 자신의 몸에 일어난 비극을 이야기하면서도 그의 음성은 담담하기만 했다.

"눈을 뜨니 이미 내 몸은 이 뿌리 같은 것에 완전히 휘감겨 있었다."

"몸을 구속할 정도로 이놈들이 강하단 말씀입니까? 그 정도는 아닌 것 같던데요?"

진파가 안타까운 듯 물었지만 풍협은 계속 엷은 웃음을 지을 뿐이었다.

"내 손으로 유일한 희망의 끈을 자를 순 없었지. 이놈들은 사실 나무가 아니란다. 일종의 균사(菌絲)야. 새로운 독이 출현하자 새로운 생명이 태어난 것이랄까? 시독을 먹고 자라는 놈들이다. 정말 무서운 생명력을 갖고 있는 놈들이지. 이놈들이 아니었다면 내 목숨은 예전에 끊어졌을 것이다."

"이것들이 버섯이라고?"

유현이 놀란 표정으로 묻자 풍협이 웃음을 머금었다.

"꼭 나무뿌리나 실뱀들처럼 보이지? 하지만 버섯이 맞다네. 약간의 지능도 있지. 내 뜻에 따라 움직이기도 한다네."

풍협의 몸을 휘감았던 실 뿌리 하나가 유현을 향해 나풀거리며 다가 들었다. 눈앞에서 이리저리 움직이는 실 뿌리를 보며 유현이 감탄성을 흘렸다.

"이게 자네 뜻대로 움직인다고? 정말 대단하군."

"많은 시간이 필요했지. 이놈들도 내가 필요했고 나도 이놈들이 필요했으니 서로 도움을 주고받은 것이라네. 내 몸은 시독을 모으는 용기(用器) 역할을 했고, 이놈들은 내가 죽지 않도록 해주었으니까 공평한 세월이었다 할 수 있네."

"자네 고초도 적지 않았군."

"독인이 되어보는 흔치 않은 경험을 했지."

유현은 진심으로 감탄해 풍협을 바라보았다.

위기를 기회로 바꾼다는 말은 누구나 할 수 있지만, 아무나 실행할 수 있는 것은 아니다. 언제나 감탄해 왔던 낙관적인 풍협의 자세가 유현은 실로 경외스럽기까지 했다. 자신도 마성에 빠졌었지만 그것에 휘말려 들어 스스로를 망각했을 뿐, 그것을 넘어서지는 못했지 않은가. 넘을 수 없는 차이를 본 것만 같아 유현은 아득한 기분을 느꼈다.

'이게 바로 풍협의 진정한 저력인가 보군…….'

그때 진파의 질문이 유현의 상념을 깼다.

"그런데 할배와 할멈은 왜 여기 있죠? 이분들은 왜 여기에 계신 겁니까?"

"왜 지금에야 이곳에 온지는 나도 모르겠다. 이곳이 현성교의 거점 중 하나임을 발견하고는 가문의 표지를 남겼던 것인데, 얼마 전에야 왔더구나. 아마도… 현성교 쪽에서 그 표지를 감추었다가 일부러 노출시킨 듯하다. 오랜 시간을 들여 독의 중화에 거의 성공한 참이었는데 이들이 모두 중독되는 바람에 계획이 늦어졌다. 지금 이들을 해독시키고 있는 중이지. 인원이 많아 시간이 좀 걸리는구나. 원래 계획대로라면 지금쯤 이곳을 벗어날 수 있었는데 말이다."

풍협이 안타깝다는 듯 끌끌 혀를 찼다.

진파가 다급하게 물었다.

"그럼 이곳을 벗어나실 수 없다는 말씀이십니까?"

"지금은 그렇다. 아직 이놈들이 없으면 난 살 수가 없단다."

풍협이 따뜻한 눈으로 진파를 바라보았다. 진파의 걱정하는 마음이 전해져 와 훈훈한 기쁨이 느껴졌던 것이다.

"방법을 못 찾으셨습니까?"

안타까운 얼굴로 진파가 물었다.

"처음엔…… 이놈들을 이용해 완전한 해독을 하려 했지만 실패했다. 이 독은 그 성질이 기이해 한 번 중독이 된 사람을 만지기만 해도 이차 중독이 되지. 다른 사람들은 이놈들로 해독할 수가 있다만…… 나는 불가능하다."

"왜요?"

"다른 이들의 경우엔 중독되었다는 표현이 맞겠지만 내 경우는 다르다. 이미 내 자신이 이 독 자체이기 때문이지. 해독을 시킨다는 의미는 나의 죽음을 의미한단다."

"그럼 영원히 그런 꼴로 계셔야 한단 말입니까?"

진파의 목소리가 커졌다.

광장을 울리는 진파의 음성에는 안타까움과 회한이 뒤섞여 듣는 이의 애를 끓게 했다.

풍협은 빙긋 웃으며 일그러진 진파의 얼굴을 바라보았다.

“그렇지는 않다. 시도해 볼 방법은 또 있지.”

“정말이요?”

“물론.”

“뭔가요? 그게!”

풍협은 진파의 질문에 즉시 대답하지 않고 진파를 바라보기만 했다.

“먼저 네가 왜 나를 찾았는지 듣고 싶구나. 네 신분을 알긴 했다만 스스로 알아낸 것이 아니니 나를 많이 원망했을 게다. 그런 네가 날 찾아온 것엔 뭔가 피치 못할 사정이 있었나 본데……. 그 이야기부터 듣자.”

“하지만…….”

“시간은 없지만 어차피 하루 이틀에 시행할 수 있는 방법이 아니다. 우선 네 이야기를 먼저 듣고 싶구나. 나는 아비로서 네게 못해 준 것이 너무나 많다. 뭔가 해주고 싶단다. 아비 마음을 헤아려 다오.”

진파는 고개를 숙였다.

우회적이었지만 풍협은 자신에게 사과를 하고 있었다. 진파는 그것이 기쁘기만 했다. 꼭꼭 눌러두었던 십칠 년 울화가 봄눈 녹듯이 사라지는 기분에 진파의 가슴은 떨리기까지 했다. 그 때문에 시간이 없다는 풍협의 말을 새겨듣지 못한 진파였다.

진파는 풍협을 바라보며 소수마후들의 현재 상태와 현성교의 심어제령술에 대해 자세히 설명하기 시작했다.

“…그래서 그 애들을 치료해 주셨으면 합니다. 의식이 남아 있다면 찾아주고 싶고, 그렇지 못하더라도 현성교의 제령에서는 벗어나게 해주고 싶습니다.”

진파는 조금 망설이다 풍협의 눈을 보며 덧붙였다.

“부탁합니다, 아버…… 지.”

풍협은 자애로운 눈으로 진파를 바라보다 씨익 미소 지었다.

"알겠다. 하지만 너도 해야 할 일이 있구나."

"뭐든 하겠습니다!"

진파가 힘차게 대답하자 풍협은 여전히 빙긋하며 그 신비한 미소를 머금었다. 검은 균사의 덩어리에 온몸이 잠식당한 풍협이었지만, 그 당당한 미소에는 왠지 사람들을 안심시키는 무언가가 있었다.

"그 애들이 당한 섭혼대법은 방법만 알면 지금의 너도 치료할 수 있다. 하지만 당분간 치료는 내가 맡겠다. 너는 그동안 무적심공을 한 단계 높여야 한다."

치료를 맡겠다는 말에 얼굴을 환히 밝히던 진파는 무적심공의 대성이라는 말에 고개를 갸웃거렸다.

"검결을 깨달아야 심공을 대성할 수 있다면서요? 제가 깨달은 무적검결은 잘못된 것이라 하셨지 않습니까? 지금 상태로 무적심공을 수련할 수 있을까요?"

"그렇지는 않다. 게다가 너는 이미 너만의 검결을 갖고 있는 듯 하구나. 검치에게 네 무공에 대해 들었다."

"제 무공이요?"

"그래. 연혼사를 쓴다고 했지?"

"예, 할배가 줬습니다."

풍협의 얼굴에 피식 하고 웃음이 떠올랐다.

"공 노인이 왜 연혼사를 줬는지는 알 만하구나. 나에 대한 반감이었겠지."

"그게 무슨 말씀이신지……?"

"그건 나중에 공 노인이 깨면 직접 들거라. 어쨌든 넌 연혼사에 내력을 주입해 칼처럼 쓴다면서?"

"예. 연혼도라는 수법입니다. 출도 전에는 불가능했는데 지금은 마음대로 다룰 수 있지요."

"한 번 시전해 보거라."

"여기서요?"

"칼처럼 세워보기만 하렴."

알 수 없는 풍협의 주문에 진파는 양 손목을 떨쳐 내 연혼사 스무 가닥을 모두 빼냈다. 진파의 무적심공이 발동하자 연혼사 스무 가닥이 생명을 가진 뱀처럼 일제히 꼿꼿이 곤두섰다. 풍협의 얼굴에 감탄한 표정이 스쳤다.

"하나하나 제어하기가 만만치 않을 텐데 모두 동시 제어가 가능한 모양이구나."

"예. 얼마 전부터 가능해졌습니다."

"그만 회수하거라."

"예."

진파가 연혼사를 모두 회수하자 풍협은 진파에게 질문을 던졌다.

"이제 알겠느냐?"

"뭘 말입니까?"

"너의 검결은 따로 있다는 말 말이다."

잠시 고개를 갸웃하던 진파가 갑자기 무언가 깨달은 듯 풍협의 얼굴을 바라보았다.

"혹시……?"

풍협의 얼굴에 만족한 미소가 떠올랐다.

"그래. 너는 한꺼번에 스무 자루의 검을 다루는 검객이라 할 수 있다. 연혼사는 아주 미세한 연검이라 보아도 무방하지. 그게 바로 네 검이다."

"그게 가능한 겁니까……?"

"허리에 찬 검까지 합한다면 스물한 자루의 검을 쓴다고도 할 수 있지. 초식이란 다른 게 아니다. 어떻게 자신의 몸과 무기를 쓰느냐는 몸에 맞는 규칙을 발견해 내는 것에 불과하다. 너는 네가 가진 검에 맞는 검결을 세우면 될 뿐이다. 어떤 식으로 연혼사와 네 검을 사용했는지 잘 생각해 보고, 너 스스로 체계를 세워보도록 해라. 이미 나름의 법칙이 몸에 익어 있을 것이다. 그것을 토대로 최대한 빨리 깨달아야 한다."

"빨리요?"

진파의 반문에 풍협은 여전히 미소를 머금고 있었다.

"내가 당한 이 독은 무적심공에 감응하는 이상한 기질이 있다. 해독을 포기한 나는 아예 새로운 독공을 창안했다. 무적독공(無敵毒功)이라 이름 붙였지. 거의 성공할 찰나였는데 가신들을 치료하느라 독공이 분산되고 말았구나. 네가 도와주면 다시 독공의 완성을 시도할 수 있다. 그렇게 되면 내 몸도 자유를 찾을 수 있지. 그러기 위해선 네 무적심공이 한 단계 더 성장해야 한다. 지금의 네 경지로는 불가능하다."

"왜 빨리 깨달아야 하는지는 아직 말씀해 주시지 않았습니다. 어째서죠?"

진파가 다그쳐 묻자 풍협의 미소가 조금 더 짙어졌다.

"현성교에서 이곳을 그냥 방치해 둔 것은 내 생사를 확인할 방법이 없었기 때문이다. 하지만 이제 너희가 이곳에 있는 것이 알려진 것이나 마찬가지다. 현성교에서는 소수마후를 회수하러 반드시 올 것이다. 시간이 얼마나 있을지 자신할 수 없구나."

“예엣?”

깜짝 놀란 진파가 벽화와 유현을 다급히 돌아보는데 조용한 음성이 진파의 귀에 울렸다.

“진파야.”

“예.”

“서두르지 말아라. 너는 무적다가의 후손이다. 한 걸음씩 내디디면 언젠가는 정상을 밟을 수 있다. 눈앞의 일에 최선을 다해라.”

진파는 고개를 돌린 채 풍협의 얼굴을 마주 보고 있었다. 여전히 풍협은 미소를 머금고 있었다. 온몸이 독에 잠식당해 움직이지도 못하건만 풍협의 얼굴엔 굳건한 자신감이 깔려 있었다. 그 당당한 태도가 진파의 마음을 사로잡았다.

풍협의 음성이 고요하게 울렸다.

“일단 그 애들을 데려오거라. 지금부터 시작하도록 하자. 벽화가 가거라.”

“예.”

벽화가 다소곳하게 고개를 숙이고는 철정과 소수마후들이 있는 동굴 방 쪽으로 신형을 날렸다. 풍협은 곧바로 유현에게 시선을 돌렸다.

“자네 홍연미리진을 구축하는 방법은 잊지 않았겠지?”

“물론이지. 아직 잊지 않았네.”

“이 계곡에 설치한 칠성벽쇄진의 기본은 그 홍연미리진이네. 벽화는 무적심공의 기초가 있으니 안개 속을 돌아다녀도 괜찮을 거야. 그 애에게 홍연미리진에 대해 가르쳐 주게. 자네가 도와주면 진을 보강할 수 있을 것이네.”

“이곳을 요새화하자는 말인가?”

“최소한의 준비는 해야겠지. 그리고 극양의 아들에게도 검술을 가르쳐 주게나. 그 애한테는 무언가 집중할 게 필요하겠지.”

“알겠네.”

진파는 급박한 상황임에도 침착하게 하나하나 일을 처리해 나가는 풍협을 홀린 듯 바라보았다. 급한 와중에도 철정을 배려하는 것 또한 잊지 않는 풍협이었다. 가슴이 뿌듯해지며 새로운 자신감이 용솟음치는 것이 느껴졌다.

‘이분이 내 아버지다!’

그때 풍협이 진파에게 눈길을 던졌다.

“너는 내 곁에서 계속 조식을 취해라. 우선 네 몸에 익힌 검식들을 정리할 필요가 있을 게다. 연혼사를 검으로 생각하면 정리가 빠를 게야. 지금부터 시작해라.”

“알겠습니다.”

진파는 풍협에게서 조금 떨어진 벽으로 걸어가 가부좌를 틀고 앉아 벽을 마주 보았다. 시간이 별로 없다는 풍협의 말이 그의 마음을 다급하게 했다.

“당면한 문제에 최선을 다한다. 잊지 말거라.”

풍협의 나지막한 음성이 들려왔다. 움찔 몸을 뗀 진파는 크게 심호흡을 해 다급한 심정을 달래갔다. 눈을 반개(半開)한 채 자신의 코끝을 내려다보며 진파는 고요히 자신의 무공을 떠올리기 시작했다.

풍협의 몸에서 뻗어 나온 하얀 균사 가닥이 바닥의 돌멩이를 들어 진파의 주위에 무언가 진(陣)을 구축하고 있었으나, 진파는 묵묵히 삼매경에 빠져 들어가고 있었다.

제33장 부자갈등(父子葛藤)

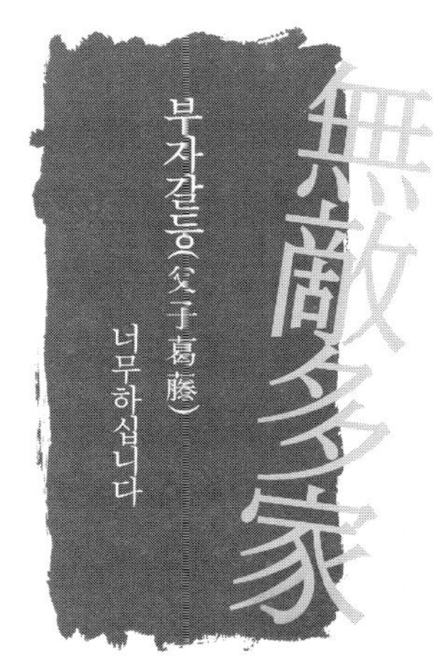

"후우우우……."

진파는 짙은 호흡을 내뿜으며 눈을 떴다.

풍협이 진파를 보며 빙긋 눈웃음을 보냈다.

"어떠냐?"

"이제 거의 완성 단계인 것 같습니다. 조금만 더 하면 될 듯합
니다."

"내가 보아도 그렇구나. 그동안 수고가 많았다."

"뭘요."

한 달의 시간이 짧지 않았던 듯 풍협과 진파의 사이는 많이 부
드러워져 있었다. 마주 보는 눈매 사이에 정감이 서려 보기 좋았
다.

그동안 진파는 풍협의 말대로 연혼사를 쓰는 수법을 검결에 적
용시켜 많은 성취를 이룬 상태였다. 아직 대성에 이르는 깨달음

을 얻지는 못했지만, 자신만의 검결이라 칭할 만한 체계는 이룰 수 있었다.

며칠 전부터는 한 단계 올라선 무적심공을 이용해 드디어 풍협을 돕기 시작한 진파였다.

"오늘부터는 네가 아이들 치료를 전담해라."

진파의 표정이 순간 이상야릇하게 일그러졌다.

"전부 저보고 하라고요? 그동안은 아버지께서 그 여섯을 치료하셨지 않습니까!"

"이제부터는 아비의 연공이 고비에 들 터이다. 한 달이 물 흐르듯 지났다는 사실을 명심해라. 현성교는 언제든지 운중곡을 공격할 수 있어. 검치와 벽화가 홍연미리진을 설치했다지만 안심할 수만은 없다. 현성교주는 무서운 상대야. 며칠 후면 아비가 가신들을 깨울 수 있을 게다. 그 후엔 네 도움을 받아 마지막 단계를 돌파하련다. 이젠 여력이 없으니 전부 네가 해야겠다."

"으휴……."

진파는 한숨을 쉬면서 자리를 털고 일어섰다. 호소하듯 풍협을 바라보았지만 그는 꿈쩍도 하지 않고 꾸욱 눈을 감아버렸다.

"또 죽겠군."

진파는 투덜대며 광장의 한구석으로 발길을 옮겼다. 눈을 감은 풍협의 눈까풀이 잔경련을 일으켰다. 쿡 하는 소리가 낮게 울렸다.

"까아~ 오빠다."

"오빠!"

"옵빠! 옵빠!"

열두 명의 소수마후만이 몰려 앉아 있던 방에서 귀를 울리는 환호가 터져 나왔다.

광장 벽의 한켠에 뚫린 동굴 방에 막 들어선 진파는 한숨을 쉬며 괴성을 지르는 다섯 명의 소수마후를 보고 있었다.

"누나들, 제발 오빠라고 하지 말라니까요."

진파는 양 어깨에 매달리는 이후 추소예와 삼후 나령(那玲)에게 간곡히 부탁했다.

"싫어! 오빠야!"

올해 스물셋쯤 되었을 것이라는 나령은 가무잡잡한 얼굴을 마구 흔들었다. 숱이 많은 눈썹과 도톰한 입술이 한눈에도 대단한 정열을 느끼게 하는 여인이었다. 나령은 진파의 말에 아랑곳없이 온몸으로 진파를 껴안았다.

"흥!"

추소예가 나령과 딱 달라붙은 진파를 싸늘하게 노려보며 콧바람을 흘렸다.

"이후 누나……. 누나까지 오빠라고 하면 어떻게 해요?"

"화나!"

추소예가 팩 몸을 돌렸다. 나령보다 적어도 두세 살은 많아 보이는 추소예의 붉은 입술에서 냉기가 흘렀다.

"오빠라고 부르게 안 하면 너 몰라!"

"에휴……. 알았어요."

"꺄~ 오빠!"

추소예가 냉큼 몸을 돌려 나령과 함께 사이좋게 진파를 끌어안았다. 성숙한 두 여인의 사이에 낀 진파는 포옥 한숨을 내쉬었다. 팔을 압박하는 각기 다른 압력을 느끼며, 오도카니 서서 발그레 얼굴을 붉히고 있는 세 소녀를 바라보았다.

십일후 설화와 팔후 화윤(花玧), 구후 우옥령(宇鈺鈴)이었다.

차마 진파를 안지는 못하겠다는 듯 오빠만 연호하는 세 소녀는 서로의 손을 힘차게 맞잡은 채 진파 앞에서 동동 발을 굴렀다.

'정말 돌겠네…….'

한 달 동안 풍협이 노력을 한 결과 소수마후들은 모두 상당한 인지능력을 회복한 상태였다. 풍협에게 섭혼대법을 제압하는 무적심공의 구결을 배운 뒤로는 진파도 함께 도운 결과였다.

풍협의 말에 따르면 다른 소수마후들은 벽화와는 달리 모든 기억을 찾지 못할 것이라 했다. 일부의 기억만 복원되었지만, 그것으로도 벽화는 제 일처럼 기뻐했다.

하지만 진파로서는 그리 달갑지만은 않았다.

인지가 회복되어 가는 모습은 진파로서도 기쁘기 한량없었지만 그녀들의 복잡다단한 성격이 진파의 골머리를 썩였다. 그녀들은 진파와 벽화를 둘러싸고 서로 편이 갈린 채 끼리끼리 뭉쳐 서로를 견제했다.

'수옥 누나, 제발 가만있어 줘요.'

진파의 생각을 알기라도 한 듯 벽에 기대서 있던 사후 막수옥(莫水玉)이 나섰다. 어깨를 건들거리며 걸음을 옮긴 막수옥이 고개를 꺾으며 침을 뱉었다.

"지인짜~ 꼴갑들 하네! 퉤!"

이후 추소예가 번쩍 고개를 들었다. 그녀의 눈에서 싸늘한 한광이 빛을 발했다.

"지금 뱉었나?"

추소예의 날카로운 반문에도 막수옥은 굴하지 않았다. 까치집처럼 헝클어진, 다듬지 않은 머리카락을 손가락으로 마구 긁었다.

"체! 언니! 정신 좀 차려요! 저딴 놈이 뭐가 오빠예요!"

"그래도 언니 소리는 하네? 꺼질래? 맞을래?"

사후 막수옥은 추소예의 협박에도 굴하지 않았다.

"맞아도 할 말은 해요. 그게 뭐예요! 꼴 사나워욧!"

"맞아요!"

어느새 막수옥의 곁에 쪼르르 다가선 십이후 정가영이 까치발을 하며 맞장구를 쳤다.

"언닌 가만있어요. 이년들이 뜨거운 꼴을 봐야겠군."

삼후 나령이 진파의 어깨를 놓으며 우두둑 손가락을 꺾었다. 추소예는 여전히 진파의 몸을 끌어안은 채로 고개만 까닥였다.

"서열이 괜히 정해진 게 아니란 걸 알려주렴. 둘뿐이 안 되는 것들이 어서 개겨?"

갑자기 청아한 음성이 흘러나왔다. 그러나 내용까지 그런 것은 아니었다.

"제발 그만들 좀 해요! 벽화가 인상을 찌푸리잖아요!"

목소리와 어울리지 않게 날카로운 경고를 보낸 이는 동굴 방의 한구석에 있는 침상 위에 얌전히 앉아 있던 오후 양우(梁雨)였다. 오후의 곁에는 벽화와 함께 앉아 나란히 팔짱을 낀 육후와 칠후, 십후가 있었다. 그들은 모두 한심하다는 표정으로 나령과 막수옥 등을 바라보고 있었다.

"대장의 심기가 불편해요. 모두 그만두고 제자리로들 가요."

양우의 침착한 말 한마디에 진파를 둘러싸고 있던 추소예 등과 그녀들의 앞에서 시비를 걸던 막수옥이 단번에 꼬리를 내렸다.

오후 양우를 두려워하는 것이 아니었다. 그들이 두려워하는 상대는 바로 일후 벽화였다.

모두가 슬슬 벽화의 눈치를 보다 각자의 자리로 물러섰다.

오른편에는 추소예 등 진파를 오빠로 부르며 환호하던 다섯 명이, 왼편에는 진파를 싫어하는 막수옥과 정가영이, 그리고 정면의 침상에는 벽화를 호위하듯 자리를 지키고 있는 네 명의 소수마후가 있었다.

입구에 홀로 서게 된 진파는 세 편으로 나뉜 여인들을 보며 미간을 찌푸렸다.

이들의 신경전 때문에 하루하루 피가 마르는 진파였다.

'미치겠네…… 정말…….'

오후 양우는 사방이 조용해지자 목을 삐딱하게 꺾으며 진파를 바라보았다.

"왜 또 왔어? 조금 후에 풍협께 치료받으러 우리가 갈 건데?"

양우의 옆에 앉은 벽화는 팔짱을 낀 채 묵묵히 미간을 찌푸리고만 있었다. 벽화의 오른편에 앉은 육후 옥지(玉池)와 칠후 경원(景園)이 입을 모아 앵무새처럼 양우의 말을 따라 했다.

"왜 왔어?"

벽화의 미간이 한층 더 심하게 찌푸려졌다.

오후부터 팔후 화윤까지는 벽화와 똑같이 일곱 살 때 납치되었던 동갑내기들이었다. 의식이 회복되고 말을 하게 된 이후, 팔후 화윤을 뺀 나머지 동갑 친구들은 진파를 결코 오빠라 부르지 않았다. 그들은 자신들이 진파보다 한 살 위라고 단정 지은 상태였다. 십 년쯤 지났을 거라는 벽화의 말에 모두 다 자신의 나이에서 열 살을 더했던 것, 동갑인 진파에게 무슨 오빠냐는 게 그들의 주장이었다.

한 살 어린 십후 현정(弦情)까지 가세한 네 명의 소수마후는 한시도 벽화의 곁을 떠나지 않고 호위무사들처럼 졸졸 따라다녔다. 벽화가 물을 마시려 하면 물을 대령했다. 벽화가 의자에 앉으려면 먼지를 털어냈다. 그것까진 좋았다. 벽화가 진파를 오빠라고 하면 '일후의 체통을!' 이라며 두 눈에 쌍심지를 켰다.

처음엔 화도 내고, 다음엔 달래기도 했지만 모든 명을 다 따르면서도 진파에 대해서만은 결코 양보하지 않았다. 그들에겐 벽화야말로 진짜 대장, 벽화의 위에 서는 어떠한 것도 그들은 용납하지 않았다.

이젠 벽화도 거의 포기한 상태였다. 그러다 보니 진파와 이야기를 나누어본 지도 벌써 달포가 넘고 있었다. 그전에도 진파의 수련 때문에 함께할 기회는 거의 없었다. 유현이나 풍협과 함께 있던 자리에서 이야기한 것이 전부였다.

"왜 왔냐니까!"

양우가 버럭 소리를 질렀다.

곤란한 듯 눈살을 찌푸리고 있던 진파의 검미가 불끈 치솟았다. 그러나 진파는 곧 스르르 눈썹에 맺힌 힘을 풀었다. 자신이 화를 내면 벽화만 곤란해진다는 것을 진파는 잘 알고 있었다. 풍협을 만나 마음이 풀린 후로 부쩍 어른스러워진 진파였다. 담담한 진파의 음성이 흘렀다.

"오늘부터 전부 다 내가 치료한다."

"뭐?"

"아니, 왜!"

"우린 풍협 아저씨가 치료해 주시잖아!"

진파를 오빠라 부르는 다섯을 제외한 여섯 명의 소수마후는 그동안 풍협이 치료하고 있었던 것이다.

동시에 터져 나오는 외침들을 무시하고 진파는 벽화를 향해 말을 걸었다.

"벽화야, 아버지가 오늘부터 재들도 나 보고 치료하랜다. 연공이 고비에 드셨대."

"그럼 지금 시작해."

벽화가 어정쩡한 태도로 대답을 하자 양우와 옥지, 경원이 한꺼번에 벌떡 일어섰다. 그 뒤를 따라 십후 현정도 발딱 몸을 세웠다.

"대장! 지금 뭔 소리야! 저놈한테 우리 몸을 주물럭거리게 하라고! 못해! 안 해!"

"그럼 어쩔 거야? 현성교의 도구로 계속 남을래?"

벽화는 차분하게 눈을 뜨고 앞에 서 있는 네 명의 친위대(?)를 향해 질문을 던졌다.

"누가 그런대? 풍협 아저씨는 균사로 우리 몸을 두드리실 뿐이잖아! 저놈은 손가락으로 더듬을 거 아냐? 싫어!"

오후 양우가 버럭 소리를 질렀다.

그때 느긋하게 벽에 기대서 있던 이후 추소예가 피식 하고 웃음을 터뜨렸다.

"대장, 대장 하면서 감히 일후한테 덤비다니. 재, 간이 부었군."

"그러게, 언니. 일후가 오빠라 하면 다 오빠지, 지들이 뭐라고 함부로 굴어?"

삼후 나령이 추소예의 말에 얼른 맞장구를 쳤다.

"뭐예욧! 우리가 언니들처럼 재한테 맛이 갈 줄 알아요?"

양우의 한마디에 추소예의 싸늘한 눈빛이 번쩍 빛났다. 그윽하게 내리깔렸던 시선이 양우를 향해 살벌하게 번뜩였다.

"일후 옆에만 붙어 있더니 겁을 상실했군. 너 다시 한 번 까봐."

양우의 몸이 순간 멈칫했다.

추소예에게서 뻗어 나오는 엄청난 살기가 온몸을 차갑게 식혔다. 정수리에 냉수를 쏟아 부은 것처럼 정신이 번쩍 들었다. 양우의 몸이 가늘게 떨리고 있었다. 그녀는 오후, 추소예는 이후, 그 차이는 실로 커다란 것이었다.

그때였다. 잔뜩 인상을 찌푸린 채 서 있던 진파가 조용히 한마디 내뱉었다.

"그만 하지, 누나?"

진파의 그 한마디에 방 안의 살벌했던 살기가 갑자기 씻은 듯 사라졌다.

추소예는 진파를 향해 한껏 부드러운 미소를 보냈다.

"오빠가 원한다면야."

"고마워."

진파가 간단히 고개를 끄덕이곤 양우 등을 향해 고개를 돌렸다.

"주물럭거리는 게 아니니까 그냥들 누워. 니들한테 꼭 필요한 치료야."

"싫어!"

진파는 양우를 향해 뚜벅뚜벅 다가섰다.

진파와 양우의 얼굴이 코를 맞댈 듯 가까워졌다.

"누워."

"싫어!"

진파는 차분히 양우를 향해 물었다.

"자꾸 이러면 벽화가 힘들어진다는 걸 몰라?"

"대장이 왜! 말도 안 되는……."

"그만 좀 해! 우리가 소꿉놀이하는 줄 알아?"

진파가 갑자기 버럭 소리를 질렀다. 얼마나 크게 소리를 쳤는지 양우의 머리카락이 뒤로 휘날릴 정도였다. 키가 작아 진파의 턱 근처에 나 오는 양우의 눈이 동그랗게 치떠졌다. 그동안 아무리 괴롭혔어도 진파가 이런 식으로 화를 내는 것은 처음이었다. 진파는 곤란해하기는 했지만, 결코 양우들에게 화를 낸 적은 없었던 것이다.

양우의 얼굴 위로 진파의 호통이 쏟아졌다.

"벽화가 니들을 어떻게 구했는 줄 알아? 기억 못한다고 듣지도 못했어? 벽화가 목숨 걸고 니들을 구한 거야! 다들 사람답게 살게 하겠다고 발버둥쳤다구! 그만 좀 해! 이게 얼마나 중요한 치료인지 몇 번이나 얘기했잖아!"

불끈 올라가려던 양우의 눈썹이 차츰 내려가기 시작했다.

진파는 열기가 가시지 않은 목소리로 거세게 양우를 몰아쳤다.

"어서 누워! 한시도 아깝다구! 빨리 완벽하게 심령 제압을 치료해야 현성교한테 한 방 먹일 수 있단 말야! 이대로 당하고만 살 거야!"

양우의 눈에 힘이 들어갔다. 현성교라는 말에 양우는 주먹을 꼭 쥐고 빠득 이를 갈아붙였다.

그때 벽화의 조용한 음성이 들렸다.

"기억은 못하겠지만…… 우릴 모두 구한 건 결국 오빠야. 모두 그걸 잊지 않았으면 해……."

갑자기 방 안이 조용해졌다.

양우가 고개를 숙인 채 침상에 올라가 엎드려 누웠다. 얼굴 앞으로 끌어 올린 두 주먹이 꼭 쥐어진 상태였다.

침상에 걸터앉아 양우의 뒤통수에 손을 가져가는 진파를 보며 추소예는 두 손을 맞잡았다.

"멋져어……. 진짜 오빳감이라니까."

풍협은 눈을 뜬 채 고개를 갸웃거리고 있었다.

진파를 보내고 진기를 몸에 돌리고 있던 중에 인기척이 나 운공을 멈추었는데, 눈을 뜨니 그의 앞에는 소수마후들 중 한 명인 십후 현정이 서 있었던 것이다. 그 옆에는 팔짱을 낀 채 잔뜩 인상을 구긴 진파도 보였다.

"웬일이냐? 지금쯤 한참 치료를 해야 할 텐데……."

"다른 애들은 다 했습니다."

"얘는?"

진파는 설레설레 고개를 흔들었다.

"얘 고집은 진짜 못 당하겠습니다. 아버지가 치료하시던 애들을 전부 다 치료했는데 얘만 못했어요. 죽어도 아버지한테 치료받겠답니다."

"왜?"

"저도 모릅니다. 계속 울면서 아버지한테 치료받게 해달라고 하기에 결국은 치료 못했습니다. 나머지 애들은 제가 다 할 테니까 얘는 아버지가 맡으십시오."

그 말을 끝으로 진파는 홱 몸을 돌려 쾅쾅거리며 걸어가기 시작했다.

"진파야. 야~ 아들~"

풍협이 불렀으나 진파는 뒤도 돌아보지 않았다. 어지간히 성질이 났던지 걸음걸음마다 광장이 쿵쿵 울렸다.

"저 녀석, 왜 저래?"

풍협은 고개를 숙이고 서 있는 현정에게로 시선을 돌렸다.

"웬만하면 진파에게 치료받지 그느느냐? 진파도 이젠 익숙하게 잘할 거다."

여섯 살 때 현성교에 납치되었다는 현정은 어느덧 벽화와 거의 비슷한 키로 자라 있었다. 풍협도 현정을 기억하고 있었다. 커다란 눈에 왠지 슬픔이 담겨 있는 것만 같아 자주 눈이 가던 소녀였다.

현정은 모로 고개를 꼰 채 발로 바닥을 쓸고 있었다.

똑바로 풍협을 바라보지도 못하면서 현정은 속삭이듯 작은 소리로 말했다.

"전…… 아저씨께 치료받고 싶어요……."

"왜? 나나 진파나 이제 거의 비슷하단다. 그리고 직접 손가락으로 추궁과혈을 해주면 효과도 더 좋아."

"전…… 싫어요……."

현정의 고개가 언뜻 풍협을 향해 돌려졌다.

정말 커다란 눈이다. 태산이라도 담아낼 듯한 커다란 눈망울에 풍협 자신의 모습이 비치고 있었다. 어딘가 젖어 있는 그 커다란 눈을 보며 풍협은 쿵 하고 느껴지는 게 있었다.

'이 아이가……?'

생각을 정리하기도 전, 현정은 다시 고개를 돌려 풍협을 외면했다.

"전……."

현정이 길게 말꼬리를 늘이며 망설였다. 현정의 발끝을 따라 바닥에 동그라미가 수도 없이 그려지고 있었다.

"아빠 얼굴이 잘…… 기억나지 않아요…….."

"음……. 워낙 어릴 때니 그럴 수도 있겠지."

"언니들은…… 현성교에서 우릴 납치하면서 가족을 전부 죽였다고 말했어요……. 우리 아빠도 죽었을 거예요…….."

"유감이지만 아마도…….."

어느새 풍협도 현정을 따라 말꼬리를 늘이고 있었다.

현정은 손을 들어 눈앞을 가리고 있는 머리카락들을 귀에 걸었다. 현정의 손길을 따라 동그랗고 귀여운 그녀의 옆얼굴이 모습을 드러냈다. 하얀 목덜미가 시리도록 맑았다.

"아저씨가…… 치료해 주시면…… 아빠가 만져 주는 것 같아서…….."

풍협은 순간 보고 말았다.

현정이 목덜미에서부터 귀밑까지 빠알갛게 달아오르는 것을.

"……좋아요."

현정의 얼굴이 빙글 돌았다.

풍협의 얼굴을 정면으로 바라보는 현정의 표정에는 숨길 수 없는 연정이 가득 드러나 있었다.

'이, 이 아이가……!'

풍협은 현정의 커다란 눈을 보며 바윗덩이를 가슴속에 던진 것 같은 기분을 느껴야 했다.

진파는 광장의 한구석에서 거검을 들고 숨을 헉헉 몰아쉬는 철정을 향해 말을 던졌다.

"열심이구나!"

힐끗 진파를 돌아본 철정의 검이 다시 커다란 원호를 그리며 허공을 갈랐다. 쌔액 하는 날카로운 파공음이 거세게 울렸다. 몸놀림도, 검의 움직임도 이미 한 달 전의 철정이 아니었다. 자신이 약해 선지애를 잃었다고 자책하던 철정은 있는 힘을 다해 광풍검을 수련했고, 유현은 그런 철정의 수련을 음으로 양으로 돌보아주고 있었다. 잠까지 한 시진으로 제한하고 수련을 거듭하는 철정은 검에 미친 사람처럼 보였다.

팔짱을 끼고 벽에 기대 있던 유현이 철정의 수련을 중단시켰다.

"그만. 이제 일각 동안 휴식한다."

"헉… 헉."

철정은 거검을 늘어뜨려 땅을 짚으며 거친 호흡을 내뱉었다.

유현은 조용한 시선으로 철정을 바라보다 진파에게 눈을 돌렸다.

"풍협은 뭘 하고 있지?"

"지금 십후를 치료하고 계실 겁니다. 한 명이니 곧 끝나겠죠."

"그래? 그럼 난 풍협에게 좀 다녀올 테니 네가 정이 말동무나 해주렴. 정아, 이번 휴식은 좀 길게 잡아라. 가끔은 몸을 쉬게도 해줘야 한다."

"알겠습니다."

유현의 모습이 사라지자 진파는 아무렇게나 주저앉아 호흡을 가다듬고 있는 철정의 곁에 철퍼덕 엉덩이를 던졌다.

숨을 가다듬으며 공허한 눈으로 정면을 바라보고 있는 철정의 눈빛이 진파를 안타깝게 했다.

벽화와 함께할 시간이 거의 없었지만, 오히려 다행이라 자위하고 있

는 진파였다. 철정의 앞에서 벽화와 다정한 모습을 보이는 것에 죄책
감을 느낄 정도였다. 선지애를 잃은 철정의 상실감은 우정으로도 채워
줄 수 없는 그런 것이었기에.

진파는 고개를 돌려 철정이 멍하게 바라보고 있는 전면을 향해 함께
시선을 주었다.

"너무 무리하는 거 아니냐?"

툭 내뱉는 진파의 말에 철정도 잠시 후 내뱉듯 짧게 대답했다.

"강해질 거다. 무조건."

무엇을 위해 강해지겠다는 말인지는 묻지 않아도 뻔했다. 현성교와
무맹에 얽힌 비사를 들으며 한숨을 토하던 그 철정이 이미 아니었다.
철정은 제 몸과도 같았던 정혼녀 선지애를 현성교의 손에 잃고 말았다.
현성교는 이제 철정의 원수였다. 더 이상 전대의 가슴 아픈 사연이 얽
힌 신비 방파가 아니었던 것이다.

"우리는 함께 가는 거다. 그걸 잊지 마."

진파의 말에 그제야 철정은 고개를 돌렸다.

철정이 팔뚝을 치켜들자 진파도 팔뚝을 들어 철정의 팔에 걸었다.
땀으로 물든 철정의 팔과 진파의 팔이 맞닿아 뜨거운 온기를 서로 나
누었다.

"잊지 않는다. 결코."

진파는 철정에게 미안하다는 말은 결코 하지 않았다.

자신의 강호행을 따라나서 선지애를 잃게 했다는 죄책감이 여전히
있던 진파였지만, 철정이 그리 생각하지 않는다는 것을 너무나 잘 알고
있었다. 미안하다고 하는 것은 친구에 대한 예의가 아니라고 진파는
생각했다.

철정은 그의 유일한 친구. 누구보다 소중한 친구였다.

"한 달이 지났어. 아버지 연공이 막바지라고 하더군. 곧 이 계곡을 떠날 수 있을 거다."

"이제 어쩔 셈이냐?"

철정이 진파에게 묻자 진파는 고개를 들어 광장의 천장을 노려보았다.

"알면서 뭘 물어?"

"나 때문이라면……."

"그런 식으로 말하지 마. 선 소저는 네 정혼녀기도 했지만 내게도 소중한 친인이었다. 현성교는 이제 우리의 적이야. 복수는 당연하다."

선지애를 죽인 염정은 이미 진파의 손에 죽은 후였지만 진파의 분노는 아직 가시지 않았다. 그것은 철정이 더할 것이었다. 진파가 안 한다면 철정은 혼자서라도 현성교를 향해 검을 뺄 것임을 진파는 잘 알고 있었다. 한 시진밖에 안 되는 잠을 자는 동안에도 악몽에 시달리며 빠드드득 이를 가는 철정이었다.

철정의 눈은 고맙다는 말을 하고 있었지만, 철정은 결코 고맙다는 말을 꺼내지 않았다. 선지애를 잃고 부쩍 말수가 줄어든 철정이었다.

길게 호흡을 내쉰 철정이 다시 검을 잡으며 몸을 세웠다.

"유 숙이 더 쉬라고 했잖아."

"쉬고 싶지 않다. 내 몸은 그걸 원해."

진파가 따라서 몸을 일으켰다. 철정의 수련을 말릴 생각은 진파도 없었다. 지금은 무엇을 해서라도 슬픔을 달래는 것이 필요하다는 것을 진파도 잘 알고 있었다. 철정의 혹사당한 몸은 밤마다 유현이 추궁과 혈을 베풀어 풀어주고 있었다.

"내공 수련은 계속 하고 있는 거냐? 초식 수련만 하는 것으로 보인다만."

"풍협께서 많은 부분을 지도해 주서서 육합구소신공(六合九霄神功)은 점점 내 것이 되어가고 있다. 그건 밤에 하면 돼."

화산파의 내공심법인 육합구소신공은 철가장의 심법이기도 했다. 속가에 전해진 심법이라 불완전한 육합구소신공을 보완해 준 것이 풍협이었다. 철정은 한 달 전과는 비교도 할 수 없이 강해진 터였지만 무공에 대한 갈증은 철정을 점점 더 강한 수련으로 몰아붙이고 있었다.

"대련 상대나 해줄까?"

"내 상대는 따로 있어. 마침 저기 오는군."

"응?"

철정의 뜻밖의 말에 고개를 돌려보니 그들을 향해 건들거리며 걸어오는 사후 막수옥이 눈에 띄었다. 철정이 막수옥을 향해 포권의 예를 취했다.

"어서 오십시오, 막 소저."

진파를 발견하고 멈칫한 채 독 오른 살쾡이처럼 노려보던 막수옥은 철정의 포권에 얼른 엉성한 포권지례를 취했다. 왠지 허둥대는 듯해 가뜩이나 털털해 보이는 막수옥의 동작은, 마치 사내의 태도를 방불케 했다.

"아, 예."

진파는 막수옥의 태도를 주의 깊게 바라보다 언뜻 미소를 머금었지만, 막수옥의 쏘는 듯한 시선을 대하자 얼른 웃음을 지웠다.

'흠……. 수옥 누나가 정이한테 관심이 있나? 지금 정이가 그 마음

을 받아주기는 힘들 텐데……. 아직 분명한 건 아니니까 좀 더 지켜봐
야겠군.'

"여긴… 웬일이지?"

침을 뱉지도, 목을 꺾지도 않으며 막수옥이 잔뜩 억눌린 음성으로
진파에게 물었다. 까치집을 이룬 머리카락 사이로 언뜻 불안한 눈빛이
보이자 진파는 조금 마음이 가벼워지는 것을 느꼈다.

막수옥이 철정에게 어떤 감정을 갖고 있는지는 확실하지 않으나 호
감을 품은 것은 틀림없어 보였다. 선지애에게는 미안했지만 철정에게
는 지금 어느 때보다도 위로가 필요한 시기였다. 그 대상이 뒷골목 어
깨들 같은 막수옥이라는 사실이 조금 의외이긴 했지만 말이다.

"정이 보려고 잠깐 들른 것뿐입니다. 수옥 누나가 정이 대련 상대가
되어주시고 있었군요."

"나도… 몸을 푸는 게 필요해서… 일 뿐이야……."

한마디 내뱉을 때마다 욕지기를 섞는 게 예사인 막수옥이 나름대로
곱게 말하고 있었다.

'이 누나, 의외로 귀여운 데가 있군.'

내심 웃음을 흘린 진파는 고개만 간단히 끄덕이고는 철정에게 손을
흔들었다.

"그럼 열심히 수련해라. 아까 한 말 잊지 말고."

"아까 한 말?"

"자식. 수옥 누나한테는 말하지 마. 그럼 나 간다."

진파가 손을 흔들고 사라지자 철정은 고개를 갸웃거렸다.

무공에 대한 말들하고, 현성교에 대한 적의를 나눈 것 말고 한 말이
무엇이던가. 막수옥한테 이야기하지 못할 이유가 없는 말들이었기에

철정은 진파의 말을 이해할 수 없었다.

진파가 사라지자 막수옥이 갑자기 다급하게 철정에게 물었다.

"처, 철 소협!"

"예, 막 소저."

진파는 자신보다 나이가 많은 사후 이상을 다 누나라 부르고 있었으나 철정은 소수마후들에게 하나같이 예를 잃지 않았다. 선지애를 잃고 나서 여자들과 친밀해지는 것은 그 스스로 용납할 수가 없었다. 우연히 대련 상대가 되어준 막수옥에게도 그것은 마찬가지였다. 사내같이 거친 여인이라는 것을 잘 알기에 막수옥을 대하는 마음은 진파를 대할 때와 별다름없기도 했다.

"지, 진파가 뭐라고 한 거죠? 무슨 말을 했기에 제게 말하지 말라는 거죠?"

머리를 쓸어 까치 머리를 뒤로 넘기며 다급히 묻는 것이 어지간히 마음이 급한 모양이었다. 전혀 치장을 하지 않은 맨얼굴이었지만 타고난 미태는 엄청났다. 사내 같은 태도에 가려 잘 드러나지 않던 막수옥의 여성스런 입술이 철정을 향해 나풀거리고 있었다.

"별말없었습니다. 현성교에 대한 이야기와 제 무공에 대해 나눈 게 전부였습니다. 진파가 아마도 장난을 친 모양이네요."

"장난이라고…… 요?"

"지금은 성격이 좀 진중해졌지만 저 녀석 원래 장난치는 걸 좋아했죠."

"아, 예……."

"그럼 시작해 볼까요?"

진파가 사라진 방향을 불안하게 노려보던 막수옥은 철정이 자세를 가다듬자 곧 두 손을 가슴께로 모아 소수공의 기수식을 취했다. 까치 머리에 다시 가려진 막수옥의 아미는 잔뜩 찌푸려져 있는 상태였다.

'뭐라고 했지? 도대체 뭐라고 한 거지? 철 소협한테 뭐라고 나불댄 거야? 아아아아아악~ 이놈의 새끼!'

생각하고 있는 상소리와는 달리 막수옥의 입에서는 나름대로 가다 듬은 맑은 음색이 흘러나오고 있었다.

"철 소협이 먼저 시작하세요."

곧 검풍과 소수가 금속음을 터뜨리며 어우러지기 시작했다.

쿡쿡 혼자 웃음 지으며 수련을 위해 풍협이 있는 곳으로 향하던 진 파는, 얼굴을 마주 대한 채 진지하게 이야기를 나누는 유현과 풍협의 모습을 멀리서 발견하고는 걸음을 멈추었다. 현정은 치료를 받고 동굴 방으로 갔는지 이미 보이지 않았다.

'아직도 이야기 중이시군. 조금 기다릴까?'

균사가 엉킨 거대한 나무뿌리 같은 둥치에 가려 진파의 모습은 풍협 과 유현에게는 보이지 않는 곳이었다. 이곳에서부터는 균사 뭉치들을 도약대 삼아 건너뛰어 이동을 해야 편한 곳이었다.

'그간 얼마나 늘었는지 두 분을 상대로 시험이나 한 번 해볼까?'

자신의 실력이 얼마나 늘었는지 궁금했던 진파는 바닥을 향해 납작 엎드려 천천히 호흡을 멈추고 심장의 박동을 늦추기 시작했다.

무적심공은 폭발적인 기세만큼이나 고요한 흐름을 중시하는 심공. 공철이 그에게 은신과 매복을 훈련시켰던 것은 나름대로 이유가 있었 던 처치였다. 무적심공이 높아질수록 공철이 그에게 시켰던 훈련이 결 국 무적심공의 기초가 되는 몸을 닦아놓은 것이란 걸 깨달은 진파였다.

완전히 기척과 기세를 감춘 진파는 균사 뭉치가 깔린 바닥을 헤치며 풍협을 향해 천천히 전진하기 시작했다. 바닥을 미끄러지며 느리게 전진하는 진파의 신형이 어느 순간 딱 멈추었다.

갑자기 풍협의 한숨 소리가 들려왔던 것이다. 땅이라도 꺼질 듯한 걱정 어린 한숨. 언제나 당당하기만 했던 아버지가 그런 한숨을 쉬리라고는 상상도 못했던 진파였다.

"왜 그러나?"

유현은 한 번도 들어보지 못했던 풍협의 탄식에 이상한 듯 고개를 갸웃거렸다. 풍협은 한참을 망설이다 유현에게 어렵사리 말을 던졌다. 유현이 풍협을 알고 난 후 처음 보는 이상한 태도였다.

"물어볼 게…… 있네."

"뭔가?"

"진파와 벽화 말일세. 어떤 사이인가……?"

"보면 모르나? 둘이 서로 죽고 못 산다네. 장래 자네 며느리가 되겠지."

"혹시 이미 장래를 약속하고 몸을 섞은 사이인가?"

"아니. 저 애들이 그동안 강호에서 겪은 부침도 만만한 건 아니었네."

"후우……."

풍협이 다시 땅이 꺼져라 한숨을 쉬자 유현의 얼굴이 딱딱하게 굳었다.

"자네 혹시 벽화가 소수마후로 제련된 애라서 그러는 건가? 무적다가에 어울리는 아이가 아니라서?"

"검치… 내가 그런 사람이던가……?"

잠시 풍협의 눈을 보던 유현은 단호하게 고개를 저었다.

"아니지. 자넨 그런 족속이 아냐. 그랬다면 친구는 고사하고 적수로 여기지도 않았을 것이네."

"고맙군."

"그럼 왜 그러는 것인가?"

"자네를 마정에서 구하기 위해서는 황산의 선엽초(仙葉草)가 필요하다는 것을 알았다네. 광명정에 들렀다가 영 수상한 기운이 느껴져 이곳에 왔지. 그러다 우연히 소수마후로 제련되는 아이들을 발견했네. 그때 벽화를 보고 너무 놀라고 말았네."

"왜?"

"음……. 이건 자네만 알고 있어야 하네. 약조해 줄 수 있겠는가?"

"물론이네."

"휴……. 진파를 낳으며 옥정(玉庭)이 죽자 나는 정말 마음을 둘 곳이 없었네. 진파를 보는 게 너무도 괴로웠네. 정말이지 어릴 때는 옥정을 빼다 박았었거든……. 음양쌍괴 두 분께 모든 걸 맡기고 훌쩍 떠나버렸지. 몇 년 지나 마음이 정리되면 곧 돌아갈 생각이었네만 어쩌다 보니 이렇게 시간이 흘렀네. 처음 소화산을 떠나서 잠시 낙양에 들렀는데……."

"낙양에서 무슨 일이 있었나?"

"음…… 우희루(優喜樓)에서 보름 정도 머물렀네."

"우희루? 아, 나와도 함께 간 적이 있었지? 거기 술 맛 정말 죽여주지. 시름을 달래려 갔었군 그래."

"음……. 그곳에서 술만 먹은 게 아니라네."

“그럼?”

풍협이 대답이 없자 유현의 얼굴에 갑자기 이상한 표정이 떠올랐다.

“자네…… 혹시 기녀랑 잤나?”

“…후우. 깨어나 보니 옆에 있더군. 정신을 잃을 정도로 마셨던 게 야.”

“자네가? 그거참 별일이로군. 그래도 자네 부인을 배신한 것은 아니지 않은가? 술에 취해 기녀를 품었다면 죽은 부인으로 착각했을 수도 있지 뭘 그러나. 사내라면…….”

풍협을 위로하던 유현은 갑자기 어떤 생각이 들었는지 딱 말을 멈추었다.

“벽화를 보고 놀랐다고 했었지? 그럼 혹시…….”

풍협은 힘들게 고개를 끄덕였다.

“맞네. 그 기녀 얼굴이… 벽화와 꼭 닮았네. 그래서 벽화를 처음 봤을 때 너무 놀랐지…….”

유현과 풍협은 말없이 서로의 얼굴을 바라만 보았다.

“벽화의…… 모친에 대해 혹 아는… 가……?”

유현은 힘들게 꺼낸 풍협의 질문에 고개를 가로저었다.

“현성교에서 모두 죽었다더군. 납치되기 전에는 삼협의 삼나무골이라는 데서 자랐다고 했네.”

“후…….”

풍협이 답답한 듯 다시 한숨을 쉬었다. 유현이 풍협을 보며 혀를 찼다.

“쯧쯧. 혼자 여러 생각을 했겠군 그래. 하지만 아직은 확실하지 않은 것 아닌가. 너무 걱정 말게. 이곳을 나가게 되면 우희루의 그 기녀에 대해 알아보지. 이름이 뭐였나?"

"아연(雅蓮)이었네……. 기명만 알지 본명은 모르니 사실 별 소용이 없는 이름이지……."

"그녀가 벽화의 어머니가 맞다고 해도 기녀였으니 꼭 자네 딸이 아닐 수도 있지 않은가?"

"아연이 몸을 허락한 건 나밖에 없었네. 내가 첫 남자였지……."

"그 후엔 어찌 되었는지 모르지 않는가?"

"……."

"하긴…… 자네와 인연을 맺고 나면 다른 사내는 눈에 차지도 않았을 것인데……."

"……."

유현이 난감한 듯 혀를 찼다.

"쯧쯧. 절제의 화신 같은 자네가 어쩌자고 그런 실수를……."

풍협은 말없이 한숨만 쉬었다.

"후우……."

유현의 얼굴에도 안타까움이 서렸다.

"술 때문이었으니 자네 실수라고만 할 수도 없네. 게다가 아직 확실한 게 아니지 않은가? 자네 딸이 아닐 수도 있어."

"하지만…… 내 딸일 수도 있네."

"자네가 잘못 봤을 수도 있지 않은가!"

"자넨…… 그런 얼굴을 한 여인을 잊을 수 있나……?"

유현은 대꾸를 못하고 꿀꺽 침을 삼켰다. 벽화의 미모는 천 명의 여자와 섞어놓아도 바로 집어낼 수 있을 만큼 독보적인 것이었다. 유현도 풍협의 말을 부정할 수 없었다.

“벽화 어머니가 그 아연이란 여인이 아닐 수도 있네. 그저 닮은 여인일 수도 있고, 자매 간일 수도 있네.”

“그래……. 그럴 수도 있겠지…….”

생각할 수 있는 모든 부정적인 가능성을 떠올리며 유현과 풍협은 계속 말을 주고받았지만 끝내는 서로 허탈한 한숨만 흘리고 말았다.

풍협이 천천히 말을 꺼냈다.

“확인할 때까지는… 저 애들이 더 가까워지지 않도록 잘 관찰해야겠네. 진파에게 이 얘기를 어찌해야 할는지 모르겠군.”

“후우…….”

유현이 짙은 한숨을 내쉬었다.

“어쩌면 자네…… 진파에게 정말 원망 들을 짓을 한 것인지도 몰라…….”

“그러지 않았길 빌어야겠지. 휴우…….”

한 시대를 풍미했던 두 검객, 풍협과 검치가 나직하게 한숨만 토해내고 있었다.

그때 갑자기 진파의 음성이 들렸다.

“그게…… 사실입니까!”

“아니!”

풍협과 검치가 놀라움을 금치 못하며 균사 둥치 사이에서 몸을 일으키는 진파를 바라보았다. 아무리 풍협과 검치가 마음을 놓고 이야기를 나누었다지만 풍협이 누군가. 그런 그가 진파의 종적을 감지하지 못했다는 것은 풍협에게도 놀라움이었다.

“그게 사실입니까?”

순식간에 몸을 날려 풍협의 앞에 훌훌 날아 내려선 진파는 딱딱하게 표정을 굳힌 채 풍협을 노려보았다.

놀라움에 차 있던 풍협의 얼굴이 차츰 평소의 표정으로 돌아갔다.

"그렇군. 널 가르친 사람이 은신술의 대가였던 공 노인이었지. 그래도 대단하구나. 내 이목을 속이다니……."

"지금 그게 중요한 게 아니지 않습니까! 말씀을 해보세요! 그게 사실입니까!"

"진짜야."

유현이 말렸으나 진파는 두 눈을 똑바로 뜨고 풍협을 노려보고만 있었다.

"그게 사실이냐구욧!"

묵묵히 진파의 눈빛을 받던 풍협은 나직하게 다시 한숨을 토해냈다.

"네가… 들은 대로다……. 정말… 미안하구나, 진파야."

"이이……!"

"진파야! 아직 확인된 건 아니지 않느냐! 아버지 추측일 따름이야! 일부러 그러신 것도 아니시라지 않느냐! 너도 마구 폭주한 적이 있지 않더냐! 네 아버지도 사람이다. 부인을 잃고 정신을 잃을 정도로 술을 마시는 건 남자라면 누구나 할 수 있는 실수야!"

"으……."

진파는 고개를 숙이고 주먹을 쥔 채 부들부들 몸을 떨었다. 아버지만 아니라면 정말 두드려 패고만 싶었다. 이제 모든 게 잘 풀려갈 것이라 생각했는데 왜 또 꼬이는 거란 말인가!

진파는 답답했다. 머리끝까지 치밀어 오르는 분노를 어디다 터뜨릴 수도 없었다. 유현의 말 한마디 한마디가 모두 맞는 말이라는 걸 진파는 잘 알고 있었다. 하지만 정말 꼬여도 너무 더럽게 꼬이는 청춘이지 않은가!

"네겐… 할 말이 없다……. 벽화의 어머니가 그녀가 아니길 나도 바랄 뿐이다……. 마음이 풀린다면 아비를 때려도 좋다……."

"젠장!"

진파는 아버지 앞이라는 사실도 잊고 욕설을 내뱉으며 머리를 감싸 쥐었다.

"아버지! 정말 너무하신단 생각 안 드세요? 정말! 정말!!"

"네겐… 할 말이 없구나……."

"벽화 어머니는 삼나무골에서 돌아가셨단 말입니다! 어디서 사실을 확인합니까? 어떻게 합니까? 어떻게요?"

유현이 흥분해 목소리가 높아지는 진파의 어깨를 붙들었다.

"쉿! 벽화가 듣기라도 하면 어쩌려고 이러는 거냐?"

유현의 경고가 효과가 있었는지 진파의 목소리는 낮아졌으나 흥분한 얼굴은 그대로였다.

"유 숙! 이게 뭡니까! 이럴 수가 있는 거예요? 이럴 수가!"

"침착해라. 낙양의 우희루부터 조사해서 그 아연이란 기녀의 행적을 되짚는 수밖에 없다. 시간이 좀 걸리더라도 밝혀내고야 말겠다. 내가 책임지고 밝혀내마. 날 믿는다면 그만 진정해라. 네가 이렇게 흔들리면 어쩌려고 그러느냐! 벽화에게도 이 사실을 알릴 셈이더냐?"

"후우……."

유현의 마지막 말이 효과가 있었는지 진파는 길게 한숨을 쉬며 털썩 그 자리에 주저앉았다.

　아들을 보기가 민망했던지 풍협은 묵묵히 눈을 감고 아무 말도 없었
다. 유현은 거의 화해할 듯 보였던 이 부자가 다시 거리가 멀어지는 것
만 같아 안타깝기 짝이 없었다.

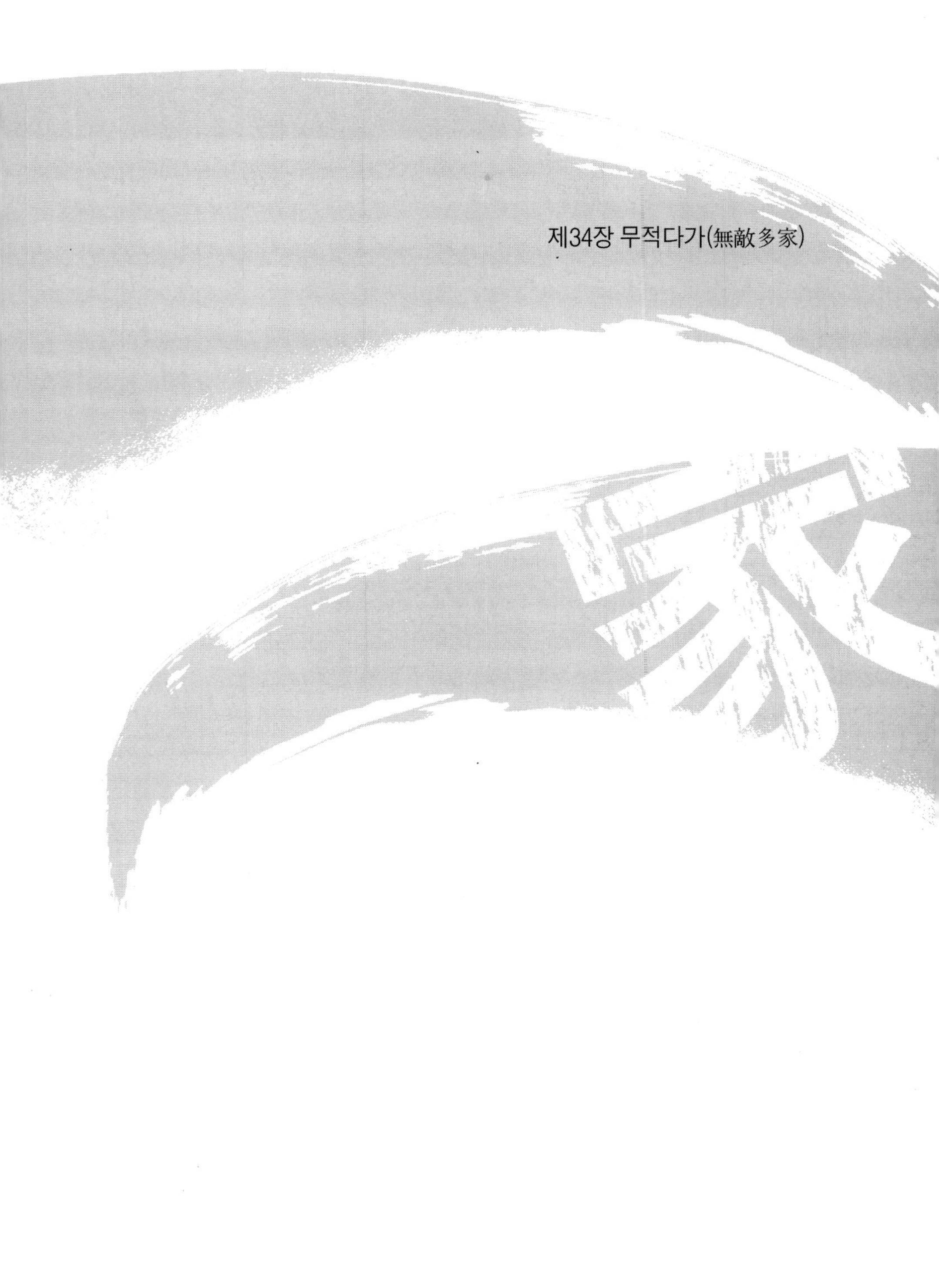

제34장 무적다가(無敵多家)

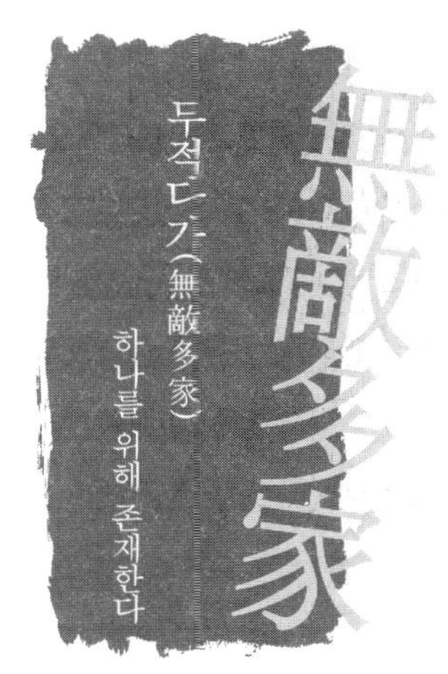

검은

하늘 밑에 펼쳐진 드넓은 황색의 평원.

황갈색 바람이 휘몰아치는 광활한 평원을 내려다보는 한 사내가 있었다. 흙벽이 언뜻 드러나는 전망대에 선 사내는 고래가 섞인 깔깔한 바람을 온몸으로 맞으며 검은 피풍의를 휘날렸다. 그토록 바람이 심하게 부는데도 사내의 주위엔 때 아닌 검은 안개가 미동도 없이 서려 있어 기이한 느낌을 주었다.

현성교주 임후생은 그렇게 황토 바람에 몸을 맡긴 채 휘날리는 검은 수염을 손으로 어루만졌다. 눈자위까지 검은색으로 가득 찬 그의 눈에선 아무 감정도 발견할 수 없었다.

"교주님!"

칠성 중의 일 인인 무곡이 그의 뒤에 나타나 깊숙이 부복했다.

임후생은 뒤도 돌아보지 않고 짧게 물었다. 바람 소리가 귀청을 찢을 듯 요란했지만 임후생의 나직한 음성은 그것조차 눌러 버렸다.

"수아는?"

"착실히 연공 중이십니다. 곧 폐관 일자가 다가오고 있습니다."

"벌써 그렇게 되어가나?"

"예. 북명소의 독이 말라가고 있습니다."

무곡의 보고에 고개를 끄덕이던 임후생이 다시 짧은 질문을 던졌다.

"문곡과 염정은?"

"아직도… 아무 소식이…… 없습니다. 꼭 증발해 버린 듯 종적을 감추었습니다."

바람이 부는 방향으로 펄럭거리던 피풍의가 갑자기 딱 멈추었다. 무곡의 옷자락은 여전히 파라락거렸지만 임후생의 수염은 한 자락도 바람에 날리지 않았다.

임후생이 내뿜는 삼엄한 기세에 무곡의 이마에는 식은땀이 흘러내렸다.

"내가 너무 오랫동안 북명소에 머물렀군. 문곡과 염정은 당했을 것이다."

"교주님! 아직 결론을 내기에는 이릅니다!"

"당연히 믿지 못하겠지. 하지만 나도 삼십 년 전, 내 아들이 스무 살도 안 된 풍협에게 패했다는 걸 믿을 수 없었네. 무적다가는 그런 곳이야. 출진 준비를 하게. 무곡, 자네의 성군을 준비시키게. 문곡과 염정의 성군은 내가 이끌지."

"삼 개 군이 동시에 말입니까? 도대체 어디를……?"

잠시 망설이던 무곡은 어렵게 질문을 던졌다. 문곡이라면 교주의 뜻을 수족처럼 알아듣겠지만 자신에겐 그런 능력이 없었다.

“운중곡을 쳐야지. 그곳에 풍협과 그 아들이 웅크리고 있을 거야. 소수마후를 하나라도 빼앗아야만 수아가 폐관을 마칠 수 있네. 사귀 같은 희생자가 더 생겨서는 안 되겠지. 소수마후가 없으면 수아가 북명소에서 나오기 위해 또 누군가 희생을 해야 하네. 수아의 북명신공도 불완전할 테고 말이야. 교도들을 산개시켜 은밀히 이동시키게. 집결지는 황산의 광명정으로 하세나.”

“존명!”

더 이상 질문을 하지 않고 무곡이 물러서자 임후생은 황토 바람이 물결치는 황색 평원을 지그시 바라보기 시작했다. 임후생의 입술이 열리며 혼잣말이라도 하듯 나직한 음성이 흘러나왔다.

“사귀……. 이럴 때는 자네들이 말을 할 수가 없다는 것이 너무 아쉽군.”

그의 음성에 화답이라도 하듯 임후생의 몸을 휘감은 검은 안개들이 꿈틀거리며 움직였다. 독으로 화해 임후생의 몸을 떠날 수 없는 존재들로 변한 사귀들은 그렇게 자신들의 충정을 임후생에게 내비쳤다.

“고맙네들. 허어……. 결국 하늘이 내 죄를 용서치 않으려는가 보이. 복수에 눈이 먼 것이었던가 보네. 건드려서는 안 되는 것을 건드렸어. 소수마후를 복원하고 북명신공을 익혔으니 조사님들은 내가 지옥에 떨어지기만을 빌고 계시겠지.”

다시 검은 안개들이 꿈틀대며 임후생의 어깨를 감쌌다.

“위로하지 않아도 되네. 후회는 하지 않으니까 말일세. 운명의 수레바퀴가 날 여기까지 밀어붙인 것일 뿐이네.”

임후생은 검은 밤하늘을 올려다보며 짙은 한숨을 토해냈다. 하늘을 뒤덮은 황토 바람으로 인해 별 하나 보이지 않는 암흑 천지였다.

"소수마후를 만들어내고 북명신공을 쓰고 있으니 예언대로 다른 삼
천교(三天敎)도 움직이겠지. 마곡(魔谷)도 열릴 테고 말이야……."

임후생의 피풍의가 다시 바람에 펄럭이기 시작했다. 그의 검은 수염
도 물결쳐 휘날렸다. 온몸에 끌어올렸던 공력을 푼 그는 헛헛하게 미
소 지으며 하늘을 올려다보고 있었다.

"참으로 운명이란 알 수가 없군. 음양대법을 펼쳐 소수마공을 빼앗
아야 된다는 것이 탐탁지 않아 소수마후를 열셋이나 만들었던 것인
데……. 이렇게 되고 보니 결국은 하나만 빼앗아오면 되는 셈이던가.
소수마후의 운명은 본래 죽는 것이었던가 보군."

임후생의 검은 눈동자가 검은 하늘과 어울려 크게 물결쳤다.

"내가 실패해도… 삼천교가 남아 있지……. 그들이 실패해도 마곡
이 남아 있어……. 중원인들은 결국 그 오만의 대가를 톡톡히 치루게
될 거야……. 모두 함께 지옥으로 달려가게 되겠지……. 지옥이 곧 초
만원이 되겠군. 푸허허허허허."

공허한 임후생의 웃음소리가 황토 바람에 실려 날아다녔다.

*　　　　*　　　　*

진파가 치료를 마치고 동굴 방을 나서자 추소예 등 진파를 추종하는
다섯 명의 소수마후가 진파를 따라 방을 나섰다.

철정과 비무를 하기 위해 막수옥도 슬며시 방을 나서자 방 안엔 벽
화를 둘러싼 다섯 명의 일후 친위대와 십이후 정가영만이 남게 되었다.

육후 옥지가 통통한 볼을 손가락으로 두드리며 정가영을 향해 말을
던졌다.

"웬일이지? 너 혼자 남고. 그리고 보니 수옥 언니랑 떨어져 있을 때가 꽤 많네?"

막수옥과 함께 진파를 싫어하는데 앞장을 서는 정가영이 삐죽 입술을 내밀었다.

"몰라요, 옥지 언니. 요즘 막 언니가 좀 이상해. 철 소협하고 대련을 해주는 건 이해하겠는데, 나보고 오지 말래!"

옥지는 빙긋 웃으며 옆으로 다가온 정가영의 볼을 토닥였다.

"그 이유는 아직 넌 몰라도 돼. 호호."

"언니는 안단 말이야?"

정가영이 눈을 동그랗게 뜨자 그 얼굴이 귀여웠는지 옥지를 비롯한 친위대들이 웃음을 터뜨렸다. 벽화는 무언가 생각에 잠긴 듯 팔짱을 끼고 말없이 앉아만 있었다.

"넌 어려서 아직 이해 못해. 봄바람을 네가 어찌 알겠니?"

"봄바람? 지금은 봄도 아닌데 무슨 소리야?"

볼을 불룩 부풀린 정가영을 향해 칠후 경원이 깔깔거리며 웃음을 터뜨렸다.

"바보야. 그런 게 아냐. 넌 설화랑 동갑인데 어쩜 그렇게 늦니?"

"그래! 난 키 작아! 설화는 가슴도 큰데 난 절벽이야! 왜 자꾸 설화랑 비교해?"

"이런, 이런. 우리 막내가 단단히 화가 났구나. 진파 못 놀려서 그러니? 이후 언니가 옆에 있는 이상 그건 불가능하단다, 얘야."

오후 양우가 다리를 꼬고 앉은 채 정가영을 놀리는데 합세했다.

그때 슬그머니 십후 현정이 몸을 일으켰다.

"전 풍협 아저씨께 치료 좀 받고 올게요."

"그래. 넌 우리의 희망이다. 진파한테 치료를 안 받는 네가 자랑스러울 뿐이다."

양우가 시원스럽게 웃으며 현정의 등을 치자 배시시 미소를 지은 현정은 옷자락을 팔랑거리며 방을 나섰다.

여전히 불룩 부풀리고 있는 정가영의 볼을 손가락으로 붙잡으며 옥지가 교소를 터뜨렸다.

"얘 볼 좀 봐. 꼭 개구리 같애. 가영아, 심술 좀 그만 부려. 너 그러다 인상 나빠진다."

"내 인상이야 뭐 이미 바닥인걸. 진파는 나만 보면 슬슬 피해."

"너 진파 싫어하잖아."

"언니들도 사실 진파를 싫어하는 건 아니잖아. 벽화 언니가 오빠라고 하는 게 못마땅할 뿐이지. 나도 싫어하진 않아. 걔 데리고 장난치는 게 재밌는데 못하게 하니까 화날 뿐이야."

"어머, 얘 좀 봐. 곧 추 언니한테 붙겠는걸?"

"무슨 소리! 난 지지가 있다구!"

"지지가 아니라 지조겠지. 쿠쿡."

정가영을 가운데에 두고 웃음보를 터뜨리는 친위대들과 떨어져 벽화는 조용히 생각에 잠겨 있었다.

벽화의 눈치를 슬쩍 보던 정가영이 양우에게 전음을 던졌다.

"오후 언니, 일후 언니 왜 저래?"

"몰라서 묻니? 요 며칠 진파가 좀 이상하잖아."

"이상해? 난 잘 모르겠던걸?"

"그래서 네가 어린 거야. 이제부터라도 잘 살펴봐. 우리 때문에 둘이 있을 기회는 없지만 그래도 함께 있을 경우가 꽤 있다구. 그런데 진

파는 요즘 대장 눈을 자주 피해. 눈을 오래 마주치고 있을 때가 거의
없지.”

“정말?”

“그래. 넌 어쩜 그렇게 눈치가 꽝이니?”

정가영은 벽화의 생각에 잠긴 얼굴을 들여다보다 고개를 갸웃거렸
다.

‘진파가 언니를 피해? 왜 그렇지? 그럴 애가 아닌데.’

진파가 벽화를 얼마나 아끼고 있는지는 여기 있는 모두가 아는 사실
이었다. 자신이나 막수옥이 진파를 괴롭히고는 있었지만, 그것도 일종
의 장난이지 않은가. 진파가 그들을 위해 얼마나 많은 애를 썼는지는
그들도 잘 알고 있었다. 옛 기억은 대부분 잃었다지만 진파와 만난 후
는 생생히 기억하고 있었던 것이다.

수심에 잠긴 듯 보이는 벽화의 얼굴을 보며 정가영은 주먹을 불끈
쥐었다.

‘내가 알아내겠어! 진파가 언니를 배신하면 가만 안 놔둘 거야!’

풍협은 반개한 눈을 뜨는 진파를 보며 걱정스러운 어투로 입을 열었
다.

“가영이도 알아챌 정도니 너는 정말 마음을 숨기지 못하는구나.”

“아버지가 상관하실 바 아닙니다.”

딱딱한 어투로 되돌아오는 진파의 대답에 풍협은 슬쩍 한숨을 내쉬
었다. 현정을 치료한 후, 정가영이 찾아와 진파를 닦달하다 돌아간 게
방금 전이었다. 운공을 깨지 않고 침묵만을 지키는 진파 앞에서 정가
영은 혼자 할 말만 다 꺼내고 휙 돌아섰던 것이다. 벽화를 배신하면 용

서하지 않겠다던가.

요즘 들어 한숨을 쉬는 횟수가 부쩍 많아진 풍협이었다. 자식은 요물이라고 하더니 십칠 년 만에 만난 자식은 그의 평정을 여지없이 깨뜨리고 뒤흔들었다.

그 원인이 다름 아닌 자신에게 있다는 사실이 풍협의 마음을 더 어지럽혔다. 간신히 마음을 여는 듯했던 진파가 다시 혼란을 느끼고 있음이 뻔히 보였지만 풍협조차 어쩔 수가 없었다.

그나마 다행인 것은 진파가 머리로나마 풍협의 행동을 이해할 수 있다고 말해 준 것이었다. 하지만 아직 자기 마음을 다스리지 못하는 진파로서는 불쑥불쑥 아버지에 대한 원망이 터져 나오는 것까지는 막지 못했다. 바로 지금처럼 말이다.

진파는 눈을 뜬 후 몸을 일으키고는 풍협에게 꾸벅 고개를 숙였다.

"제가 좀 과했습니다."

"아니다. 네 심정 이해한다. 내가 뭐라고 하겠느냐. 후……."

"지금은 일단 이곳을 벗어나는데 집중하는 게 좋겠습니다. 나머지 문제는 이곳을 벗어난 후 생각하도록 하죠. 시간이 없다고 말씀하신 건 아버지십니다."

차라리 소리라도 지르고 표나게 거친 반항이라도 하면 마음이 가볍겠는데, 요 근래 부쩍 성장한 진파는 나름대로 풍협을 배려하려 애쓰고 있었다. 그 때문에 풍협의 마음은 더 묵직했다.

'녀석들이 친남매가 아니어야 할 텐데…….'

사촌끼리도 혼인하는 풍속이 여전했지만 무적다가에서 배 다른 남매가 혼인한다는 것은 있을 수 없는 일이었다. 그의 아버지 광협뿐만 아니라 풍협 자신도 그런 혼인은 결코 용납할 수 없었다. 그저 자신의 염려가 기우이기를 바랄 뿐이었다.

앞으로 다가와 중정혈에 허공을 격하고 손을 가져다 대는 진파에게 풍협은 부드러운 눈길로 말을 걸었다. 이번 연공은 며칠이 걸릴 지 몰랐다. 그전에 진파에게 해둘 말이 있었다.

"진파야."

"말씀하십시오."

"오늘이 지나면 아마 가신들은 모두 눈을 뜰 것이다."

"할배와 함멈도 말입니까?"

"그렇다."

"잘됐군요. 그분들께는 묻고 싶은 것이 많습니다."

"뭘 말이냐?"

"아버지는 그저 제 이름만 지어주시고 가문의 전통에 따라 키우라고 글을 남기셨다 들었습니다."

"그랬지."

"가문의 전통에 고아로 키우는 전통은 없다 알고 있습니다. 그런데도 저는 고아인 줄 알고 자랐습니다. 어머니야 돌아가셨다지만 왜 아버지를 죽은 존재로 만들었는지 저는 이해가 가지 않습니다."

"그건……."

풍협은 무언가 말하려다 후 하고 한숨을 내쉬었다.

"역시 두 분께 직접 여쭤보거라."

"그러지요."

잠시 침묵을 지키던 풍협은 다시 입을 열었다.

"묻고 싶은 게 있구나."

"물어보십시오."

"너는 네 신분을 알고도 왜 이름을 바꾸지 않은 것이냐?"

진파는 묵묵히 풍협을 바라보다가 담담한 목소리로 대답했다. 풍협의 눈길을 마주 대한 채였다.

"일종의 반항심이었지요."

"반항? 반항이라면 이름을 바꿔야지 그대로 쓰는 걸 반항이라고 할 수 있는 게냐? 가문에서 출도 전 이름을 그렇게 짓는 것은 나름대로 깊은 뜻이 있는 게다."

"그런 건 제가 알 수 없는 사실이니까요. 저는 다(多)라는 성을 버릴 생각이었습니다."

"뭐?"

"저는 십칠 년 동안 진씨인 줄 알고 살았습니다. 난데없이 다씨라는 것도 어이없었고, 이름이 다진파라는 사실도 어처구니없더군요. 말이 나온 김에 여쭤보죠. 자식 이름을 그렇게 짓는 것도 전통이라는 겁니까?"

차분한 목소리였지만 그 안에 담긴 칼날이 느껴져 풍협은 움찔 눈꼬리를 떨었다. 자신에 대한 진파의 마음도 아직 다 풀리지 않았는데, 가문에 대한 오해는 그대로 살아 있었다. 묻기를 잘했다며 풍협은 내심 가슴을 쓸어 내렸다.

"이게 다 공 노인이 자기 자리를 이탈했기 때문에 벌어진 일이다만……."

"이름을 지으신 건 아버지지 할배가 아닙니다."

"너는 아직도 오해하고 있구나. 우리 가문에서 무적심공을 대성하기 전, 다른 성과 이름을 쓰는 것은 깊은 이유가 있다."

"뭡니까, 그게?"

별다른 감정 없이 남 일 묻듯 질문을 던지는 진파를 보며 풍협은 혀를 찼다.

"쯧쯧. 네 입장도 이해가 간다만 너도 생각을 해봐라. 아비 이름은 출도 당시엔 구리였다. 성을 붙이면 다구리가 되지. 네 이름 못지않단다. 무적심공을 대성한 후 아비는 곧 이름을 바꿨다. 이유가 뭐라고 생각하느냐?"

"할아버지를 원망하시며 이름을 바꾸셨겠죠. 성을 버리면 되는 걸 복잡하게 생각하셨습니다."

"그런 게 아니다. 무적심공을 대성한 후, 검보에 떠오른 지도를 보고 찾아간 가문의 발상지에서 네 증조부님을 뵙고 모든 것을 알게 된 때문이다."

"증조부님이오?"

"그렇다. 너도 그곳에 가게 되면 네 조부님을 뵙게 될 것이다. 무적다가의 전대 가주들은 가주 직을 물려주면 모두 그곳으로 간단다."

"조부님이 살아 계시다는 말씀입니까?"

"물론이다."

"놀랍군요. 고아인 줄 알고 컸는데 할아버지도 계시다는 겁니까? 아버지도 계시고, 할아버지도 계신데 저는 고아로 자랐다는 것이죠? 참 대단한 가문입니다."

풍협이 얼굴을 찌푸렸다. 광협을 향해 함부로 지껄이는 진파에게 크게 꾸짖음을 내리고 싶었으나 사정을 모르는 진파에게 무어라 하겠는가. 풍협은 다시 한 번 한숨을 내쉴 수밖에 없었다. 정말 자식은 요물이라는 것을 또 한 번 실감하는 풍협이었다.

"네 조부님은 그곳을 지키는 것이 사명이시다. 네가 혼자 자란 것은

아비 탓이지 네 조부님 탓이 아니다. 나 또한 예정대로라면 이곳에 갇
히지 않았을 것이고. 검치를 구한 후에는 곧 너에게 돌아갈 예정이었
다. 운명이 그리 꼬인 것이니 너무 원망치 말도록 하여라."

"전 운명 따위는 믿지 않습니다."

"너도 좀 더 나이를 먹으면 알게 될 것이다. 세상일은 종종 자신의
바람과는 달리 흘러 무슨 예정이라도 있는 것처럼 한 방향으로 치달려
간다는 것을. 그것을 그저 운명이라 부를 뿐이지, 특별히 운명을 믿는
것은 아니란다."

"저로선 이해가 가지 않는 말씀이군요."

"그럴 게다. 나도 네 나이 때는 그랬느니."

풍협은 빙긋 미소 짓고는 균사를 풀어 슬쩍 진파의 머리를 쓰다듬었
다. 진파는 흠칫하고 몸이 굳었지만 가만히 서서 아버지의 손길(?)을
느끼고 있었다.

"네 이름을 그리 지은 것은 나도 좀 장난을 친 것이다만 어차피 그
이름은 아명(兒名)일 뿐이다. 개똥이니 쇠똥이니 하며 천하게 아명을
짓는 것은 자식이 무병장수하기를 바라는 부모의 마음일 뿐이다. 우리
가문엔 또 다른 이유가 있지만 말이다."

"그러니까 그게 뭡니까? 가문의 이유라는 것 말입니다."

"아버님의 즐거움을 하나 빼앗게 되어 죄송스럽지만 어쩔 수 없이
내가 말해 줘야겠구나. 나중에 할아버님을 뵙게 되면 아는 얘기를 하
셔도 모르는 척 들어드려라."

"얘기 들어보고 난 후에 판단하겠습니다. 그곳에 갈지 안 갈지도
요."

풍협은 진파의 고집 센 대답에도 웃음을 그치지 않았다. 머리를 쓰

다듬는 균사의 움직임도 여전히 부드러웠다.

"우선 우리 가문의 사명부터 이야기해야겠구나. 우리 가문은 하나의 목적을 위해 대대로 무공을 수련하고, 강호를 돌아보는 집안이다."

"하나의 목적? 그게 뭡니까?"

"공 노인한테 소수마후에 대한 것은 들었겠지? 소수마후가 출현하면 반드시 마제가 출현한다는 것도 알고 있느냐?"

"예."

"그 소수마후는 어디에서 생겨나는 것이겠느냐? 이번엔 현성교가 제련을 했다지만 이백 년 전에도, 그 이전에도 소수마후는 나타났었다."

"그건 모릅니다. 그저 갑자기 나타나는 존재라고만 들었습니다."

"그래. 갑자기 나타나지. 하지만 너도 알다시피 소수마후는 자연스럽게 태어나는 그런 존재가 아니다. 수많은 피의 희생 탑 속에서 태어나지."

"그렇지요."

진파는 소수마공이 어떻게 사람들을 죽이는지 떠올리며 저도 모르게 눈살을 찌푸렸다. 아무 죄 없는 어린 여자 애들을 살인 병기로 키운 현성교에 대한 적개심이 다시 끓어올랐다.

"소수마후가 쓰는 소수마공은 여자가 익히는 것이지만 양기(陽氣)의 집합체인 공력이다. 소수마후 한 명의 위력은 강호를 뒤집을 정도로 끔찍한 것이지만, 실상 소수마후는 희생양일 뿐이다. 마제가 탄생하기 위한 밑거름에 불과한 존재들이지. 마제가 익히는 공력은 북명마공이라 부른다. 그들은 신공이라 부르지만 말이다."

'그들?'

진파는 질문을 할까 생각했으나 더 이상 풍협의 말을 끊지 않았다. 중요한 대목에 들어섰는지 풍협의 음성이 더할 수 없이 진지했다.

"북명마공은 북명소라는 독기의 집약체인 연못에서 수련하는 일종의 독음공(毒陰功)이다. 마제가 북명마공을 대성하기 위해서는 반드시 양공인 소수마공을 흡성해야 한다. 다시 말해 마제가 탄생하면 소수마후는 모든 공력을 마제에게 바치고 죽게 되지."

벽화 등에게 예정되었던 운명에 진파는 몸을 떨었다. 그가 아니었다면 벽화도 다른 열한 명의 소수마후도 그런 식으로 죽었을 것 아니겠는가.

"소수마후와 마제를 만들어내는 곳이 바로 마곡(魔谷)이다."

"마곡이오? 그건 전설 아닙니까?"

"전설이 아니다. 마곡과 맞서는 선곡(仙谷) 또한 전설이 아니지."

풍협은 놀란 눈을 하고 있는 진파를 보며 자세히 덧붙였다.

"당금의 현성교는 마곡의 네 지류 중 하나다. 그들과 우리는 그 네 지류를 사천교(四川敎)라고 부른다. 소수마후가 나타나면 사천교가 모두 출현한다는 말이 있지. 마제가 나타나게 되면 마곡이 열릴 전주곡이라 보면 된다. 마제가 초마경에 드는 순간 마곡의 문을 열게 된다고 알려져 있지. 아직까지 그 경지에 들었던 마제는 없지만 말이다."

"아버지 말씀 중에 나오는 '그들'은 누구고, '우리'는 누구입니까?"

심각한 표정이 된 진파가 풍협에게 물었다. 무언가 가닥이 잡혀가고 있었으나 아직까지는 궁금한 것이 더 많았다.

"그들은 마곡과 그 지류인 사천교를 가리키고, 우리는 바로 우리 가문을 말한다. 무적다가는 사천교와 마곡의 발호를 막기 위한 선곡의 후예다. 선곡에서 유일하게 강호에 나와 전통을 잇고 있지. 우리의 사명은 바로 마곡이 열리는 것을 막는 것이다. 그 하나의 곡적을 위해 무적다가가 존재한다. 무적심공을 깨닫지 못한 후예는 혹시 모를 사천교나 마곡의 손길에서 보호하기 위해 다른 성을 주어 키운다. 성장을 하면 다양한 경험을 쌓게 하며 강호상에 마곡의 자취가 남아 있는지 찾게 한단다. 그것이 바로 무적다가의 이상한 전통이 생긴 이유지. 너는 수행하는 가신도 없이 훌륭하게 가문의 목적을 달성했으니 백 년 이래 무적다가의 출도객 중 최고의 성과를 거두었다. 소수마후들을 발견하고 현성교의 손아귀에서 그들을 구했으니 아비나 네 조부님도 네가 이룬 성과에 비길 만한 업적은 쌓지 못했다. 성을 바꾼다는 네 말은 그래서 인정할 수 없다. 너는 이미 훌륭한 무적다가의 일원이란다. 뿐만 아니라 다(多)라는 우리의 성은 선곡의 후예라는 징표이기도 하다. 가주직을 이어준 전대 가주는 선곡의 입구로 통하는 가문의 발상지를 지키며 선곡과 가문을 연결하는 역할을 맡게 되지. 네 할아버지가 너를 키우실 수 없었던 이유가 바로 그것이란다.”

“그랬…… 군요.”

전설로 알려진 선마이곡에 대한 충격적 진실을 들은 탓인지, 자신에 대한 칭찬 때문인지 진파는 다소 상기된 표정을 하고 있었다. 풍협은 빙긋 웃으며 마지막 말을 건넸다.

“이제 네가 무적심공으로 내 연공에 도움을 주게 되면 나는 며칠 동안 눈을 뜨지 못할 것이다. 중간에 가신들이 깨어나면 네가 그들을 추슬러 주도록 해라. 너는 자랑스러운 무적다가의 당대출도객임을 잊지 마라.”

그 말을 끝으로 풍협은 스르르 눈을 감았다.

“시작하렴.”

"…알겠습니다."

진파는 풍협의 가슴 쪽으로 손바닥을 향한 채 허공을 격하고 무적심공을 전해주기 시작했다. 격동에 차 흔들리던 진파의 눈동자가 서서히 가라앉으며 고요히 눈을 감은 풍협의 얼굴을 바라보고 있었다.

'가문과 전통이라…….'

진파는 치솟아오르는 상념들을 떨쳐 내며 조용히 무적심공의 흐름을 따라 마음을 다스리기 시작했다.

"할아범, 할멈……."

"소주……."

진파는 공철과 손일연의 메마른 손을 부여잡고 반가운 재회의 기쁨을 나누고 있었다.

풍협의 말대로 반나절이 지나자 공철과 손일연이 제일 먼저 눈을 뜨고 정신을 차렸다.

몇 달 동안이나 곡기를 끊고 몸 안의 독기와 싸워왔던 공철과 손일연은 초췌한 모습이지만, 곧바로 진파를 알아보고는 어찌 이곳에 오게 되었는지 묻기부터 했다.

"우선 운공을 해서 몸부터 추슬러. 아버지 지시야."

다시 만나면 가만두지 않겠다던 몇 달 전의 다짐도 잊고 진파는 저도 모르게 따뜻하게 위로부터 했다.

왜 그를 고아로 키웠는지는 알 수 없었으나 공철과 손일연은 진파에게 부모와 같은 존재였다. 비록 가출을 해버리긴 했지만 지금의 진파가 있기까지 음양쌍괴가 기울인 노력을 진파는 잘 알고 있었다.

"소주……."

공철은 진파의 눈빛을 가만히 바라보다 흐뭇한 미소를 지었다.

일 년도 지나지 않았건만 진파는 어느새 어른스러운 눈으로 자신을 바라보고 있었다. 자신들이 떠난 후 어떤 일을 겪었는지 묻고 싶은 게 태산이었지만 진파의 말이 옳았다.

공철은 오랜만에 스스로 기를 운용해 운공조식에 빠져들었다.

"할멈도 해."

"소주… 변했군요."

"변했어?"

"많이 컸어요……. 장부가 되었어요……."

"할멈 덕분이지. 빨리 조식부터 해. 끝나면 추궁과혈해 줄게."

비쩍 마른 손일연의 얼굴이 안쓰럽기만 한 진파였다. 자기도 모르게 목소리가 가라앉는 것을 느끼며 음양쌍괴가 얼마나 소중한 이들인지 새삼 깨달았다. 앙상한 손일연의 손을 쓰다듬으며 진파는 다시 한 번 당부했다.

"빨리 몸부터 추슬러. 지금은 그게 최우선이야."

손일연은 누군가에게 듣던 입버릇에 슬쩍 미소를 띠며 눈을 내려감 았다. 그녀는 곧 운공 삼매경에 빠져 들어갔다.

"진파야, 이분도 깨어나신다."

철정의 부름에 진파는 몸을 일으켰다. 진파의 몸이 광장의 여기저기를 누비기 시작했다.

음양쌍괴가 조식을 마치자 진파는 추궁과혈을 해주며 신중하게 그들의 몸 상태를 살폈다. 다행히 초절정에 근접한 고수들이었던 두 사람은 빠르게 원기를 회복해 운중곡 안에 머무르고 있는 검치와 철정, 소수마후들과 곧 인사를 나누었다.

소수마후가 열둘이나 된다는 사실에 경악했던 음양쌍괴는 그들 모두의 금제를 진파와 풍협이 풀어주었다는 말에 또 한 번 놀랐다.

나누고픈 말들은 산더미처럼 많았지만 속속 깨어나는 무적다가의 가신들을 돌보느라 운중곡 내의 사람들 모두가 정신이 없었다. 진파와 음양쌍괴의 대화도 뒤로 미뤄졌다.

운중곡에 들어왔던 무적다가의 주력만 해도 모두 삼백여 명.

그중 오십여 명은 이미 저승으로 떠난 후였다. 먼저 간 그들의 유품을 챙기고 시신들을 안장하느라 이틀의 시간이 쏜살같이 지나갔다.

풍협의 연공이 고비에 들어서자 그의 주위에 먹물 같은 검은 장막이 드리워져 아무도 접근할 수가 없었다. 운중곡을 채운 시독은 무색무취한 것이었으나, 그것을 중화시키기 위함이었는지 풍협의 몸에서 뿜어져 나오는 독기는 검은색을 띠고 있어 보기만 해도 섬뜩했다.

진파의 곁에 서 있던 손일연이 걱정스러운 얼굴로 중얼거렸다.

"과연 성공하실지……."

"당연히 성공하셔야지 그게 무슨 방정맞은 말이오?"

공철이 불쑥 나서 말을 끊으며 면박을 주었으나 손일연은 여전히 걱정스러운 빛을 지우지 않았다.

"당신도 저 독이 얼마나 지독한 것인지 알고 계시잖아요. 까딱했으면 우리 모두 죽을 뻔했다구요."

"주인은 무적다가의 당대 가주요. 저 정도로 죽을 것 같으면 내 주인 될 자격이 없지."

"대단한 자신감이야, 할배."

진파는 오랜만에 듣는 공철의 허풍에 피식 웃음을 띠었다. 풍협의 연공이 고비에 이르렀고, 오십 명이나 되는 가신들이 목숨을 잃었기에 진파의 목소리는 밝지만은 않았다. 그것을 의식한 때문인지 공철의 목소리는 유난히 컸다.

"당연한 일이오! 나 양괴 공철. 아무나 주인으로 모시진 않소이다. 큼!"

"후후. 할배다워. 그나저나 할배……. 내가 묻고 싶은 게 있는데 말이지."

"물어보시구려."

"날 왜 고아로 키웠어?"

갑자기 공철이 입을 다물었다. 풍협이 있는 곳을 바라보는 공철의 노안(老眼)이 진물이라도 머금는 듯 축축해졌다.

"그건……."

"여보, 그 얘긴 주인이 깨어나시면 따로 해요. 적당한 자리가 아니에요."

손일연이 말리자 공철의 눈자위가 파르르 떨렸다.

"알겠소, 소주. 이곳을 나가면 시간을 내봅시다."

"좋아. 꼭 얘기해 줘야 해."

자신을 고아로 키운 다른 이유가 있었다는 말인가. 진파는 공철의 안색이 심상치 않은 것을 느꼈지만 묵묵히 전면만을 주시하고 있었다.

'아버지, 아무래도 할배는 아버지를 미워했던 것 같군요.'

공철의 얼굴 표정을 누구보다 잘 읽던 진파는 풍협을 향한 공철의 원망을 느끼자 왠지 마음이 가벼워졌다. 이유는 알 수 없었지만 동지 의식이 느껴진달까. 그의 등 뒤에 서 있는 가신들도 왠지 갈수록 친근감이 더해간다.

　진파와 공철, 손일연의 뒤로는 무적다가의 가신들이 엄숙한 얼굴로 정렬해 서 있었다.

　대부분 소화산 주변을 오가며 보았던 마을 사람들이었지만 그들이 진파를 대하는 태도는 이제 완전한 가신의 자세였다. 진파의 뒤에 서서 엄숙한 기세를 뿜어내는 그들의 기태가 얼마나 엄정했던지 소수마후들과 철정, 검치는 그들과 떨어져 따로 모여 있을 정도였다.

　"저렇게 서 있으니 진파가 갑자기 멀어진 느낌이군요."

　철정이 불쑥 말하자 소수마후들 대부분이 고개를 끄덕였다. 검치가 철정의 어깨를 툭툭 두드려 주었다.

　"진파는 진파다. 요새 갑자기 어른스러워지긴 했다만 그렇다고 저놈이 진파가 아닌 건 아니지."

　두 사람의 대화를 듣던 벽화는 조용히 한숨을 내쉬었다.

　유현의 말이 옳다는 것을 알고 있었지만, 벽화는 요 근래 이상한 불안감에 시달리고 있었다.

　언제부턴가 진파가 자꾸 눈길을 피한다는 느낌이 들었다.

　따로 있을 시간이 없어 제대로 대화를 나눌 수도 없는데 다정히 바라봐 주던 눈길마저 거두었다. 풍협의 연공이 고비에 들어서라고 자위하고 있었지만, 다른 소수마후들조차 수군거릴 정도로 진파는 벽화를 분명히 피하고 있었다.

　'내가 소수마후여서일까……?

　그럴 리 없다 믿고 있었지만 시간이 지날수록 자신이 없어져 간다. 풍협이 혹시라도 자신을 인정하지 않은 것일까, 진파에게 따로 태중 혼약이라도 한 사람이 있다는 말일까, 온갖 생각이 다 들었지만 어떻게 해야 하는지 벽화는 잘 알고 있었다.

‘오빠에게 직접 들어야 해.’

풍협의 연공만 끝나면 어떻게 해서든 시간을 내 진파와 따로 만날 결심을 한 벽화였다. 진파의 변화에는 분명히 이유가 있을 것이고, 벽화는 그것을 반드시 알아야 했다. 이런 숨 막히는 긴장은 참을 수가 없었다.

그때 유현의 목소리가 들렸다.

“시작됐군.”

공철의 목소리도 들려왔다.

“모두 뒤로!”

풍협을 둘러싼 검은 독연이 꿈틀꿈틀 일렁이고 있었다. 공철의 지시에 따라 무적다가의 가신들이 일사불란하게 뒤쪽으로 몸을 날렸다.

“대단하군요.”

철정이 감탄성을 흘렸다.

몇 달 동안이나 시독과 싸워가며 기력을 탕진했음에도 무적다가의 인물들은 엄정한 움직임을 보여주었던 것이다. 고수의 기태가 역력한 유려한 신법에 철정은 숨김없이 감탄을 토해냈다.

“무적다가라는 이름이 괜한 것이 아니지. 저들이 모두 강호에 나선다면 강호 판도는 완전히 달라질 것이다. 지금 무맹의 놈들이야 완전히 우물 안 개구리일 뿐이고.”

유현의 말에 철정은 고개를 끄덕였다. 자신도 한때는 그 개구리들의 일원이었지만 철정의 얼굴은 담담했다. 고된 수련 때문이었는지 거검을 둘러맨 철정의 몸은 당당해 보였다. 이미 소년 검사의 어린 티는 완전히 떨어낸 후였다.

유현이 툭툭 어깨를 두드렸다.

“너는 물론 개구리가 아니다.”

“두꺼비 정도는 되는 건가요?”

“이제 솔개 정도는 되겠지.”

“과찬이시군요.”

벽화가 둘의 대화에 끼어들어 유현에게 질문했다.

“오빠는 왜 남아 있는 거죠?”

음양쌍괴를 비롯한 모든 이들이 광장의 뒤쪽으로 몸을 날려 피했지만 진파만은 홀로 그 자리를 떠나지 않고 있었다. 유현이 진파를 보며 고개를 끄덕였다.

“진파야 무적심공을 거의 대성했으니까. 저 독기가 진파를 어찌할 수는 없을 게다. 이제 우리도 뒤로 가야겠다.”

“그럼 저도 괜찮겠군요.”

“그렇겠지.”

“그럼 아저씨가 이쪽을 맡아주세요. 전 오빠 곁에 있을게요.”

“대장! 위험해!”

오후 양우가 벽화의 말에 반대하고 나섰으나 벽화는 차갑게 소매를 펄럭였다.

“풍협께선 우리 모두의 은인이시다. 너희는 아저씨 말을 들어. 나는 오빠 곁을 지키겠다.”

매서운 벽화의 눈빛을 대한 소수마후들은 절로 어깨가 움츠러들었다. 심령 제압은 완전히 풀렸다지만 일후를 향한 두려움은 여전히 남아 있었던 것이다. 이후 추소예마저 벽화 앞에서는 항상 조심스럽게 행동할 수밖에 없었다.

벽화가 옷자락을 펄럭이며 진파의 곁으로 향하자 유현은 조금 걱정스러운 눈빛으로 벽화의 등을 바라보다 뒤를 돌아보았다.

"벽화 말대로 모두 저쪽으로 가지."

철정과 소수마후들은 유현을 따라 무적다가의 가신들이 모여 서 있는 광장의 후미진 구석으로 몸을 날렸다.

"오빠."

벽화가 어깨를 나란히 하고 진파의 옆에 섰다.

참으로 오랜만에 둘만 서 있게 된 자리였다.

"여긴 위험한데……."

"오빠도 여기 있잖아. 나도 여기 있을래."

"그래. 아버지가 곧 연공을 마치실 게다."

진파는 풍협이 있는 자리를 응시하며 나직하게 되뇌었다.

'벽화야, 네 아버지일 수도 있다.'

갑자기 바람이 불었다. 풍협을 둘러싼 검은 장막이 폭풍처럼 사방으로 퍼져 나가며 거센 바람이 휘몰아치기 시작했다.

진파가 벽화의 손을 꼭 쥐었다.

"무적심공을 운기해."

'어?'

벽화는 진파의 따뜻한 시선 안쪽에 보이는 어두운 그늘을 발견하고는 그에 대해 물었다.

"오빠 무슨 걱정 있어?"

하지만 진파는 대답을 할 수 없었다.

돌연 광장 전체가 우르르 흔들려 왔던 것이다. 천장이 쩡쩡 소리를 내며 금이 가기 시작했다.

풍협을 둘러싼 검은 장막이 고오오 소리를 내며 풍협을 향해 한꺼번에 응축되어 갔다.

동굴 천장에선 우수수 돌가루가 떨어져 내렸고, 당황한 사람들은 서로의 얼굴을 마주 보았다.

"이게 아버지 운공 때문만일까……?"

천장을 바라보는 진파의 눈이 무겁게 가라앉아 있었다.

그러나 진파는 자리를 뜰 수 없었다.

이제 풍협의 운공은 정말 고비에 들었기 때문이다. 풍협의 몸이 언뜻언뜻 검은 장막 사이로 드러나고 있었다.

동굴 전체가 우르르 진동을 하기 시작했다.

진파의 목소리가 쩌렁쩌렁 동굴 광장에 울렸다.

"모두 붕괴에 대비하세요!"

진파는 벽화의 손을 꼭 쥐고 있었다, 다시는 놓고 싶지 않다는 듯.

『무적다가』 제5권에 계속…